「それにゃあ、ネコネコお見合いの始まりにゃ！」

メインステージで猫様とのお見合いイベントが始まった。

「「おぉー！」」

神猫屋お祭り 開催！

神猫ミーちゃんと猫用品召喚師の異世界奮闘記
5

「不束者ですが、
よろしくお願いします」
ネロ、結婚する

「少年。愛妾の私には何もないのか？」
誰が愛妾だ！　ってミーちゃん、なに勝手に渡しているのですか!?
「み～」

ミーちゃん、金属の棒に向かって
猫パンチの要領で、肉球の形の雷を
飛ばして遊んでいる。
意外と強力、それも連続で。
あんなに苦労して
手に入れたスキルを、
見ていただけの
ミーちゃんが覚えるなんて……。
「み～！」
ミーちゃん、神雷スキル習得!?

Otherworldy Struggle of God Cat Miicyan and Cat Tool Summoner
にゃんたろう
Illust. 岩崎美奈子
神猫ミーちゃんと
猫用品召喚師の
異世界奮闘記 5

口絵・本文イラスト：岩崎美奈子《いわさきみなこ》
デザイン：AFTERGLOW
江本昂紀《えもとこうき》

CONTENTS

Otherworldy Struggle of God Cat Miicyan
and Cat Tool Summoner

登場人物紹介

神猫一行

ネロ

ミーちゃんを助けて異世界転移した青年。
モフモフを養うためあれこれ楽しく奮闘中。

ミーちゃん

神猫。ネロを気に入り、一緒に異世界に来たけど帰れなくなる。今はこの世界を満喫中。

ペロ

猫妖精のケットシー。ミーちゃんを姫と仰ぐニャイト。ネロの親友兼腹ペコ魔人一号。

スミレ

病気のところを助けられたバトルホース。
足が速く、頼りになる姉御肌なお馬さん。

セラ

ネロ＆ミーちゃんに助けられ、友好の証についてきた黒豹族の女の子。腹ペコ魔人二号。

ルディ（ルーくん）

セラと同じく仲間となった白狼族の男の子。
モフモフな子狼。相手を魅了する瞳を持つ。

シュトラール（ラルくん）

南の竜王「烈王」さんの子供。とっても強いが、見た目は羽のある子犬。

ユーリティア（ユーリ）

エルフの元冒険者。
ネロと一緒に王都へ移り、ギルドの職員に。

レティーツィア（レティ）

義賊ギルド所属の暗殺者だったが、明るい世界を知るためにネロの元に。隠れモフラー。

神崎彩音

ネロと同じく日本から偶然転移してしまった女性。義賊ギルドの女帝として君臨するも、心優しくネロを導いた。

レイン

ネロと同年代の冒険者。ネロと気が合い親友に。

ポロ

ペロのパパ＆レインのパートナー。酒と女が大好きな自由な剣士。

パミル

元クアルトの受付主任。王都の統括主任補佐としてバリバリ働く。

プルミ

パミルの姪っ子。
ミーちゃん大好き天然少女。

アンネリーゼ
ルミエール王国の王妃様。

レーネ
ルミエール王国のお姫様。ペロ大好き。

エレナ
隣国・ヒルデンブルグ大公国の大公の姪。

ルカ＆レア＆ノア
王妃様たちにプレゼントした子猫たち。茶トラがルカ、白がレア、黒がノア。

ヤン
詐欺からネロたちに助けられた駆け出し冒険者。

ジクムント（ジンさん）
王国最高峰のハンター・五闘招雷の一人。

ローザリンデ
五闘招雷の一人で、長命なハイエルフの弓手。お酒大好き。

グレンハルト
五闘招雷の一人で、絶剣と呼ばれる剣の名手。

シュバルツ
ネロがお世話になったウイラー道具店の主。

カイ＆テラ
ペロが預かってきた王都の子猫たち。三毛がテラ。白黒がカイ。

アレックス
烈王の配下のドラゴン。社会勉強のため、神猫屋で働いている。

クラウディア
烈王の配下。同じく神猫屋の店員で、フローズン担当。

クリスティーナ（クリス）
烈王の娘でラルくんのお姉さん。酒癖がとっても悪い。

烈王
公国の南に位置する島に住む竜たちの王。ネロの持ってくるお酒が大好き。

ブロッケン山

牙王
白狼族の長。ルーくんの父親。

ロデム
黒豹族の長。牙王の右腕。セラの祖父。

パトラッシュ
通称パトさん、コボルト族。

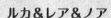

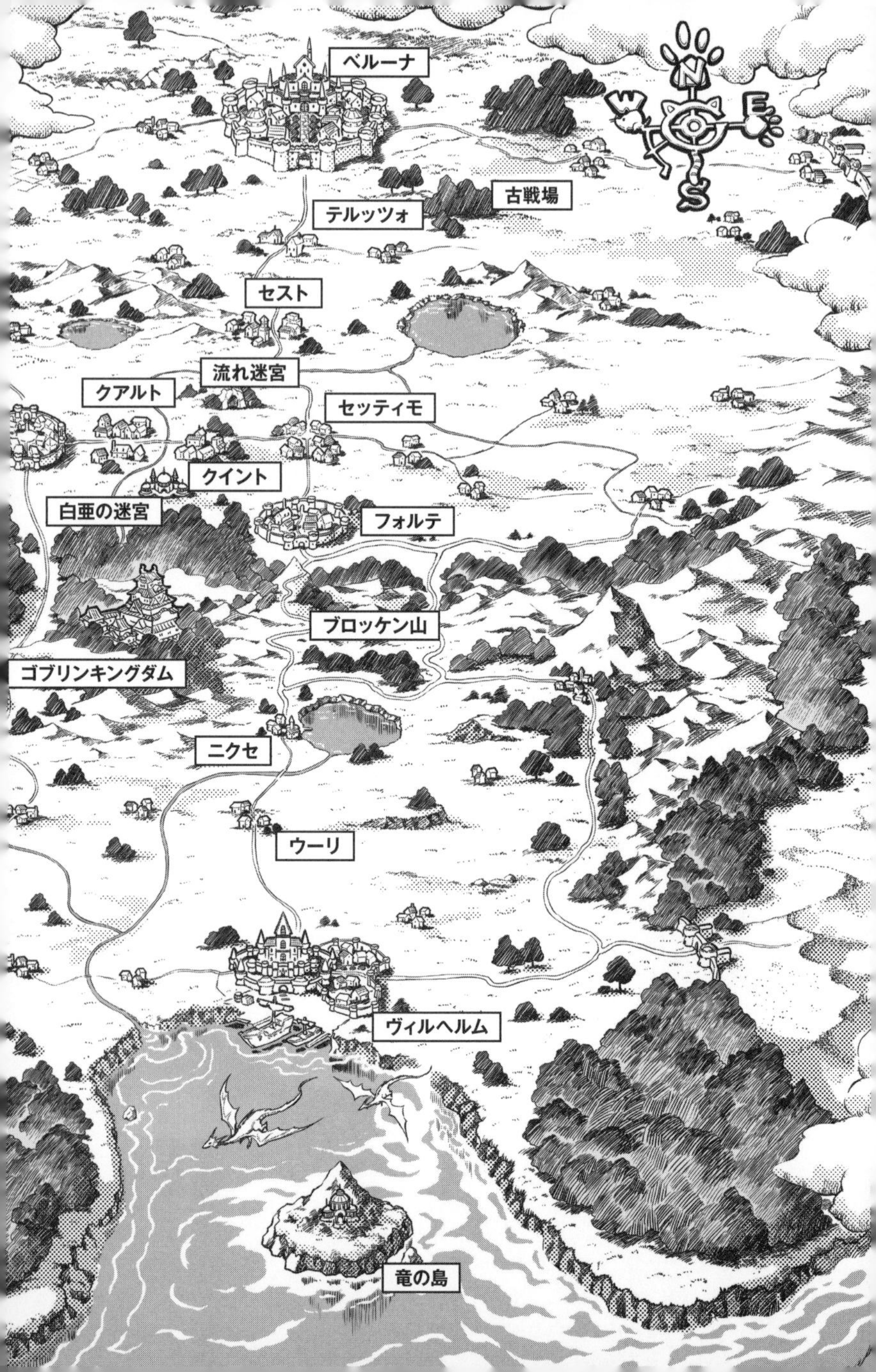
ベルーナ
N
W
E
S
古戦場
テルッツォ
セスト
流れ迷宮
クアルト
セッティモ
クイント
白亜の迷宮
フォルテ
ブロッケン山
ゴブリンキングダム
ニクセ
ウーリ
ヴィルヘルム
竜の島

ミーちゃん、商業ギルドに企画書《きかくしょ》を出す。

結局、なんやかんやで同郷ということで、隣国《りんごく》に召喚《しょうかん》された偽《にせ》勇者の説得に行かされる俺《おれ》とミーちゃん。驚《おどろ》くことに、偽勇者たち以外にもこの世界にいた、もう一人の同郷の方に手助けしていただけることに。ただどうやって向こうの国に行こうか悩《なや》んでいたら、なんと向こうからこの国の反乱分子と連携《れんけい》して攻《せ》めて来た。

なんとか別動隊の王都での反乱を鎮《しず》めて反乱軍の本隊へと向かい、一計を案じて偽勇者と接触《せっしょく》。典型的な勇者くんや勇者願望持ち、心に闇《やみ》を抱《かか》えた者まで。このまとまりのなさにはミーちゃんも頭を抱えたほど。いつものメンバーに新しい仲間たちの活躍《かつやく》もあって、なんとか偽勇者二人を引き抜《ぬ》くことに成功。途中《とちゅう》で出てきたダスクって奴《やつ》がいなかったら、もう少し引き抜けたのになぁ。残念無念。まあ、欲をかきすぎるのもなんだからね。

王国軍と反乱軍の戦いも、ドラゴンの長である烈王《レオ》さんの末っ子ラルくんの活躍で圧勝。無事、王都の我が家に帰り着く。引き抜いた偽勇者の宗方姉弟《むなかたきょうだい》の知識チートを使って神猫《かみねこ》商会を発展させ、ウハウハになってのスローライフを妄想《もうそう》した矢先に、同郷の先輩《せんぱい》である彩音《あやね》さんの死を知らされる。悲しみに暮れるミーちゃんに俺たち。あぁ、スローライフはどこ行った……。

「みぃ……」

植えた桜の苗《なえ》を名残惜《なごりお》しそうに見つめるミーちゃんを連れ、家に入るけど何もやる気が起きない。窓際《まどぎわ》の椅子《いす》に座《すわ》ってミーちゃんを撫《な》でながら、ぼーっと外を眺《なが》めている。ルーくんとラルくんは元気に外を駆《か》け回っている。そのルーくんとラルくんが玄関《げんかん》のほうに走って行くのが見えた。誰《だれ》か来たのかな？

対応に出たルーカスさんが手紙を持って来た。シュバルツさんからだ。ウイラー道具店の開店準備が済んだとある。骨董品《こっとうひん》の件でお話ししたいので時間を作ってほしいとあった。じゃあ、行ってみようか。シュバルツさんと話をすれば少しは気が紛《まぎ》れるかもしれない。

ここからシュバルツさんのお店までは結構な距離《きょり》がある。のんびりとミーちゃんを抱《だ》っこして歩く。ルーくんとラルくんもどこに行くの～と後ろをついてくる。

シュバルツさんのお店に着き、まだオープンしていない店のドアを開けて中に入ると若い男女が店の中を掃除《そうじ》していた。急に店に入って来た俺たちに驚き、フリーズして俺たちを見ている。前に話していたシュバルツさんの甥御《おいご》さんたちだろうか？

「シュバルツさんいますか？」

「み～？」

「あのう、どちら様でしょうか？」

完全に不審者《ふしんしゃ》を見る目だ。

「これはこれは、ミー様にネロさん。それとルーさん。新しいお仲間もいらっしゃるようですね。ようこそお越《こ》しくださいました。さあさあ、中へ」

奥《おく》から顔を覗《のぞ》かせたシュバルツさんが、こちらに気づき声を掛《か》けてくれる。

「み〜」

「がう」「きゅ〜」

「手紙を頂いたのでお伺《うかが》いしました」

シュバルツさんは場所を移してお茶の用意をしてくれ、甥御さんと姪御《めいご》さんの紹介《しょうかい》をしてくれた。

どちらも年の頃《ころ》は十五歳《さい》前後、マルコさんはまだ幼さを残した優《やさ》しそうな人、フィオリーナさんはそばかすがあるけど明るそうな可愛《かわい》らしい人だね。

二人は挨拶《あいさつ》が済むと店の掃除に戻《もど》っていく。

「いつ頃お店を開ける予定ですか？」

「そうですね。四、五日後といったところでしょうか」

「いつ開店してもおかしくないような気もしますが？」

ルーくんとラルくんは、俺の足元でシュバルツさんが用意してくれたミルクをペロペロ飲み、ミーちゃんはシュバルツさんの膝《ひざ》の上でなでなでされている。

「在庫の量がまだまだ足りません。手配はしていますが、在庫が心許《こころもと》ない状況《じょうきょう》です」

「なるほど、それで俺の骨董品が役に立つのですね」

「はい。以前見せていただいた品は、どれも収集家の心をくすぐるものばかり、是非《ぜひ》ともウイラー道具店にその品を卸《おろ》していただきたいのです」

シュバルツさんはそう言って、若輩者《じゃくはいもの》の俺に対して頭を下げる。

「顔を上げてください。元より、シュバルツさんにお願いするつもりでした。というより、シュバルツさん以外にお願いできる人はいませんから」

「み～」

「光栄でございます」

取りあえず、骨董品を出して並べるけど、ルーくんとラルくんが邪魔《じゃま》だね。壊《こわ》れ物もあるから元気すぎる二人がいるとちょっと不味《まず》いかも？

「マルコ、フィオ。少し休憩《きゅうけい》をあげるから、ルーさんとラルさんを連れて散歩に行っておいで」

「がう」「きゅ～」

「み～」

呼ばれた甥御さんたち二人は、嬉《うれ》しそうにルーくんたちをモフモフして目尻《めじり》を下げて出て行った。ずっとモフモフしたそうにしていたからね。

ルーくんとラルくんがいなくなったので、壊れやすい陶器製《とうきせい》などの骨董品も出せるようになった。

「素晴《すば》らしい……の一言でございます」

「み～」

シュバルツさん、喜んでいるというより呆《あき》れている？　そんなシュバルツさんは一つ一つ品を見ていき、紙に品名と値段を書いている。部屋中に物を出したけど、ミーちゃんバッグに入っている骨董品の五分の一にすぎない。以前、王妃《おうひ》様が買い上げてくれたからだいぶ減ったと思っていたけど、まだまだあるね……我ながらよく集めたものだ。

「み～」

価格については基本的にシュバルツさんにお任せ。正直、仕入れ値なんて覚えていない。売上げの配当金をどうするかということになったので、カティアさんに丸投げしよう。二日後にシュバルツさんがうちに来て、カティアさんと話をして契約書《けいやくしょ》を作ることになった。

シュバルツさんのチェックが粗方《あらかた》終わったので、またお茶にする。

「ミー様もネロさんも、何かお悩みごとでも？」

さすが、長い間客商売をしているシュバルツさん。いつもどおりに接していたつもりだけどわかってしまうのかな？　それとも、真偽眼《しんぎがん》の能力なのだろうか？

「隠《かく》すことでもないし、人生の先達《せんだつ》でもあるシュバルツさんに話を聞いてもらうのもいいかも。

「とても親しい友人が亡《な》くなりました……」

「みぃ……」

「そうですか……」

友人なんて言うのはおこがましいのはわかっている。でも、彩音さんなら笑って頷《うなず》いてくれると思う。そう思うよね。ミーちゃん。

「み～」

シュバルツさんにはもちろん召喚のことは話さず、俺の同郷の者とだけ言って彩音さんのことを話して聞かせる。

「ネロさんはだいぶ慕《した》っていたご様子。ですが、そのように塞《ふさ》ぎ込《こ》んでいてはそのご友人も安心できないのではございませんか？　そのご友人のためにも、ネロさんは幸せに生きなければならないのではないでしょうか」

そうだね。俺が塞ぎ込んでいたら天国に行った彩音さんが心配してしまう。シュバルツさんから叱咤激励《しったげきれい》をいただいたことだし、気持ちを切り替《か》えよう。彩音さんは神様の元に行って、俺たちのことを見ていてくれる。そんな彩音さんに心配なんかさせてはいけない。

「み～」

俺たちは今この時を精一杯《せいいっぱい》に生きて、楽しみ、笑い、そして前に進まなきゃならない。後戻《あともど》りや悲しむことなんていつでもできる。よし！　前に進もう。彩音さんもそれを願っているはずだ。

「み～！」

シュバルツさんにお礼を言ってから店の外に出る。外ではルーくんとラルくんが元気にお出迎《でむか》え、なんか嬉しくなってムニュムニュしてあげた。

「がう」「きゅ～」

「み～」

前に進むと決めたら元気が出てきた。うちに戻り、完成した企画書を持ってヴィルヘルムの商業ギルドに向かおう。


「これはこれは、神猫商会様。本日はどのようなご用件ですか？」

ヴィルヘルムの商業ギルドに入ると、いつもの担当者さんが俺とミーちゃんを見つけて声を掛けてきた。この担当者さん、なかなか目敏《めざと》い。

「ちょっと、これを読んでくれませんか」

「み～」

「ほう。何でございましょう？」

担当者さんに企画書を渡《わた》して読んでもらう。最初は怪訝《けげん》な顔をして読んでいたけど、途中から真剣《しんけん》な表情に変わった。

「これは面白《おもしろ》い企画ですな。ですが、この内容ですとだいぶ広い場所が必要になりますが？」

「この企画の時間帯だけ、中央広場を人以外は通行止めにできませんか？」

「人以外を通行止めですか？」

「人の往来は問題ありませんが、馬車などは危険ですから。そうすれば、中央広場全体を使えますよね。中央に屋台を持ってきて、外周にテーブルを並べていけば多くの人を呼び込めます」

「なるほど、しかし中央広場を使うとなると国の許可が必要になりますな。すぐに許可が下りるとは思えませんが？」

「では、許可が下りれば手伝ってもらえますね？」

「面白い企画ですので許可さえ下りれば、逆にこちらからお願いしてでもお手伝いさせていただきたいと思います。はい」

「わかりました。許可をもらってきます！　五日後から三日間でお願いしてきますので、そのつもりで手配をしておいてください！」

「で、ですが、いかに神猫商会様とはいえ、五日後からというのは許可が下りないのでは……」

「必ず取ってきますよ！」

「み〜！」

一度、うちに戻ってスミレを連れ出して大公様の元へ向かう。

「どうしたんじゃ。何事か起きたのか？　急に用があるとは」

「今日は大公様にお願いがあってきました」

「み〜」

「ふむ。ネロくんにはだいぶ世話になっておる。願いに応《こた》えるには吝《やぶさ》かではないが。で、願いとは？」

「ヴィルヘルムでお祭りを開こうと思いまして、つきましては五日後から三日間の夜間、中央広場を使う許可と、その時間帯の人以外の通行を止める許可を頂けないでしょうか？」

「祭りとな？」

「み〜！」

大公様に企画書の写しを渡して見てもらう。

「祭り……酒飲みたちの祭りのようじゃが？」

「メインは大人ですが、小さい子たちでも楽しめる工夫《くふう》はします」

「み〜」

「しかし、急じゃな」

大公様にキンキンに冷えたエールをジョッキで差し出す。公務中なのだろうけど、わかってもらうにはこれが一番。最初は執事《しつじ》さんが一口飲み、目を開いた。俺と大公様を交互《こうご》に見てから、名残惜しそうに大公様にジョッキをお渡しする。

「エールのようじゃが……」

大公様は一口飲んだ後、グビグビと一気に飲み干してしまった。

「これほど冷えたエールは初めて飲んだな……旨《うま》い！」

この部屋はさすが大公様の執務室《しつむしつ》だけあって、魔道具で温度管理がされている。されているけど、エアコンの利いた部屋で飲むビールは最高と聞いたことがある。暖房《だんぼう》の利いた部屋でキンキンのアイスを食べるのと似たようなものかな？　ならば、この部屋で飲むエールも最高のはず……だよね。

「この暑い時期にやらないで、いつやるのですか？　今でしょう！」

「み～！」

「な、なるほどのう。住民のためにもなるんじゃな。よかろう。明日までに書類を用意させる。届けるのはネロくんの所でよいのか？」

「商業ギルドのほうにお願いします」

許可はもらった。さあ、忙《いそが》しくなるぞ！

商業ギルドにとんぼ返りだ！

「み～」

ミーちゃん、準備に大忙《おおいそが》しです。

ギルドの中はてんやわんやの大騒《おおさわ》ぎ。

大公様から許可をもらってきたと言った瞬間《しゅんかん》、ギルドの職員さんたちの顔が真っ青になった。

まさか、本当に許可が下りるなんて思っていなかったので、誰《だれ》も準備なんかしていなかったようだ。たったの数時間のことだけど、大公様の許可が下りたイコール、絶対にやらなければならない最優先事項《じこう》に書き替《か》えられてしまったのである。さあ、働くのだ諸君！　時間は余りないぞ！

「み～」

職員さんが一斉《いっせい》にギルドを飛び出す。今回の企画《きかく》に協賛してくれるお店や屋台を探しに行ったのだ。ギルドでもこの町や近隣《きんりん》の町にいる大道芸人や吟遊詩人《ぎんゆうしじん》の確認《かくにん》、テーブルや椅子《いす》などの資材調達で忙しくなる。

ギルド職員が俺《おれ》に向ける目線が痛い。俺のせいじゃないよ？

「それでは、エールに関しては神猫《かみねこ》商会さんに一度集め、祭りで販売《はんばい》してもらい、売上金は折半ということでよろしいのですね？」

「売上金ではなく、人件費や諸経費を引いた純利益ですよ。現状、エールを瞬時に冷やせる技能を持った者はうちの商会の者だけでしょうから。ジョッキの洗浄《せんじょう》などを手伝ってくれる人は必要になりますので、そういった人の人件費も含《ふく》めてです」

「なるほど、そのとおりですな。こちらでもそういった技能持ちを探してみますが難しいでしょうな。神猫商会様にお願いするしかなさそうです」

そこら辺の契約書《けいやくしょ》は商業ギルドに丸投げ、得意分野だろう。あとは大きな紙を用意してもらい、中央広場の平面図を描《か》いて各ブースの設定、店舗《てんぽ》数の割り出しなどを担当者さんたちと決めていく。

気づけば十一の鐘《かね》が鳴った。大まかなことは決めたので、あとは商業ギルドに頑張《がんば》ってもらおう。

担当者さんには二日後にまた来ると伝えてヴィルヘルム支店に戻《もど》る。なぜかクリスさんとアルさんが土下座。昨日のことは途中《とちゅう》から記憶《きおく》がないらしい。それは、強い衝撃《しょうげき》を受けたからではないでしょうか？　見事な踵《かかと》落としだったから……。

「みぃ……」

二人にはお酒は飲むなとは言わないけど、ほどほどにねとだけ言っておく。

王都の家に戻ると、ユーリさんも戻ったところらしく一緒《いっしょ》に遅《おそ》い夕食をとる。ミーちゃんはカイと一緒に焼き魚と猫缶《かん》を美味《おい》しそうにハムハム食べている。ジンさんたちは……宴会《えんかい》中だ。部屋に戻ろうとしていたペロとルーさんに、鶏肉《とりにく》を大量に取ってきて欲《ほ》しいとお願いする。

「鶏肉？」

「何するにゃ？」

「にゃ？」

「大量にから揚《あ》げを作る必要があってね。お願いできる？」

「から揚げにゃ！　任せるにゃ！」

「となると、ヤンとカオリンがメインになるな」

「み～？」
カ、カオリンって宗方《むなかた》姉のことか？
「から揚げのためにゃ。カオリン頑張るにゃ！」

「はい。にゃんこ先生！」

「ヤンもにゃよ？」

「頑張ります！」

「よし、レイン。一宿一飯の恩義がある。俺たちも手伝うぞ！」

「パパにゃん、一宿一飯どころか何泊《ぱく》もしてただ食いしてるにゃよ？」

確かにそうだな。君たちはいつ帰る気だ。

「馬鹿野郎《ばかやろう》。六宿十八飯なんて面倒《めんどう》だろう。言葉の綾《あや》ってやつだ」

「なんか、すまん……俺、頑張るよ。ネロ」

が、頑張れ、レイン。


翌日はベルーナの商業ギルドに向かい、ヴィルヘルムの商業ギルドに出した企画書《きかくしょ》と同じものを神猫商会の担当者さんに見てもらう。

「面白《おもしろ》い企画ですね。ですが、許可が下りるでしょうか？」

やはり同じことを心配しているね。担当者さんにヴィルヘルムでは大公様に許可を頂いて、四日後に開催《かいさい》することを教えた。

「ヴィルヘルムでは許可が下りたのですね……ですが、ベルーナの中央広場はヴィルヘルムの中央広場より格段に広いので許可が下りるのは難しいのでは？」

「多少、伝《つて》があります。明日、許可をもらいに行って来ます」

「そうですか、では申し訳ありませんが、許可に関しては神猫商会様にお願いします。開催予定日は十日後でよろしいですか？」

「はい、忙しくなると思いますが、よろしくお願いします」

「み～」

「いえいえ、神猫商会様には鮮魚《せんぎょ》販売でお世話になっておりますし、それに今回の企画は町の人々も喜ぶものですから」

商業ギルドはひとまずこれでよし。次は、ハンターギルドに行ってパミルさんの説得だね。

「お、王宮に行くの……？」

「レーネ様にお願いされてしまったので」

「それなら、テラだけ連れて行けばよくない？」

「それだと、王妃《おうひ》様に何か言われるので」

「プルミも一緒に行くですぅ～」

「あんたが行ったら私の首が飛ぶから絶対に駄目《だめ》！」

確かにプルミを連れて行くと危険な気がする。レーネ様的には喜ぶかも？

「ユーリさんも行きますよ」

「ぐぬぬぅ」

ぐぬぬぅって気持ちはわかりますけど、諦《あきら》めてください。

「明日、九の鐘に迎《むか》えに来ますね。ギルドの馬車お借りしたいのですけど?」

「はぁ……用意しとくわ」

「猫さま～」

「み～」


うちに帰り、ペロたちが戻るまでにから揚げの準備をしておく。

「大漁にゃ!」

「「から揚げ! から揚げ!」」

「にゃ!」

サンダーバードのお肉四羽分と、コケッコーのお肉十羽分を狩《か》ってきた。早速《さっそく》、ララさんとヤナさんと手分けして、から揚げとポテトフライ、ヴィルヘルムの市場で買ってきた魚介類《ぎょかいるい》もフライにしていく。ピクルスはないけどきゅうりと似た野菜の酢漬《すづ》けを使って、なんちゃってタルタルソースも作る。ソースが欲しいけど作り方を知らない。残念。

四日後のお祭りで神猫商会ブースで売る品を作っているはずなのに、ミーちゃんバッグにしまう前に、せっせとペロたちが持って行ってしまう……なぜ。そして、リビングのほうからは宴会の音が聞こえてくる。解《げ》せぬ。

結局、作った半分は宴会のつまみと夕食に消えてしまった……これでは、全然足りない。当分はペロたちに鶏肉を狩って来てもらうことになりそうだ。

「から揚げのためにゃ。頑張るにゃ！」

趣旨《しゅし》を理解していないな……。


俺とミーちゃんとカイはスミレの上、ペロとセラはユーリさんの馬車に便乗、ルーくんとラルくんは走ってついてきている。昨日の夜のうちにルーさんに、今日はペロとセラは王宮に行くので狩りに行けないと言ってある。

ハンターギルドでパミルさんが用意してくれた馬車にみんなが乗り換《か》え、王宮に向かって再度出発。テラは俺と一緒にスミレに乗っていますよ。ごめんなさい……見栄《みえ》を張りました。ミーちゃんにくっついていますね。

スミレ姐《ねえ》さんは門番の兵士さんを無視して、我が物顔で王宮の門をくぐります。そういえば、アポなしなのだけど、大丈夫《だいじょうぶ》だよね……？

少し待つと、ニーアさんと厩務員さんがやってくる。ニーアさんにアポなしを謝《あやま》ると、

「ネロ様とミー様が来たらいつでもお通しするように言われておりますので、お気になさらず」

と言われた。ミーちゃん、俺たちＶＩＰですよ。

「み〜」

ミーちゃん、当然とばかりのドヤ顔。

「ペロしゃん！　みなしゃん！」

レーネ様が走って来てペロに抱《だ》きつく。なぜ、ペロなのだろう？　確かにペロは可愛《かわい》いけれど、ペロのどこがレーネ様の琴線《きんせん》に触《ふ》れたのだろう。謎《なぞ》だ。

「よく来てくれましたわ。最近鬱陶《うっとう》しい方ばかり来て、嫌気《いやけ》がさしていたところなのよ」

足元でみゃーみゃーとミーちゃんを長として猫集会が始まっている。

俺が最初に挨拶《あいさつ》してから、ユーリさんとパミルさんが王妃様に挨拶して席に着く。お土産《みやげ》に持ってきた焼きプリンをニーアさんに渡《わた》してから、王妃様に聞いてみた。

「鬱陶しいって何かあったのですか？」

「東の辺境伯《へんきょうはく》領が空いたでしょう？　我が夫に是非《ぜひ》って煩《うるさ》くてね」

なるほど、空いた辺境伯のポストにあわよくば就《つ》きたい貴族の奥方《おくがた》が、王妃様のご機嫌伺《きげんうかが》いに来ているってことだね。

「ねえ、ネロくん。いらない？」

「いりません」

「もう、つれないわねぇ」

王妃様たちは焼きプリンを、ミーちゃんたちはミーちゃんクッキーを食べながらお茶にする。ユーリさんもパミルさんも、まだちょっと固いけど普通《ふつう》に会話ができている。

話が一息ついたところで、王妃様に今回の企画書を見せる。

「これはお祭りかしら？」

「そうですね。一種のお祭りだと思ってください」

「反乱が起きて皆《みな》が不安になっていたので、これはいいことだわ。本来であれば私たちがしなくてはならないことね。全面的に協力させてもらいます」

なので、中央広場の使用許可と人以外の通行の禁止をお願いした。

「ニーア、お願いね」

「承知しました」

下を見れば、猫集会が終わってペロペロ集会になっていたので、ミーちゃんとカイ、テラを王妃様の元に連れて行く。

「ミーちゃん、ご機嫌よう」

「み～」

「カイとテラもよく来てくれたわね」

「「みゅ～」」

ミーちゃん、カイ、テラは王妃様に極上《ごくじょう》の笑顔《えがお》でご挨拶。王妃様は全員を抱きしめてスリスリ。

俺はルカ、レア、ノアに顔ペロされている。ユーリさんとパミルさんが羨《うらや》ましそうにしているので
ユーリさんにレア、パミルさんにノアを抱っこさせてあげた。レアはカイの、ノアはテラの兄弟姉《し》
妹《まい》だから、二人共とても嬉《うれ》しそうな顔をしている。

俺はルカを撫《な》でているけどふわふわのもこもこ、よく手入れされてる毛並みだ。みんなに可愛が

ってもらっている証拠《しょうこ》だね。

レーネ様はペロ、セラ、ルーくん、ラルくんに囲まれて満面の笑みを浮《う》かべていい笑顔。やっぱりレーネ様にはご友人が必要だと思うな。俺にはどうしようもないけど。

俺たちはお昼もご馳走《ちそう》になり、王妃様とレーネ様にまた来るようにお願いされ王宮を後にする。王妃様はよほど貴族の奥方たちと会うのが嫌《いや》らしく、今日は大事な友人が来ていると言って全《すべ》て断ったそうだ。王妃ってのも大変なんだね。

ハンターギルドに戻り、ユーリさんとパミルさんにお礼を言って、カイとテラを撫でてからペロたちには先に帰ってもらい、俺とミーちゃんは商業ギルドに向かう。

「許可が下りたのですね」

「み〜」

「はい、問題なく」

「それではこちらも全力でとり掛《か》からせていただきましょう」

ベルーナの商業ギルドでも大きな紙を用意してもらい、中央広場の平面図を描いて細かい打ち合わせをしていく。確かに図面を見るとヴィルヘルムの中央広場より格段に大きいことがわかるね。そこでふと気づいた。こういう大きな催《もよお》しものする時って警備が必要だよね。特に酔《よ》っ払《ぱら》いが出る今回の企画は、絶対に必要不可欠だと思う。

そこで、担当者さんと相談してハンターギルドに依頼《いらい》を出すことにした。ヴィルヘルムでも依頼を出さないと不味《まず》いね。今から行くしかないか。

家に戻り、ヴィルヘルムに飛んで商業ギルドに行くと、血走った目の職員さんたちに捕《つか》まった。

はいぃ？　な、なんでしょうか？

「み～？」

両脇《わき》を抱《かか》えられ連行された場所は、夏祭り運営推進チームと書かれた会議室。

「どこに行ってらっしゃったんですか！」

会議室の中にいた職員さんたちに恨《うら》めしそうな目で見られているのですけど……。うちの担当者さん、朝から俺を探して走り回っていたそうだ。ご、ごめんね？

「何か問題でも？」

「も、問題って……問題だらけですよ！」

「みぃ……」

いつも温和な担当者さんが般若《はんにゃ》に見える。ミーちゃん、びっくりして俺にしがみついてくる。

話を聞くと出店したい店が多いらしい。お祭りに便乗したい食べ物以外のお店も多いらしく、困っていたそうだ。ほかにもいろいろ問題点が浮上《ふじょう》して判断に困っていたという。商業ギルドさんで勝手に決めてもらっていいのにって言ったら、大公様の許可を頂いてきたのは神猫商会様でしょう！とキレられてしまった……。

仕方がないので一つ一つ考えていく。ハンターギルドに警護を依頼する件もある。

はぁ……今日、帰れるかなぁ？

「みぃ……」

ミーちゃん、お祭りに参加します。

ギルドの職員さんたちと一つ一つ解決策を模索《もさく》。商業ギルドで試算していた準備費用額より大幅《おおはば》に増えそう。その分、収入も増えるから問題はないけど。

取りあえず、ブースの貸出料を決めて、いい場所はそれなりの貸出料にする。食べ物以外のお店は一番外の外周にブースを設置することにした。それに合わせて警備の人数を決めてハンターギルドに依頼《いらい》を出さないとね。

「では、飲み物以外は各店舗《てんぽ》で値段を決めていいのですね？」

「構いません。ですが、過剰《かじょう》な値段設定には商業ギルド側で注意してください。それと、堅気《かたぎ》ではない人も参加希望してくると思うので、その辺も注意が必要です」

「闇《やみ》ギルドが関《かか》わってくると？」

「闇ギルドにかかわらず闇金融《きんゆう》、マフィアなどが目を付けるでしょうね」

「どう、対処しますか？」

「許可書の発行と見回りぐらいでしょう。怪《あや》しい者は随時摘発《ずいじてきはつ》するしかないと思います。王宮からも兵士が派遣《はけん》されますから、そちらに突《つ》き出すしかないでしょうね」

金になりそうな所には、そういう人たちは必ず群がる。どんな世界でも一緒《いっしょ》だ。

「それから、この託児《たくじ》スペースというのは必要なのでしょうか？」

「多くの人が集まれば、迷子《まいご》が出るのは必然です。小さい子を預ける場所を作っておけば親御《おやご》さんたちは安心して楽しめます。結果的に多くのお金を落とします。託児所もただではないですし」

「「「なるほどぉー」」」

ミーちゃんがお船を漕《こ》ぎだしてきたので、猫《ねこ》に小判クッションを出して寝《ね》かせてあげる。クッションの上に丸まってすぐ、すぴぃーと可愛《かわい》らしい寝息をたて始めた。

それからも打ち合わせを続けて、気づけば零《ぜろ》の鐘《かね》が鳴っていた……。また来ることを約束して今日は帰る。ヴィルヘルムの商業ギルドで出し合った課題は、ベルーナでも考えられることだから、作ってもらった議事録をベルーナの商業ギルドにも持って行こう。

うちに戻《もど》り、遅《おそ》い夕食を食べてからミーちゃんとお風呂《ふろ》に入る。

「だ・か・らー、入る時は札をちゃんと出しておいてください！」

レティさんが入っていた……。俺《おれ》が脱衣所《だついじょ》をちゃんと確認《かくにん》していないのも悪いのだけどさぁ。

ミーちゃんと俺自身の体を洗って湯船につかる。

「私はどうすればいいのだろう……」

ポツリとレティさんが呟《つぶや》く。

「どうすればも何も、好きにすればいいんですよ」

「好きにとは……何を好きにすればいい？」

「すべて」

「すべてか……少年は何も命令してくれないんだな……」

「できればしたくないですね。ですが、する時はそれなりの理由がある時です。でも、した時でもレティさんの考えは尊重しますよ」

レティさんはミーちゃんをその大きな胸元《むなもと》に抱《だ》きよせ、頬《ほほ》を摺《す》り寄せる。

「私もモフモフに生まれてくればよかった……」

モフモフはモフモフで大変だと思いますけどね。

「大奥様《おおおくさま》が亡《な》くなられ、私が操《あやつ》り人形だったのだと痛感している。今、私は何も考えつかない、何をしていいかもわからない。こんな私は人形から人になれるのか？　自由とはなんなのだろう……」

「焦《あせ》る必要はありません。ゆっくり一緒に考えていきましょう。時間はいくらでもあるのだから」

レティさんがこくりと頷《うなず》いた。

「四日後、いや、もう三日後か、ヴィルヘルムで夜にお祭りがあります。そこに同行してください」

「ヴィルヘルム？　今から発《た》っても間に合わないぞ。少年？」

「そこは問題ありません。レティさんにお願いしたいのは、そのお祭りに紛《まぎ》れ込《こ》んでいる闇ギルドなどの害虫の駆除《くじょ》です」

「一人では難しいぞ？」

「紛れ込んでいる害虫を見つけてくれるだけで構いません。実際の駆除は別の人がしますので」

「それは命令か？」

「うーん。神猫商会としての業務命令になりますかねぇ。嫌《いや》なら断っても構いませんよ？」

「いや、構わない。了解《りょうかい》した」

次の日からはとても忙《いそが》しい日だった……。ヴィルヘルムとベルーナの商業ギルドを掛《か》け持ちして、ヒルデンブルグとルミエールの王宮にも何度か行って話を詰《つ》めてきた。夜は夜から揚《あ》げなどのつまみ作りと大忙し。作っても作っても、腹ペコ魔人《まじん》と酒飲みたちに奪取《だっしゅ》される始末。困ったものだ。ミーちゃんなんか言ってちょうだい！

「み～？」

アレックスさんたちにも当日の夜に神猫商会として出店することを伝えている。なので、夜間営業が続くのでその日の日中はお休みにしてくださいと言ったけど、自分たちは問題ないので日中も店を開けると言う。ちゃんと休んでいるのか心配になってくる。今度ちゃんと帳簿《ちょうぼ》を確認しよう。

町中に、今日から三日間開かれる催《もよお》し物のことは事前に知らせてある。ヴィルヘルム支店の改装に来ている大工さんたちも、今日は早めに仕事を切り上げお祭りに行くと言っていた。まだ、始まっていないけど町中がお祭りムードに浮《う》かれているのがよくわかる。

時間にはまだ早いけど中央広場では既《すで》に準備が始まっている。いつもなら屋台などがまだ並んでいる時間帯だけど、屋台の主人たちも早じまいして、夜の準備に入っている。

俺も一度商業ギルドに顔を出してから準備に入ろう。

金儲《かねもう》けは二の次、町の人たちが楽しんでくれればいい。そう、祭りは楽しんだもの勝ちだ！

「み～！」

商業ギルドに寄って最終打ち合わせをしてから、うちに戻りレティさん、ペロ、セラ、ルーくん、ラルくん、スミレ姐《ねえ》さん、バロ、狼《おおかみ》四頭を連れてヴィルヘルムに飛ぶ。

アレックスさんたちも店を閉め、俺たちを待っていたようだ。

「きゅ〜！」

「シュトラール、元気にしていましたか？」

ラルくんがクリスさんに抱きついて顔ペロしている姿は犬にしか見えない……敢《あ》えて言わないよ。

「それにしても、大勢で来たものね」

「手伝いにはなりそうにないメンバーだな」

お互《たが》いに知らない者もいるので紹介《しょうかい》。レティさんはずっと緊張《きんちょう》しっぱなし。おそらく、今どこにいるのかさえわかってないと思う。そんな状態でこの四人がドラゴンと紹介したけど、理解できているか微妙《びみょう》。ドラゴン四人にはレティさんを氷族と紅霊《こうれい》族のハーフと紹介。まったく気にした様子はない。ドラゴンにとって、魔族だろうが人族だろうが気にもかけないのだろう。

それからクリスさん、ペロが嫌がっているので離《はな》れてください。いや、ルーくんもですからねってセラ、毛を逆立たせて威嚇《いかく》しない！　仲良くやってよね……。スミレ姐さんとバロは我関せずって感じ。バロならドラゴンの前ではビビるかなって思ったけど杞憂《きゆう》だった。

みんなと一緒に中央広場に行き、ペロ、セラ、ルーくん、ラルくん、スミレ姐さん、狼四頭、バロは託児所ブースで、お子ちゃまたちの相手をしてもらう。モフモフだし、スミレ姐さんやバロは優《やさ》しいので問題ない。ペロもああ見えて面倒見《めんどうみ》がいい。

ミーちゃんとアレックスさんには神猫商会のブース担当。お手伝いに来てくれた商業ギルドの受付のお姉さんと、つまみを売ってもらう。アレックスさんだけでは大変だと思い手伝いを探していたところ、商業ギルドのお姉さんたちが一斉《いっせい》に挙手した時にはちょっとビビった。最初は話し合いで決めてもらおうと思っていたけど、喧嘩《けんか》になりそうだったので厳選な抽選《ちゅうせん》のうえ決めてもらった。イケメン、悔《くや》しくなんかないんだからな！

俺とクラウディアさん、クリスさん、アルさんはエールを冷やす係。俺はソフトドリンクも担当。会計は商業ギルドの方がやってくれる。お客さんはお金を払《はら》ったら俺たちの所で受け取っていくスタイル。このほうがスムーズにいく。なんて、考えていた。この時までは……。

時間になり、花火が上がり商業ギルドの職員さんと依頼を受けたハンターさんたちの誘導《ゆうどう》でお客さんが会場に流れ込んでくる。

椅子《いす》を置いたテーブル席も作ったけど、ほとんどはテーブルだけの立ち飲み席にしてある。椅子を置いた席は有料にして、数席だけシルバーシートと称《しょう》してお年寄り用も作ってある。

席はほとんど埋《う》まったけど席に着けずにいる人も多い。しょうがないから始めてしまおう。商業ギルドのギルド長が司会を務め、大公様の祝辞として代理の方が始めの挨拶《あいさつ》をしてくれた。これによってこのお祭りが、国が承認して行われていることを知らしめる意味もある。これは国にも商業ギルドにもメリットがあることだ。商業ギルドはこのようなお祭りを開くことで株が上がり、国はこの国が平和で豊かであること、何より寛容《かんよう》であることを示すことができる。

大公様の代理の方が祝辞を読み終え、祭りの開始を宣言すると波を打ったような歓声《かんせい》が上がる。

さあ、ビアガーデンならぬエールガーデンの始まりだよ！

さて、始まったのはいいけど、予想外の出来事が……。クラウディアさんとクリスさんの所には長蛇《ちょうだ》の列が、アルさんの所にはマダムたちの列が、俺の所にはお子ちゃまたちが……あれ？

お子ちゃまたちの注文はすぐに捌《さば》けたので、クラウディアさんとクリスさんの手伝いに回ると、お客さんに睨《にら》まれる……な、なぜ。

仕方ないので俺は冷やすだけの係。渡《わた》すのはクラウディアさんとクリスさんに任せる。だけど、エール以外にもソフトドリンクも担当しているので俺の負担が半端《はんぱ》ない。クラウディアさんもクリスさんも冷やして渡してはいるけど、数が数だけに列は伸《の》びる一方。このスケベ野郎《やろう》どもが！

捌ききれないので商業ギルドの職員さんを呼び、綺麗《きれい》どころの受付のお姉さん二人を援軍《えんぐん》に呼んでもらう。俺は裏方に徹《てつ》する。何とか列が四つになり少しずつ混雑が解消されてくる。

アルさんはマダムたちにキャーキャー言われ、ニヒルな笑顔《えがお》を見せては更《さら》にキャーキャーと黄色い声が上がる。これだからイケメンって奴《やつ》は……アルさんはダンディーだけどね。

神猫商会のブースも大賑《おおにぎ》わい。イケメンアレックスさんと美人な受付のお姉さんに加え、愛くるしい我が神猫商会の会頭が鎮座《ちんざ》していれば、客が寄って来ないわけがない。特に今回は魚のフライになんちゃってタルタルソース付きがある。一度食べれば病《や》みつきになるってもんだよ。なんちゃってマヨネーズは、暇《ひま》をしていたジンさんに混ぜ混ぜしてもらった。やり終えた後は死んでたね、宴《えん》会《かい》時には復活していたようだけど。

さあ、エールガーデンは始まったばかり、ミーちゃん頑張《がんば》って行こうね！

「み～」

ミーちゃん、思わぬお客様ですよ。

エールの売れ行きも順調で、今は二杯目《はいめ》のお客さんたちが並び始めている。

メインステージでは大道芸人の芸が披露《ひろう》され、商業ギルドの職員さんたちも忙《いそが》しそうに走り回っている。今のところ、いざこざも起きておらず楽しいお祭りムードのままだ。

この世界だとこんなお祭りなんてほとんどお目にかかれない。特に大きな町ほど、このような催《もよお》しものはないと聞いている。今後、増えていけばいいな。みんな一つになれて楽しいからね。

向こうを見れば、神猫《かみねこ》商会のブースは益々大賑《ますますおおにぎ》わい、お隣《となり》のブースにはなんと『グランド ヴィルヘルム ノルド』が出店している。さすがに料理長は来ていないけど、調理場で会ったことのある料理人が来ている。売り子さんは、以前俺《おれ》たち付きになったメイドさんがやっており、暇《ひま》を見つけてはミーちゃんをモフっているのが見えた。後で是非《ぜひ》とも買いに行きたいと思う。あの料理長が半端《はんぱ》なものを出させるわけがない。楽しみだ。

「よっ！」

「お、お父様！」

クリスさんが素《す》っ頓狂《とんきよう》な声をあげたので、そちらを見れば烈王《レオ》さんがいた。

「ちゃんと働いているか？　我が娘《むすめ》よ」

「こ、このような場に来られてよろしいのですか？」

「烈王さんってあの場から動いていいんですか？」

「安心しろ、この体は分体だ。たいした力はない。それよりエール！」

次元竜《りゅう》、便利なうえにフリーダム。

仕方ないので、裏の端《はし》に席を用意する。さすがに烈王さんに立ち飲みさせるわけにはいかない。

「おっ、悪りぃな」

エールを渡《わた》して俺の収納から、から揚《あ》げとポテトフライを出してあげる。

「カリッとジュワァーと、旨《うま》いなこれ」

エールをゴクゴク一気に飲み干す。

「かぁー、もう一杯！」

「自由に来られるなら、自分でお酒を買いに来ればいいんじゃないですか？」

「まあ、そうなんだが、この分体には制約が多くてな、あんまり使いたくないんだわ」

「それじゃあ、そんな制約の多い体で今日来た理由は？」

「旨い酒が飲みたい！」

ですよねー。気持ちはわかるけど、それでいいのか次元竜。

「あぁーそれからな、ネロに教えたいことがあったのもある」

「なんですか？」

喋《しゃべ》っている間にもいくつものエールを冷やして、カウンターに載《の》せている。売り子のお姉さんたちはこちらの話に聞き耳をたてる暇もないから、このまま話を続けても問題ないだろう。

「ゴブリンキングと西の魔王《まおう》がとうとう戦端《せんたん》を開いたぞ」

「マジですか⁉」

「マジだ」

街道《かいどう》を挟《はさ》んで睨《にら》み合いをしていると聞いていたけど、とうとう戦いになっか……。これで戦火が広がることが確定した。これで三人の魔王がこの国近辺で争うことになった。動いてはいないけど、準魔王も二体燻《くすぶ》っている。問題はオークキングの情報がほとんどないことだ。

「西の魔王ってどんな奴《やつ》なんですか？」

「知らん」

「知らんて……」

「そうだな、知ってることといえば、魔王の中では古いってことくらいだな。昔、一度使者を寄こして来たことがあったが、使者がムカつく奴だったから炭にしてやった」

炭にって、燃やしちゃったのね。さすが、絶対強者。

「このことは、ほかに話しても構いませんか？」

「ネロの好きにすればいい」

面倒《めんどう》なことになった。魔王同士で潰《つぶ》しあってくれればいいけど、牙王《がおう》さんが言っていたように触《しょく》発《はつ》されて動き出す、ほかの魔王が出てくるとも限らない。大公様に報告しないと……って、『グランド　ヴィルヘルム　ノルド』のブースの前に大公様らしき人がいるのですけど⁉

走って裏側に引っ張って来た。執事《しつじ》さんと近衛《このえ》隊のカールさんも一緒《いっしょ》だった。

「久しいな。ルッツ」

大公様は怪訝《けげん》な顔をして烈王さんの顔を見る。カールさんは大公様が呼び捨てにされ、剣《けん》に手を掛《か》けている。それを執事さんが止めている格好だ。

「烈王さんです」

「な、なんと⁉」

大公様はひざまずこうとして執事さんに止められた。さすがに誰《だれ》が見ているかもわからないからだろう。烈王さんは気にした様子もなくエールを飲む。大公様はカールさんに離《はな》れて警護するように言い、執事さんに食べ物を買ってくるように言い付けて俺が用意した椅子《いす》に座《すわ》る。

「烈王様におかれましては、お元気そうでなにより。ご尊顔……」

「あぁー。忍《しの》びで来てるんだ、普通《ふつう》に話せ」

「ハァ……。このような場所になぜお一人で、言っていただければ手配いたしましたものを」

「忍びで来てると言ったろ。ルッツに会いに来たんじゃない。ネロに酒をたかりに来ただけだ」

たかりに来たんかい！　まあ、お金はいっぱいもらっているから構わないのだけど。

「酒などいくらでもご用意致《いた》しますが？」

「ネロが注ぐ酒だから旨いんだ。ネロ」

大公様にもエールを渡す。ちょうど食べ物を買って戻《もど》って来た執事さんが、先に俺が用意したエールを毒見で一口飲み、大公様が飲み始める。

「無粋《ぶすい》だな。人を見る目が衰《おとろ》えたか？」

「……」

「つまらん年寄りになったものだ」

「……」

烈王さん、なかなかの毒舌《どくぜつ》ぶり。大公様は何も言えず、執事さんは顔を引きつらせている。

「まあまあ、大公様にもお立場ってものがありますからね。さあ、どんどん飲んでください。せっかくのお祭りなんですから」

なんて言っているけど、俺はひっきりなしにエールを注いでは冷やし、注いでは冷やしを繰《く》り返して向こうに回している。さすがに疲《つか》れて来たね。

あぁ、ミーちゃんをモフモフした〜い！

しかし、なんて気不味《きまず》い雰囲気《ふんいき》……。

「『グランド　ヴィルヘルム　ノルド』はどんな料理を出していましたか？」

「うむ、これじゃ」

お、お好み焼きだと〜。一口頂いてみる。ソースじゃなく甘辛《あまから》い醤油《しょうゆ》ベースのものと、マヨが網《あみ》目状《めじょう》にかけられている。さっぱり系のお好み焼きだ。旨いの一言に尽きる。恐《おそ》るべし『グランド　ヴィルヘルム　ノルド』の料理長。

「旨い。ネロのこのフライに付けて食べるやつと、同じっぽいのが載ってるな」

「俺のほうはこれに少し手を加えたものです」

「ふむ。ネロくんの店の物もエールに合う」

そうでしょう、そうでしょう。フライ系はエールに最高！　本当は枝豆が欲《ほ》しい……ん？　枝豆？　それだ！　なんで思い出さなかったのだろう。大豆があるのだから枝豆あるじゃん。祖母の家で食べたずんだも作れるかも？　味噌《みそ》と醤油を作っている村に行けば間違《まちが》いなくあるよね。明日行って譲《ゆず》ってもらおう。こりゃあ、楽しみだ。

って、二人ともまだムスッとしている……。

「西の魔王とルミエールにいる魔王のゴブリンキングが、戦端を開いたそうですよ」

「なんじゃと！」

西の街道《かいどう》はルミエールとヒルデンブルグを繋《つな》ぐ街道の一つ、今は封鎖《ふうさ》しているけどヒルデンブルグに接していることには変わりがない。特にルミエールとヒルデンブルグの間には砦《とりで》がないので戦火が広がると不味いことになる。

「焦《あせ》るな。今すぐどうこうなるわけじゃない」

「しかし、そうなった以上、砦の建設を急がねば」

「まだ、小競《こぜ》り合いの段階だ。気をつけねばならぬのは、南の奴らだ。だいぶ燻っているようだぞ。いつ動き出してもおかしくない」

牙王さんが言ったとおりになりそうだ。

「早急にブロッケン山の主と話をつけろ。ネロがいるんだ、問題なかろう」

「相手を牽制《けんせい》できると？」

「時間稼《かせ》ぎにはなる。南東の奴は間違いなく躊躇《ちゅうちょ》するだろうな」

「手を貸していただけるので？」

「貸すと思うか？」

「……」

「飛竜《ひりゅう》共を預けているんだ。自分たちでなんとかしろ。それとも、人の手を借りねば勝てぬほど、平和ボケしたか？　ヒルデンブルグも落ちぶれたものだな。あいつが聞いたら己《おのれ》の子孫の不甲斐《ふがい》なさを嘆《なげ》くだろうな」

「クッ……」

ははは、胃が痛くなってきたね……。

「……戻るぞ」

大公様、帰って行っちゃいました。

「あそこまで言わなくてもいいんじゃないですか？」

「いんや、あれくらいでいいんだよ。この国は建国して以降、大きな戦いを経験していない。さっきも言ったが平和ボケしている。何かあれば俺が助けると思っている。そんな中途《ちゅうと》半端な気持ちで倒《たお》せるほど、魔王は甘くない。まあ、この国にいるのは準魔王だけどな。だがほかの魔王は違う。勇者が召喚《しょうかん》されていない今、この世界の者で倒さねばならない。まあ、ネロがいるけどな」

「いやいや、俺は勇者じゃないですからね。何度も言いますけど！」

「なら、神に勇者召喚を頼《たの》むんだな」

「どうやってです？」

「知らん」

だと思いましたよ……。神様ってどういう時に勇者を召喚するのだろうね？　今の状態って結構微妙《びみょう》な情勢のような気がするのだけど。大きな被害《ひがい》でも出ないとしてくれないのかな？　偽《にせ》だけど、宗方姉弟《むなかたきょうだい》を鍛《きた》えるしかないかなぁ。あの二人、ちょっと頼《たよ》りないんだよなぁ。まあ、いないよりましか……。

烈王さんはジョッキ片手に食べ物屋を回りたいみたいなので、細かいお金を渡しておいた。なくなれば戻ってくるだろう。

「大変にゃ！」

そんな中、ペロが走ってやって来た。何か問題でも起きたのだろうか？

「みんにゃ、お腹空《なかす》いてるにゃ！」

ガクッ、お腹が空いているって、あなたはいつも空いているでしょう？　ペロさんや。

「違うにゃ。お子ちゃまたちにゃ」

話を聞くと迷子《まいご》になった子たちがお腹を空かしているそうだ。それは困ったね。最初から託児所《たくじしょ》に預けられている子は、親御《おやご》さんから託児料を貰《もら》っているから問題ないけど、迷子となるとどうしようか？　商業ギルドのギルド長に相談してみるか。

ペロにギルド長を呼んで来てもらい相談。その間も俺は手を休めずにちゃんと働いている。

「わかりました。私共のほうで何とかしましょう。店を出している方々に協力してもらいます。嫌《いや》とは言わないはずです」

食べ物を出しているお店にお金ではなく、食べ物を提供してもらうってことだね。ギルド長、それはナイスアイデアだよ！

「ペロ。ミーちゃんの所に行って、神猫商会でも出すように言って」

「わかったにゃ！」

迷子までは考えたけど、迷子のお腹具合までは考えつかなかった。これは次に活《い》かさないと。

商業ギルドのギルド長によると託児所は満員御礼《おんれい》らしい。半分お子ちゃま、半分モフラーとのこと。お子ちゃまたちと一緒になって、モフラーがルーくんたちをモフっていると思うとなんか納得《なっとく》がいかない。だけど、ちゃっかりギルド長はモフラーたちから、お金を取っているようなので我慢《がまん》しよう。この世界の猫カフェみたいなものだと思えばいいのだ。ん？　いけるかこれ？

十の鐘《かね》が鳴ると同時に港のほうで花火が打ち上げられた。日本の花火に比べたら色も大きさもたいしたことないけど、大公様が自腹で用意してくれたものだ。ありがたい。そんな花火を見ていると十一の鐘が鳴り、初日のエールガーデンは終わりを迎《むか》える。

疲れたね～。

「み～」

そういえば、烈王さんはどうした？

「み～？」

ミーちゃん、お客さんにアーンさせます。

翌日、疲《つか》れた体に鞭《むち》打《う》って味噌《みそ》と醤油《しょうゆ》を作っている村へスミレに跨《また》がりパッパカ走る。心地《ここち》良《よ》いリズムに誘《さそ》われていつの間にか居眠《いねむ》り。気づいたら村に着いていた。さすが、スミレ姐《ねえ》さん。

村長を探し出し、大豆を譲《ゆず》ってほしいとお願い。

「大豆ですか？　もちろん、たくさん育てていますが、収穫《しゅうかく》にはまだ早いと思いますが？」

「それが欲《ほ》しいんです！」

「み〜！」

畑に連れて行ってもらうと畑一面に緑の絨毯《じゅうたん》が広がり、その向こう側には青々とした稲《いね》が風に揺《ゆ》れている。風光明媚《ふうこうめいび》とはこういうことをいうのだろう。すさんだ心が癒《い》やされるねぇ。

「み〜」

目の前にある大豆の成長途中である枝豆を、取りあえず一株分収穫して村長の家の台所を借りて茹《ゆ》でてみる。茹であがった枝豆に塩を振《ふ》り味見をすると……枝豆だね。でも、ややライト。枝豆の味より塩味が勝《まさ》ってしまう。まあ、美味《おい》しいからいいか。

枝豆は枝豆用に育てられた品種なのだと、その時思い知った。でも、村長の食べっぷりを見ていると十分にいける気がする。

「これは、なかなか、病《や》みつきになる味ですな」

村長さん、最初食べ方がわからず戸惑《とまど》っていたけど、食べ方を教えたらパクパクと止まらない。たまに、お口に入らず顔に当たったり、変な方向に飛んでいったりしている。

「好きなだけ持って行ってください。大豆はこの辺りではどの村でも作っていますからね。まあ、あまり売れる作物ではないので、使うのもこの村か家畜《かちく》のエサにするくらいですから」

「み～」

お言葉に甘《あま》えていくつも刈《か》り取っていく。しかし、こ、腰《こし》が痛い。なんて辛《つら》い作業だ。農家のみなさんはこれをいつもやっているのだね。敬意を表します。

「み～」

うちに戻《もど》ってから、ララさんたちと手分けして茎《くき》から枝豆を取り茹でていく。ララさんたちにも味見してもらったけど、概《おおむ》ね好評だ。ただ、食べ方を教えないと、どう食べていいか悩《なや》んでいたのは村長と同じだ。それと、これが育つと大豆になると教えたら驚《おどろ》いていた。家畜の餌《えさ》だからね。でも、この食べ方を広めれば、大豆の価値が上がり農家さんの収入も増えるかもね。

エールガーデンの時間が迫《せま》ってきたので、みんなを連れてヴィルヘルムに移動。二日目のエールガーデン開始の挨拶《あいさつ》は商業ギルドのギルド長が行うようだ。

今日も大勢のお客さんが集まっている。今日は最初から裏方に回り、接客はお姉さんたちに任せる。おかげで昨日ほどの混雑はない。代わりにアルさんの所が女性客で溢《あふ》れている……。

「よっ！」

「いいんですか？　今日も来て」

「ここは近いしな、短い時間だ問題ない……と、思う」

それでいいのか、次元竜《りゅう》！

「それより、眷属殿《けんぞくどの》が売ってる、あれはなんだ？」

そう、今神猫《かみねこ》商会のブースがおかしなことになっている。何がおかしなことになっているかというと、枝豆を買ったお客さんがミーちゃんの前に枝豆を置くのだ。もちろん、ミーちゃんが食べるわけではなく、お客さんは枝豆を置いた前で口をアーンと開けている滑稽《こっけい》な姿を晒《さら》している。

何をしているのか？　ミーちゃんが置かれた枝豆をミーちゃんの可愛《かわい》い肉球で押《お》すと、ポーンと枝豆が飛び出しお客さんの開けた口に入っていく。もちろん、すべてが入るわけではないけど、それはご愛敬。お客さんたちは入らなくても喜んでいる。

「枝豆です。美味しいですよ」

烈王《レオ》さんにエールと枝豆を出してあげたけど、枝豆を苦戦しながら食べている。

「旨《うま》いが、面倒《めんどう》だな」

「食べ方にコツがあるんです」

さやを持って下からつまんで押し出して、口に入れてみせる。烈王さんも何度か失敗しながらコツを掴《つか》んでパクパク食べ始め、エールもゴクゴク飲む。

「プハッー。こりゃあ、いい。豆なんて滅多《めった》に食わないが、これは酒に合うな。どこで見つけた？」

「珍《めずら》しい豆じゃないですよ？　そこら辺にいくらでもある大豆です」

「大豆って！　家畜のエサかよ！」

「こちらでは秋になって収穫するだけですが、俺《おれ》のいた世界ではこの食べ方は普通《ふつう》です。夏の風物詩と言ってもいいくらいに浸透《しんとう》してますね」

「はぁ、所変わればってやつかぁ」

烈王さん、感心しながら新しいジョッキ片手に屋台巡《めぐ》りに行ってしまった。フリーダムドラゴン。

そんな折、王宮の兵士がいる警護詰所《つめしょ》が慌《あわ》ただしくなっている。どうやら、大きな害虫駆除《くじょ》が始まるようだ。王宮の兵士の長とハンターさんの代表、そしてフードを深々とかぶっているレティさんが話をしているのが見えた。

やって来た商業ギルドのギルド長の話では、酔《よ》っぱらった人を狙《ねら》ったスリ集団と、酔っぱらったスケベ野郎《やろう》を対象とした美人局《つつもたせ》が行われているらしい。その元締《もとじ》めの場所をレティさんが見つけて来たみたいで、これからガサ入れが始まるそうだ。レティさんマジ優秀《ゆうしゅう》すぎ。

さて、少しエールの販売《はんばい》に余裕《よゆう》ができたのでアルさんに俺の場所をお願いし、ちょっとだけお祭りを見て回ろう。串焼《くしや》き、スープ、サラダ、クレープの様なものまであり目移りする。だけど、わかってはいたけど甘味《かんみ》を扱《あつか》っているお店はほとんどない。あるのは果物のはちみつ漬《づ》けや、パンに蜂蜜《はちみつ》をかけた素朴《そぼく》な甘味ばかり。

そんな中、神猫商会で今日からはお客さんの要望にお応《こた》えして、お団子を売っている。さすがにお団子を食べながらお酒を飲む人は少ないけど、女性やお子ちゃまには大好評のようで甘味では一人勝ちの状態だ。

安く砂糖が出回るようないい案はないかなぁ。残念ながら俺の頭では思いつかない。実は彩音《あやね》さんから貰《もら》った羊皮紙には、砂糖の原料になる甜菜《てんさい》のことが書かれていた。ただこの国にはなく、別の国にある。だけど家畜の餌としてで、砂糖としては使われていないらしい。もったいない。

何とか手に入らないだろうかと思って続きを読んでみると、なんと⁉　迷宮《めいきゅう》で稀《まれ》にいろいろな種が手に入ることがあるらしく、過去にその中に甜菜の種もあったそうだ。そうやって迷宮から見つかったいろいろな種が実を結び、この世界に広がっていく仕組みなのだそうだ。恩恵《おんけい》を与《あた》える迷宮って一体なんなのだろうね？

それより、ミーちゃんに俺も枝豆アーンしてほしいです！

今日はエールガーデン最終日。朝からせっせとカティアさんとララさん、ヤナさんと一緒《いっしょ》にエールガーデンで出す料理を作っている。

何を作っているのかというと、枝豆と玉ねぎ、人参のかき揚《あ》げ。ゴボウも入れたかったけど、市場で見つけられなかった。残念。それでも美味しいかき揚げが出来た。ペロからかき揚げ丼《どん》をリクエストされたので作ってあげたら、あまりの美味しさに泣きながら食べていた。しっかり、お代わりしていたけどね。さすが、腹ペコ魔人《まじん》筆頭。

それと、なぜかうちでゴロゴロしていたジンさんと、カイをモフモフしていたローザリンデさんにも好評だった。ちなみに、グレンハルトさんはベルーナの町の闇《やみ》ギルド壊滅《かいめつ》作戦が終了《しゅうりょう》したということで、ハンターギルドに行って今はいない。

ユーリさんとレティさんは寝《ね》ているので、お昼に食べてもらおう。

それからもう一つ準備している。枝豆があるのだから、あれを作らなければならない。そう、ずんだ。ただ、作るのが異常に面倒なのだ。枝豆をすり潰《つぶ》して砂糖を加えるだけだと思っていたけど、実際に作ってみたら、枝豆の薄皮《うすかわ》が口に残り大失敗。味は悪くなかったけどね。

枝豆の薄皮ってどう取るか知らないので、取り敢《あ》えず茹でた枝豆を鍋《なべ》に入れ水を入れて棒でかき混ぜてみる。なかなか薄皮が取れずに残っている。仕方ないので取れていない薄皮を手で取り、ずんだを作って食べてみる。最初に食べた薄皮入りのずんだより、コクというかなんというかうま味が少ない。水に入れて薄皮を取ったせいで味が抜《ぬ》けてしまったのだろうか？

しょうがないので、今度は茹でた枝豆を水に入れず、人海戦術で薄皮を取っていく。大変な作業だ。たまに横からさっと奪《うば》って行く輩《やから》がいてイラッとする。ペロくん、君だ。

やっとほぼ思い描《えが》いた味になった。小さい頃《ころ》にばあちゃん家《ち》で食べたずんだの味に近い。ずんだはこうした苦労のうえで作られたものなのだと、ばあちゃんの偉大《いだい》さを実感した今日この頃《ごろ》だった。

作るのが大変だけどもう少し頑張《がんば》って作りましょうって言ったら、ヤナさんが露骨《ろこつ》に嫌《いや》な顔をする。これは、量産には向かないな。限定品として売りだそう。

食べないだろうなと思いながらも、ミーちゃんに皿に載《の》せ出してみると、スンスンと匂《にお》いを嗅《か》いでから、何ということでしょう！　ペロペロ、ハムハムと食べたじゃないですか！

「み～♪」

茹でた枝豆には見向きもしなかったのに、ずんだは好きなんて、お菓子《かし》は別腹？　餡子《あんこ》とずんだ、どっちが好きなのかな？　ずんだって言われると作るのが大変なんだよねぇ。

夕方前にヴィルヘルム支店に行って、アレックスさんにずんだを渡《わた》す。

「新しい味か？」

「はい、作るのが大変なんですけど、試《ため》しに売ってみようかなと思いまして」

「普通に売っていいのか？」

「このお祭りの限定品ってことで、値段も少し高めにして売ろうと思います」

「了解《りょうかい》した」

さあ、エールガーデン最終日、頑張っていってみよう！

「み〜」

今日は職人ギルドのギルド長さんが始まりの挨拶をしたけど、話が長すぎて暴動寸前。慌てて商業ギルドのギルド長が割って入り、強引《ごういん》に開始の合図をしたので事なきを得る。職人ギルドのギルド長はプンプンのご様子でエールを呷《あお》っている。どこにでもああいう人いるよね。ＫＹな人って。

それはさておき、エールは順調な売れ行き。もう、何杯《はい》売ったのかわからない。商業ギルドのギルド長はホクホク顔でお祭りを延長してやりませんか？　な〜んて言ってくる。もちろん、丁重《ていちょう》にお断りさせてもらった。すぐにベルーナでも予定が入っているし、限定された短い期間だからお客さんも楽しむのであって、長くやったら飽《あ》きられる。まあ、本音は疲れるから嫌なのだけどね。

神猫商会で水スキル持ちの人を集めて訓練して冷やす係を増やしてもいいけど、夏が過ぎれば冷たいエールは売れ行きが落ちると思う。神猫商会の人を増やすにしても、今はまだその時ではないと思っている。やりたいことや、やらなきゃいけないことが多いから順々にやっていくしかない。

神猫商会のブースでは、ミーちゃんの特別実演枝豆アーンが好評で列が続いている。どうやら、お口に上手《うま》く入った人は幸せになれるという噂《うわさ》が広がり、お口に入らなかった人がもう一度並んで枝豆を買い挑戦《ちょうせん》しているようだ。ウハウハだね。ミーちゃん様様《さまさま》だよ。

限定品のずんだ団子は最初見向きもされていなかった。どうやら、鮮《あざ》やかな緑色が不気味に見えたらしい。そんな中、アレックスさん目当てのギルドの常連さんのお姉さんたちに、アレックスさんが勧《すす》めたところホイホイ買って行き、食べてビックリあら美味しいとなり、その後すぐに完売したそうだ。これだから、イケメンは……。

後の話だけど、ずんだを食べられなかった人や魅了《みりょう》された常連さんから、常時メニューに載せるようにお願いされ困った。なにせ、季節の限定品なので来年にならないと無理なのだ。なので、常連さんの間では幻《まぼろし》の団子と呼ばれるようになる。水スキルや氷スキルで冷凍《れいとう》保存はできると思うけど、作る労力がねぇ……。季節労働者を雇《やと》おうか？

枝豆のかき揚げも好評で醤油より塩で食べる人が多かった。まだ醤油の認知度が低いせいか、黒い液体にビックリするお客さんも多いとか。神猫商会の店頭でも売っているのだけど、値段が高いからなかなか手を出し難《にく》いのかもしれない。味噌玉はハンターさんご用達になっているのに。

そういえば、今日も烈王さんは平常運転。目の前でずんだ団子とかき揚げを食べながらエールをガバガバと飲んでいる。娘《むすめ》のクリスさんに白い目で見られているけど、いいのかねぇ？

「み～？」

ミーちゃん、準備運動してまでやる気満々です。

ヴィルヘルムのエールガーデンは、花火の打ち上げで幕を閉じた。

烈王《レオ》さんに頼《たの》むからまたやってくれと言われたので、今後はヴィルヘルムの商業ギルドが行いますよと言っておいた。うむぅと唸《うな》っていたけど、まさか来ないよね？

俺《おれ》が言ったとおり、今後のことは今回のお祭りでノウハウを学び、問題点や課題も見えたので商業ギルドが主体でやってほしい。神猫商会《かみねこ》は参加するだけにしたい。

エールガーデン終了《しゅうりょう》後、商業ギルドの職員さんと依頼《いらい》を受けたハンターさんたちが夜明けまでに会場の撤収《てっしゅう》をする。ご苦労様。俺たちは帰って寝《ね》る。後日、今回の精算が終われば商業ギルドに行くので、それまではベルーナのお祭りの準備だ。アレックスさんたちには明日はお休みにしてくださいと言っておいた。肉体的には疲《つか》れなくても、精神的に疲れたろう。

「み～」

ベルーナのお祭りまではまだ二日ある。ヴィルヘルムのお祭りの問題点などを引っ下げ、ベルーナの商業ギルドで打ち合わせ。家では空いている時間に、ベン爺《じい》さんと一緒《いっしょ》に大工仕事。ベルーナのお祭りではもう一つお店を出そうと思っている。

お子ちゃまたちを楽しませる輪投げの道具を作っている。入った点数によって景品を出すお祭りでよく見かけるやつだね。景品は主に神猫商会のブースで販売《はんばい》する食べ物の引換券《ひきかえけん》に、ベン爺さんが作った木製のおもちゃの剣《けん》や弓、独楽《こま》などのおもちゃ。それに、宗方弟の指導の下《もと》で、うちの女性陣《じょせいじん》に夜なべをして作ってもらったぬいぐるみ。宗方弟の趣味《しゅみ》なのだそうだ……。

宗方弟が作ったミーちゃんをデフォルメして作ったぬいぐるみはとても可愛《かわい》く、みんな欲《ほ》しがるほどの出来栄《できば》え。今回の特賞の一つにした。ちなみに特賞は三つ、ミーちゃんのぬいぐるみに神猫屋の一日食べ放題飲み放題券、バトルホースのスミレに乗って町の外周を一周する権利。スミレからはお子ちゃま限定で了解《りようかい》を得られた。輪投げの景品はよほどのことがない限り、必ず何かはもらえるようにはする。空くじなしってやつのお遊びだ。代わりに頑張《がんば》ってくれたみんなに、何かお礼をしないとね。今度、変わったお菓子《かし》でも作ろう。

「み～」

ペロたちとルーさんたちは鶏肉《とりにく》を取りに行ってもらっている。から揚《あ》げはいくらあっても足りないくらい。レインとポロも一緒に行っている。俺もミーちゃんとスミレとで枝豆狩《が》りに行った。腰《こし》が痛い……。村長さんにはそんなに食べるのですか？　と呆《あき》れられた。ヴィルヘルムで行われたお祭りには、村からも何人か来たみたいなので、枝豆を売っていたのは知っていたようだけど。

そんなこんなで、お祭り当日。応援《おうえん》としてヴィルヘルムからクリスさんとアルさんを呼んである。さすがにエールを冷やすのはカヤちゃんには頼めない。なので、ソフトドリンク類だけをお願いしている。でも、八の鐘《かね》がなるまでね。その後はお祭りをヤンくんと見てまわるようだ。

俺とクリスさん、アルさんは裏方に回り、冷えたエールのジョッキを渡《わた》すのは商業ギルドの受付のお姉さんたちに任せる。ベルーナはヴィルヘルムの町より人が多いから流れ作業でやらないと間に合わない。お姉さんの数もヴィルヘルムより増やしている。

イルゼさんにルーカスさん、カティアさんは神猫商会のブースでおつまみの販売。ルーさんとラさん、ヤナさんは輪投げの店をお願いしてある。宗方姉弟《きょうだい》は両方のお手伝いだ。

託児所兼《たくじしょけん》モフモフブースは前回のメンバーに加え、カイにテラが加わる。それと強力な助っ人《すけと》も呼んである。ペロにお願いしてお子ちゃまの世話をしてくれる猫を、王都の二匹《ひき》の猫区長さんにお願いして集めてもらった。人に触《さわ》られても嫌《いや》がらず、お風呂《ふろ》にも我慢《がまん》して入ってくれる猫様を十匹ほど紹介《しょうかい》してもらったのだ。なので、お祭り期間中はうちに住むので、うちが猫屋敷《やしき》になってしまった……みんな喜んでいたけど。

レティさんはヴィルヘルムと同じように警備に回ってもらう。レインとポロはその助手だ。ベルーナの闇《やみ》ギルドに壊滅《かいめつ》的な打撃《だげき》を与《あた》えたとはいえ、完全になくなったわけではない。逆に復興の資金集めに躍起《やっき》になっていると聞く。レティさんと義賊《ぎぞく》ギルドの情報網《じょうほうもう》と、ポロのネコネコネットワークの情報網は大いに役に立つだろう。レインはおまけだな。王宮からも兵士が出ているし、ハンターさんも警備にあたっているから間違《まちが》いは起きないと思う。

お祭りの時間になり、始まりの挨拶《あいさつ》は王宮から侍従長《じじゅうちょう》さんが来て、反乱軍との戦いの戦勝祝いとそれに伴《ともな》うこのお祭りの開催《かいさい》の祝辞が述べられた。このお祭りを戦勝祝いに託《かこつ》けたのは、王妃《おうひ》様か宰相《さいしょう》様の考えだろうな。抜《ぬ》け目ない。まあ、政治的なことは俺には関係ない。町の人たちも同じだろう。楽しめれば理由なんてどうでもいいのだから。

それにしても凄《すご》い人だ。あの人たちが一気に押《お》し寄せて来るかと思うと、ちょっと恐怖《きょうふ》を感じる。

売り子のお姉さんたちも顔を引きつらせているけど、営業スマイルは忘れない。プロだな。

そんな中、神猫商会の会頭ミーちゃんだけは、気圧《けお》されるどころかやる気満々。可愛い肉球をフミフミとテーブルに押し付け準備運動に余念がない。アーンをする気がありありと見える。でも、誰《だれ》かが教えないとやってくれないと思うよ？　ヤンくんをさくらとして送り込《こ》んで、ミーちゃんの御《ご》利益の噂《うわさ》を流してもらおうか？　誰もやってくれないと、ミーちゃん凹《へこ》みそうだからね。

花火が上がり、お祭りの開始。ベルーナのエールガーデン開始のお時間ですよ。

「み～！」

🐾

エール売り場は長蛇《ちょうだ》の列、頑張ってはいるけど全然減らない。カヤちゃんのソフトドリンクのほうも列ができている。ヤンくんが手伝ってくれているのでなんとかなりそうだ。

エールを渡しながら辺りを窺《うかが》うが、さすがに烈王さんは来ていない。代わりにジンさんたちが列に並んでいるのが見える。珍《めずら》しくジークさんも一緒だ。

「のう、ネロくんや。儂《わし》は仕事に戻《もど》らねばならん。ちと融通《ゆうずう》してくれんかのう？」

声を掛《か》けてきたのはゼストギルド長。仕事に戻るのにエールなんて飲んで大丈夫《だいじょうぶ》なのだろうか？　まあ、ゼストギルド長に頼まれれば断れないから、代わりに交換《こうかん》条件を出した。

神猫商会のブースでは枝豆は売れているけど、誰もミーちゃんの前に置いてくれない。ミーちゃん、プンスカしてテーブルをテシテシ叩《たた》いている。そんな姿も可愛いのでお客さんにモフモフされ、そうじゃないのよ～って更《さら》にプンスカ。そんなところにゼストギルド長が枝豆を買い、ミーちゃんの前に枝豆を置いて、お口をアーンと開けてくれる。

ミーちゃん、満面の笑顔《えがお》になり待っていましたとばかりに、枝豆を可愛い肉球で押し付ける。枝豆がポーンと飛んでゼストギルド長のお口の中に見事に入る。ゼストギルド長はニコニコと笑いながらミーちゃんの頭をなでなでするると、ミーちゃんはやったよ～♪　ってやり切った顔になる。

これを見ていたお客さんは自分もやって欲しくて、我先にと枝豆を買ってミーちゃんの前に枝豆を置いて、お口をアーンと開けて待つ。ミーちゃん出番ですよ！

「み～！」

ゼストギルド長のおかげで、これで波に乗るな。ミーちゃん、さっきまでと打って変わって、とってもいい笑顔だ。準備運動の甲斐《かい》があったってものだね。

神猫商会のブースでは、ここから見る限りやはりから揚げがよく売れている。そのあとにポテトフライといったところかな。ミーちゃんのおかげで枝豆も出始めるだろうね。ウハウハだよ。

エールのほうもなんとか落ち着き始めている。エール以外にもワインを売る場所も今回作り多少は分散するかと思ったけど、ワインはエールに比べると少し高いからエールほど並んでいない。

カヤちゃんのほうも列は捌《さば》けたので、あとは俺が引き継《つ》ぎヤンくんと一緒にお祭りを楽しんでもらう。ついでに、ここから見えない場所で行われている、神猫商会の輪投げブースの状況《じょうきょう》を見てきてもらいたい。こちらのブースで引換券が使われ始めているので、そこそこは稼働《かどう》しているとみている。それから神猫商会のイベントのために、ルーさんたちにこちらに来てもらう必要があるので、宗方姉弟《きょうだい》と代わってもらうように伝言を頼んだ。しばらくして、ルーさんとヤナさんがこちらにや

って来た。

「どうですか？　向こうは」

「大盛況《だいせいきょう》だな。大人共がやらせろってうるせぇから、張り倒《たお》しておいたぜ！」

「ほどほどにお願いしますね……」

みんなと話し合った結果、輪投げはお子ちゃま限定。採算度外視だから大人の財力でやられると、お子ちゃまたちが楽しめなくなる。抜け道はあるけど、その辺は町の人のモラルに任せるしかない。

それから、まだ特賞は出ていないそうだ。このお祭りの三日間で果たして出るかな？

ルーさんたちの準備ができたので神猫商会のブースの前に臼《うす》と杵《きね》を用意し、ミーちゃんバッグから蒸《ふ》かしたもち米を出して臼に投入。ルーさんとヤナさんのコンビで餅《もち》をつく。神猫商会イベント、餅つき大会始まるよ！

ぺったんぺったんと餅をついていくと、ギャラリーが増えてくる。何をしているかわからない人がほとんど。もともと、餅を食べる風習はヒルデンブルグの一部に限られていたので、知らないのも無理はない。だけど、だんだん餅らしくなっていくと気づき始める人も出てくる。気づいている人の大半は神猫屋の常連さんだろう。いつも食べているから気づいているようだ。

つきたてのお餅を、小さく切っていき、あんころ餅、きな粉餅、みたらしのタレをかけたもの、野菜スープ、ポタージュ、味噌汁《みそしる》に入れたなんちゃって雑煮《ぞうに》を作って無料で配る。お子ちゃま限定でね。実はこの中で一番お金がかかっているのは、きな粉餅になる。砂糖を使わないといけないので必然的に割高になる。まあ、お祭りだから気にしない。実を捨てて、名を得るだよ。

餅つきも飛び入り参加で餅をつかせている。お子ちゃまの時はルーさんが補助してあげている。自分でついた餅を食べるお子ちゃまの笑顔はいいね。

そんな中、レティさんが身なりの貧しいお子ちゃまたちをブースの後ろに連れてきた。スラムの子たちだ。みんな痩《や》せている。レティさん、無料で配っているお餅をスラムの子たちに食べさせる。ベルーナの闇の部分を垣間見《かいまみ》た気がする。飲み物を出してあげ、帰る時にから揚げとポテトフライを持たせてあげた。俺にできることなんてこんなことくらいだよ……。自分の力のなさを痛感させられるね。

「みぃ……」

ミーちゃんも同じ気持ちで、帰って行くスラムの子たちの後ろ姿を、悲しそうに見つめていた。

それはさておき、餅つき大会も佳境《かきょう》に入ってきたので、大人たちにも餅を配るのを解禁。おぉーという声とともに押し寄せてくるので列を作ってもらい、じゃんけんで勝った人に好きな物を選んでもらい配っていく。

ちなみにこの世界のじゃんけん、勇者が広めたようでグー、パーは同じ、チョキは勇者が地方の人だったのか親指と人差し指のチョキだった。掛け声はじゃんけんだけど、手を出す時の掛け声はグーが盾《たて》、チョキが剣、パーが鎧《よろい》と言ってやる。とても言い難《にく》い……。

でも、ミーちゃんはなぜか大喜び。じゃんけん好きなの？

「み～♪」

ミーちゃん、フリーダムすぎません？

神猫《かみねこ》商会の餅《もち》つき大会が盛り上がったことで、神猫商会のブースの売れ行きはうなぎ登り。周りのブースもイベントのおこぼれに与《あずか》り、売れ行きは好調のようだね。

輪投げのブースは九の鐘《かね》が鳴ったところで本日は終了《しゅうりょう》。お子ちゃまはもう寝《ね》る時間だよ。カティアさんにヤンくんとカヤちゃんを連れてうちに帰ってもらう。

残りのメンバーは交代で神猫商会のブースのお手伝い。ルーさんはジンさんたちのいる場所に行き、一緒《いっしょ》に飲むみたい。ジンさんたちは立ち飲みではなく、お金を払《はら》ってテーブル席を借りて飲んでいる。テーブルの上は食べ物でいっぱい。たまに見回りと称《しょう》してペロたちが来て、食べ物を強奪《ごうだつ》していく姿がみられる。ちなみにポロもちょこちょこ来ている。さすが親子。

宗方姉弟《むなかたきようだい》は輪投げのブースが終了した後、モフモフスペースに行って、猫様たちの召使《めしつか》いに成り下がっているそうだ。ペロ談ね。

祭りも終了の時間が近くなってきた時に、ギルドの仕事が終わったユーリさんが来て手伝いますと言ってくれたのだけど、疲《つか》れているだろうからジンさんたちの所で少しの時間だけでも楽しんでくださいと言っておいた。なのに、ユーリさんが寂《さび》しそうな顔に見えたのは見間違《みまちが》いだろうか？

「みぃ……」

ジンさんたちの席にはゼストギルド長にパミルさんもいる。パミルさんはテラを迎《むか》えに来たからわかるけど、ゼストギルド長もいるのはなぜ？　まあ、時間も時間だけに少しの間しか飲めないだろうけど、仕事はいいのだろうか？

託児所兼《たくじしょけん》モフモフスペースに行ってみると、託児所のほうは既《すで》に終わっていて、モフモフスペースはまだ大賑《おおにぎ》わい。下手をするとこのお祭りで一番賑わっているのではないだろうか？　と思うほど、男女年齢《ねんれい》にかかわらずモフモフを楽しんでいる。

猫様たちはおとなしくモフモフされ、時には抱《だ》きしめられても嫌《いや》がらない。意外なのはバロ二頭も人気があること。おとなしく愛嬌《あいきょう》のある顔だからかな？　それから、なぜかプルミがお手伝いする振《ふ》りをしながら、猫様たちをモフっている。見なかったことにしよう。

スミレ姐《ねえ》さんの所も多くのハンターさんたちが集まり、スミレ姐さんに触《さわ》ろうとするけど、レディの体に勝手に触んないでよ！　ってスミレ姐さんが威嚇《いかく》。スミレ姐さんはお子ちゃま以外はお触りは厳禁ですよ。じゃないと、スミレ姐さんに蹴《け》られて死んじゃいますよ？

逆に狼《おおかみ》四頭は食べ物がもらえるのでおとなしくモフられている。普段《ふだん》の凛々《りり》しい顔が見る影《かげ》もなくだらしなく崩《くず》れている……野生の生き様はどうした！　ペロ、セラ、ルーくん、ラルくんは平常運転。ペロとセラは食べ物がもらえるとお触りＯＫ、ルーくんとラルくんは遊んでもらえるだけで満足。カイとテラは二匹《ひき》寄り添《そ》ってお座り、皆《みな》さんに可愛《かわい》い笑顔《えがお》で愛嬌を振りまく。

そのカイとテラは俺《おれ》を見るとタッタッと走って来てよじ登ってくる。愛《う》い奴《やつ》らじゃ。周りの視線が痛いけど。カイとテラにしてみれば、お姉ちゃんであるミーちゃんの所に連れて行ってもらえると思っているだけなのだけどね。しょうがないので、そんな二匹をお姉ちゃんの所に連れて行く。

まずはお姉ちゃんにご挨拶《あいさつ》。カイとテラはミーちゃんにスリスリ、ミーちゃんはペロペロと大忙《おおいそが》し。このほんわかした光景にお客さんもほっこり顔。見ていて和《なご》む～。

零《ぜろ》の鐘が鳴ったところで、本日のお祭りは終了。ユーリさんにはみんなを連れて先に帰ってもらう。荷馬車を商業ギルドの裏の馬車置き場に置いてあるので、それにみんなと猫様たちを乗せて行ってもらう。ルーカスさんにはもう一度戻《もど》って来てもらうことになる。

潮が引くようにお客さんがいなくなると、待機していた商業ギルドの職員さんと清掃《せいそう》の依頼《いらい》を受けているハンターさんたちとで片付けが始まった。俺たちもジョッキの洗浄《せんじょう》に大忙し。神猫商会のブースのほうはイルゼさんが対応してくれている。

一の鐘が鳴る前に何とか終わり、迎えに来たルーカスさんと帰途《きと》に就《つ》く。スミレ姐さんの世話を念入りにしてから家に入りお風呂《ふろ》に向かうと、風呂場の前でペロと宗方弟、レインがバスタオルを持って立っている。何をしているのかと思えば、風呂場から濡《ぬ》れた猫様が飛び出してくる。

「ここで毛を乾《かわ》かさにゃいと、あっちに行っちゃ駄目《だめ》にゃ！」

「猫様。ブルブルしないでぇ～」

「なんで、俺が……」

ペロが猫様を誘導《ゆうどう》して、宗方弟とレインとでバスタオルで猫様をわしゃわしゃと拭《ふ》いているのだ。当分はお風呂に入れないな。やっぱり、男女に分けたほうがよさそうだ。こうして大工さんを呼ぶことを決めたのだった。

リビングに行くとヤナさんが猫様のブラッシングに勤《いそ》しんでいる。ジンさんとグレンハルトさん、そしてポロはお酒を飲んでいて、ローザリンデさんとジークさんはブラッシングの終わった猫様をモフっている。ルーくんとラルくんは猫様と遊んで欲《ほ》しくて、猫様に鼻を押《お》しつけたりしているけど、猫様にまったく相手にされていない。

そんな中、レティさんが両脇《わき》に猫様を侍《はべ》らせ、更《さら》にもう一匹を抱いて顔を埋《うず》めている。なんか幸せそう。邪魔《じゃま》するのも悪いので見なかったことにする。

セラはお祭りであんなに食べ物を食べていたのに、夜食を食べている。腹ペコ魔人恐《おそ》るべし。寝る前に食べると太るよ。セラに睨《にら》まれた……。

それにしても、ここはどこ？　あまりにもフリーダムすぎて、俺は立ち尽《つ》くしている。どうすればいいのだろうか？

「み～」

🐾

ベルーナの二日目の祭りの朝、せっせと料理作り。祭りに出す料理ではなく、スラムの子たちに食べさせる料理だ。あの光景を見てしまうと、何かしなければならないと思ってしまった。でも、俺にできることなんて、たいしてない。

そこで考えたのが炊《た》き出し。たまにスラムの子たちを集めてご飯を食べさせるくらいなら俺でもできる。病気の子にはミーちゃんのミネラルウォーターを飲ませることだってできるだろう。商業ギルドに頼《たの》んで、いらなくなった服などを集めてもらって配るのもいいかもしれない。こんなことなんて焼け石に水かもしれない。ただの自己満足にしかすぎないのかもしれない。だけど、なにもやらないなんて自分を許せないから……。

「み～」

ミーちゃんも俺のやることに大いに賛同してくれている。

そんな料理を作っている横で、宗方姉弟が何かをしている。

「トシくん。それでは始めようか～」

「はい、カオリン博士」

なにやってんだ、こいつら？　寸劇が始まり、しばらくすると、

「おお！　見たまえトシくん。私の仮説ど～おりの結果ではないか！」

「カオリン博士！　実験は大成功です！　この成功はニャーベル賞ものですよ！」

二人は隣《となり》で大きな鍋《なべ》を使って何かをしている。更に寸劇と同時進行で何かをし始めた。

「こ、これは！　何という神々《こうごう》しい色合い！」

「カオリン博士！　これで多くの甘味《かんみ》難民が救われますよ！」

「「はーはっはっはっ！」」

確かに隣の鍋から甘《あま》くいい匂《にお》いがしている。どうやら、水飴《みずあめ》のようだ。確かでんぷんを酵素《こうそ》を使って糖化するってやつだ。理論は知っていても作り方は知らなかった。やるな、宗方姉弟。

「フッフッフッ。この水飴を作る工程は、お酒を造る際の基本！　知っていて当然なのだ～！」

「麦があるので、もち米と麦芽で作ってみました。片栗粉《かたくりこ》もあるので、そっちでも作ってみます」

「それだけじゃないぞ、ネロくん！　ジャジャジャーン！」

カオリン博士がビンを高々と上げてみせる。

「い〜すとき〜ん！」

「み〜？」

「これでふわふわのパンが食べられますね。カオリン博士！」

「ふんわりと美味《おい》しいパンが食べたいのだ〜」

「あんパンも作れますよ」

「み〜！」

ミーちゃんがあんの部分に反応した⁉　ミーちゃん、パン食べないでしょうに！

どうやら、ペロがよく食べているドライフルーツから作ったみたい。さっそく、カティアさんとパン作りを始めている。

その間に水飴をちょっとだけ舐《な》めてみる。砂糖ほどの甘さはないけど優《やさ》しい甘さ。餡子《あんこ》に使えばいい感じになりそう。ミーちゃんのお口に合えばいいけどね。

箸《はし》の先に水飴をひっかけて、ぐるぐると回して練っていくと水飴が白くなっていき、それを舐めてみる。小さい頃《ころ》にばあちゃんちで食べた味だ。ぐるぐると回して練ることによって空気が入り味が滑《なめ》らか、まろやか、ふわふわになる。色も変わるので楽しくてやってしまう。ミーちゃん食べる？

「み〜」

え⁉　食べるの？　これ餡子じゃないよ？

「み〜」

俺がぐるぐると回して練った水飴をミーちゃんの口元に持って行くと、ペロペロ舐める。この頃《ごろ》ミーちゃんは、いろいろな食べ物に果敢《かかん》に挑戦《ちょうせん》するようになった。いいことだと思う。神様仕様の猫缶《かん》はそれは美味しいのだろうけど、ほかにも美味しいものは山ほどあるんだよ。そんな美味しいものを食べないなんてもったいない。

宗方姉弟とカティアさんはパンの生地《きじ》を作り終わり、寝かせる段階に入っていた。ここで膨《ふく》らめば成功。一次発酵《はっこう》とか二次発酵があるらしいけど、俺は知らない。牛乳とバターまで使った本格的なパンということなので期待して待っていよう。

その間にまだある麦芽を使って水飴を作ってもらう。水飴って昔は薬として使われたほどの栄養補助食品。作るのも簡単そうなので大量生産に向いていそう。やってみる価値がありそうだ。

お昼前に出来上がったパンの試食会。見た目はいつも食べているパンよりふっくら感がある。そして持った瞬間《しゅんかん》間違いがわかる。軽いのだ、そして柔《やわ》らかい。高価なバターまで使っているので香《かお》りもいい。なんといっても、食べた時の甘みと柔らかい食感が心地《ここち》よい。

今まで食べていたパンは決して不味《まず》いわけではない。中身がギッシリと詰《つ》まったパン、というのが一番合っているかもしれない。食べ応《ごた》えはある。

「「柔らかいです～♪」」

「こんなにふわふわなパンは初めて食べました」

「やっぱりパンはこうじゃないとねぇ」

「ねぇ～」

ララさんとヤナさんは至福の表情、カティアさんは驚《おどろ》きの表情、宗方姉弟は日本で食べていたパンに近づいたので満足のようだ。

お昼にみんなにも食べてもらうと、その柔らかさに驚いていた。なかには食べ応えがないなんっていう人もいたけどね。

「旨《うま》いにゃ……。ママにゃんにも食べさせてあげたいにゃ……」

「み～」

「うーん。日持ちしないから無理だと思うよ」

「そんにゃ～」

どこぞのお山の少女みたいに、服の中にパンを隠《かく》し入れたのが見えたので教えておく。ミーちゃんバッグなら問題なく保存できるけど、ペロの猫袋《ぶくろ》では無理。

「ママにゃん、元気にしてるかにゃ……」

「けっ、病気になるような玉かよ！　逆にみんなが病気で苦しんでる中、一人だけぴんぴんしてるような奴だぜ。心配するだけ無駄《むだ》だぜ。息子《むすこ》よ」

「パパにゃんは薄情《はくじょう》だにゃ。でも、当たらずとも遠からずにゃ？」

「み、み～」

そ、そうなんだ。丈夫《じょうぶ》なママにゃんでよかったね。

それならばと、いっぱい食べてこの感動をいつかママにゃんに伝えるにゃって、やけ食いが始まる。いやいや、その時はお土産《みやげ》に持って帰りなよ。ちゃんと持たせるからさ！

「み〜」

三時のおやつにみんなに水飴を配る。ちゃんと俺が練った物をね。ペロとポロにはそのままの水飴を渡《わた》して練り方を教えると、コネコネ子猫⁉　と一心不乱にコネまくる。親子揃《そろ》ってね。

「おぉー、銀色になったにゃ！　ペロは銀を錬成《れんせい》したにゃ。大金持ちにゃ！」

「パパにゃんのは、銀を通り越《こ》してミスリルだぜ！」

銀にミスリルねぇ、まあ見えなくはない。

「甘々《あまあま》にゃ〜。とろけるにゃ〜。幸せにゃ〜」

「にゃ」「がう」「きゅ〜」

「み〜」

ご満足いただけて幸いですよ。ヤンくんとカヤちゃんはまだ食べずに練っている。ジンさんとルーさんは甘い物が苦手なのでパス。ほかのメンバーは楽しみながら食べているね。カイもミーちゃんのお皿の水飴を一緒に仲良くペロペロ。餡子の時のような独占欲《どくせんよく》は起きないようだ。

なぜか、レインは水飴を見て唸《うな》っている。

「なんか一人で食べるのがもったいないなって思ってな。お嬢様《じょうさま》に食べさせてやりたいな」

「あの嬢ちゃん、甘い物に目がねぇからな。大人になったらまんまるだぜ。きっと」

「馬鹿野郎《ばかやろう》！　ちょっとふっくらしてるくらいが可愛いんだよ！」

はいはい、ごちそうさまです。

お土産に水飴持たせるから、帰ったら？　二人共。

ミーちゃん、お見合いイベントを行う。

二日目のお祭りも何とかこなしながら、スラムの子たちに食事を配り食べさせている。病気のお子ちゃまがいると聞けば、レティさんにミネラルウォーターを持たせ飲ませに行ってもらう。少しでも元気になってくれればいいけど……。

「み～」

そんな中、やはり闇《やみ》ギルドが賭博《とばく》、闇風俗《ふうぞく》と暗躍《あんやく》していたらしく、義賊《ぎぞく》ギルドの情報を基《もと》にジークさんとレイン、ポロがハンターさんたちと乗り込《こ》んで一網打尽《いちもうだじん》にしたとかしないとか。

そしてお祭りの最終日。まったく気づいていなかったけど、日中に王様がベルーナに帰還《きかん》したらしい。そこで始まりの挨拶《あいさつ》で再度反乱軍を倒《たお》した勝利宣言が行われたが、町の人はあまり興味がないようだ。ベルーナの住人って王家に対して冷めているよねぇ。

忙《いそが》しくエールを冷やしていると、商業ギルドの神猫《かみねこ》商会の担当者さんが汗《あせ》を拭《ふ》き拭き、俺《おれ》の所にやって来た。なんだろう？

「お客様から、猫を譲《ゆず》って欲《ほ》しいとの要望が殺到《さっとう》しておりまして……」

「み～？」

どうやら、モフモフスペースの猫様にハートを射《い》ぬかれた人たちが、猫様を飼いたいと言ってきたそうだ。野良《のら》猫さんたちは触《さわ》りたくても触らせてくれない。下手すればシャーって威嚇《いかく》されるからね。今回連れて来ている猫様はそんなことがないから、飼い猫にしたいと思ってもおかしくない。

そういえば以前にポロがうちで飼われたい野良猫が多いって言っていたな。今回連れて来た猫様は触られるのを嫌《いや》がらないどころか、逆に甘《あま》え上手な猫様ばかりだ。もしかしたらこのまま、飼い猫になりたいと思っている猫様もいるかも。

「み〜！」

取りあえず、猫様の話を聞きに行く。ペロに通訳をお願いして猫様のご意向を伺《うかが》うと、皆様了承《みなさまりょうしょう》して下さいました。ただし、条件があって飼い主は自分たちで決めるとのこと。マジですか⁉

急遽《きゅうきょ》、メインステージで猫様とのお見合いイベントが始まった。司会は猫様との話ができるペロ。

大丈夫《だいじょうぶ》なのだろうか？

「みんにゃ！　準備はいいかにゃ！」

「「「おぉー！」」」

「にゃんこが飼いたいかにゃ？」

「「「おぉー！」」」

「ちゃんと面倒《めんどう》みるにゃよ？」

「「「おぉー！」」」

「それにゃあ、ネコネコお見合いの始まりにゃ！」

わーっと会場が盛り上がる。

「最初はこの猫様にゃ！」

ステージ上に悠然《ゆうぜん》と毛の長いペルシャ猫みたいなモフモフ様がご登場。

「さあ、この猫様に果敢《かかん》に挑戦《ちょうせん》する勇者たちよ。出て来いにゃ！」

ステージの上に五人の勇者が登ってくる。お子ちゃま一人に、若い女性三人、男性一人だ。各自、アピールタイムが始まり猫様に必死にアピールをする。一番最後にお子ちゃまのアピールタイムに突入《とつにゅう》。トコトコと猫様の前に歩いていき、両手を広げて、

「大好き！」

の一言に、会場がどっと沸《わ》く。

「それでは、お猫様。判定をどうぞにゃ！」

猫様、一直線にお子ちゃまの元に駆《か》け寄ってスリスリし始める。まあ、これは仕方がない。まさに勇者の必殺の一撃《いちげき》。ほかの参加者も納得《なっとく》している様子だからね。何度挑戦してもいいことにしているので、まだチャンスは十分にある。

この後も残り九匹《ひき》の猫様のお見合いが続き、飼い主が決まっていく。

途中《とちゅう》で何を思ったのかプルミがステージに乱入して、

「猫さま～。ＬＯＶＥですぅ～」

なんてパフォーマンスをしたけど、プルミのママにゃん……もとい、パミルさんが現れ首根っこを掴《つか》まれ退場して会場を沸かせる一幕があったりした。テラがいるのに、プルミも自分の猫様が欲しかったのか？　どちらかというと、プルミは飼う側というより、飼われる側じゃないのか？

最終的に猫様のお眼鏡に適《かな》った飼い主は、お子ちゃま三人、女性五人、男性二人となった。

後で聞いた話だけど男女のご老人が猫様の飼い主になったのだけれど、実は夫婦《ふうふ》だそうで二匹の猫様を飼うことになる。後にペロが猫区長から聞いてきた話によると、この二匹の猫様も夫婦になって、ご近所様でもその猫様のお子ちゃまたちが飼われることになる。

こうして、大盛況《だいせいきょう》のうちにお祭りは幕を閉じた。本当に忙しかったけど、楽しかったね。

「み～」

お祭りが終わった次の日は、みんなお休みにした。久しぶりに何もしないで惰眠《だみん》を貪《むさぼ》る。

翌日はクリスさんたちをヴィルヘルムに連れて帰り、俺とミーちゃんは商業ギルドに向かう。いつもの担当者さんに俺たちは見つけられてしまい、別室に引っ張り込まれた。

「お待ちしていましたよ。どこに行ってらっしゃったんですか！」

「み～？」

いや、だからベルーナでもお祭りをやるって言っていたよね？

「神猫商会様以外には既《すで》に配当金をお配りしています」

一枚の紙とお金の入った袋《ふくろ》が渡《わた》される。紙に書かれているのは今回の内訳と税金等の領収書。思った以上のお金が動いたのが見てとれる。十分どころか結構な利益が出たようだ。

「税金もさることながら、商業ギルドの利益も上がり、更《さら》には商業ギルドの株まで上がる。万々歳《ばんばんざい》ですな。これも神猫商会様が持って来てくれた企画《きかく》のおかげ。感謝しております」

「みんなが楽しみ、人が動く、そうすれば物も動き、お金も動く。商売の基本です」

「み〜」

「まったくもってそのとおりですな。それを独占《どくせん》するのではなく、皆《みな》と共に有するという神猫商会様の考え、頭が下がります。ギルド長も神猫商会様からのご依頼《いらい》は、優先し融通《ゆうずう》して差し上げるよう承《うけたまわ》っております」

「ありがとうございます。何かあればお願いしますね」

「み〜」

この後もいろいろ話をされ、なかなか帰してもらえなかった。次はいつやりますか？　とかほかに企画はありませんかとかね……。

支店に戻《もど》ってクラウディアさんが記帳している帳《ちょう》簿《ぼ》を確認《かくにん》する。ウハウハだね。これはみんなにお礼をしないといけないな。なんにしようかな？　なんて考えながらうちに戻ると、ルーカスさんが慌《あわ》てた様子で俺の所にやってくる。

「王宮から正式な登城命令が届きました」

王妃《おうひ》様ではなく、王様からのようだ。明日の午後に王宮に来るようにと書いてある。もちろん正装でだ。なんだろうね？

「み〜？」


翌日は大忙し、いつもどおりスミレに乗って行くと思っていたら、ルーカスさんに怒《おこ》られた。どうやら、馬車で行かなければならないらしい。うちに馬車なんてないよ？　そこはルーカスさん、抜《ぬ》かりなくちゃんと馬車を手配済み。

俺の着替《きが》えが終わってミーちゃんもおめかしして馬車に乗る。御者《ぎょしゃ》はベン爺《じい》さん。ルーカスさんが正式な執事《しつじ》として一緒《いっしょ》に行く。なんか大げさすぎない？

王宮に着くといつもの入り口ではなく、王宮の正門に馬車がつけられる。王宮の方が馬車のドアを開けてくれて、ルーカスさんが先に降り、ミーちゃんを抱《だ》っこして俺が降りる。兵士さん二人と侍女《じじょ》さん二人に付き添《そ》われ王宮の一室に案内された。妙《みょう》に仰々《ぎょうぎょう》しい。

部屋でルーカスさんから昨日習った礼儀作法《れいぎさほう》の復習をしていると、王様付きの執事さんが現れた。

「お久しぶりでございます。ネロ様」

「えぇーと、今日呼ばれた理由ってなんでしょう？」

「それは後ほど陛下よりお話がございます。本日は謁見《えっけん》の間にてのお話になりますので、陛下がお話を許可するまでは、お言葉をお慎《つつし》みくださいませ」

「ミーちゃんは連れて行ってもいいのですよね？」

「み〜？」

「はい。王妃様が陛下よりご許可を頂いております。それでは、お時間ですので参りましょう」

ルーカスさんはここで待機。俺はミーちゃんと執事さんの後について行く。

大きな扉《とびら》の前で立ち止まり、執事さんの合図で扉が開かれる。中には数人の人がいるだけで、玉座には誰《だれ》も座《すわ》っていない。

「それでは、どうぞお入りください」

「み～」

ルーカスさんから習ったとおりに部屋の中央まで歩いていき、片膝《かたひざ》をついて畏《かしこ》まる。ミーちゃんは俺の左横でお座りして、畏まるどころか悠然と玉座を見据《みす》えている。さすが、ミーちゃん大物だ。

しばらくじっとしていると、奥《おく》の扉が開く音がして人が入ってくる気配がする。

「ネロ。面《おもて》を上げよ」

顔を上げると玉座には王様と王妃様が座っていた。

「此度《こたび》、お前を呼んだのはほかでもない。反乱軍の鎮圧《ちんあつ》も終わり粗方《あらかた》落ち着いたのでな、論功行賞を行った。残っているのはネロだけだ」

うーん。いらないとは言えないのだろうね。お金くれるだけで十分なのだけど？

「ネロは武勲《ぶくん》をたてたわけではないが、勲功だけで言えば筆頭になる。よって、ネロに世襲男爵位《せしゅうだんしゃくい》を与《あた》える」

はぁ……男爵ですか、それも一代限りじゃなくて世襲なのね。

「授《さず》ける領地はブロッケン山並びに、王室直轄地《ちょっかつち》であるフォルテを割譲《かつじょう》。更に、ヒルデンブルグ大公国よりニクセ地方をネロに賜《たまわ》ることになった。よって今後、ブロッケン山、フォルテ、ニクセをブロッケン男爵領とする」

「み～」

へっ？　今なんか凄《すご》いことを聞いたような気がするのですが？　それから、ミーちゃんなぜお返事しているのかな？

「よいかネロ。これより我がルミエール王国では、今後余ほどのことがなければ世襲貴族を作ることはないと知れ。ネロがこの国で最後の世襲貴族になるやもしれぬぞ。喜べ！」

いやいや、全然、まったく、本当に喜べない。どうせ、追々世襲貴族も廃止《はいし》にするつもりでしょう？　俺が世襲貴族になる意味ってあるのだろうか？

「ブロッケン男爵の役目はブロッケン山の主との友好にある。ブロッケン山は古来、交通の要衝《ようしょう》。街道《かいどう》を整備し商業が滞《とどこお》ることがないようにせよ。これは王命である」

「み〜」

王命って言われても……どうすればいいわけ？　ミーちゃん、また安請《やすう》け合いしているし……。

「何とか言ったらどうだ。ブロッケン男爵。まさか、断るつもりではなかろうな？」

「断ってもよろしいので？」

「無論、許さぬ」

「ネロくん。諦《あきら》めなさい。ネロくんを守るためにも必要なことなの」

守るため？　ってなんでしょう？

「気づいてないのかもしれないけれど、ネロくんは目立ちすぎたの。そしてこれからも目立つことでしょう。良きにつけ悪《あ》しきにつけ。そんなネロくんをこれから多くの者が抱き込み、利用しようとするわ。そんなこと、ネロくんは良しとしないでしょう？　でもそうなると、このまま手を打たなければ、ネロくんの命が危なくなるの。そのための授爵《じゅしゃく》なの。わかってくれるわよね？」

俺ってそんなに目立つことしたかなぁ……自覚はまったくないけど。でも、王妃様の言うとおりなら不味《まず》いね。俺だけのことならどうにでもなると思うけど、俺の周りにいる大切な人たちに何かあってしまうのは嫌だ。それを防ぐためにも権力を持ち、ルミエール王国とヒルデンブルグ大公国の後ろ盾《だて》を持てということなのだろう。これは、断れない状況《じょうきょう》らしい。

「謹《つつし》んでお受け致《いた》します」

「み～」

「ここに新たなる男爵。ブロッケン男爵が誕生した。領民を労《いた》わり、善政が敷《し》かれることを期待する。励《はげ》めよ」

俺はまた頭を下げて畏まる。王様と王妃様が退出して行くのを待って謁見が終了《しゅうりょう》した。

「おめでとうございます。ブロッケン男爵様」

「はぁ……気が重いです」

「ブロッケン男爵領はルミエール王国とヒルデンブルグ大公国を繋《つな》ぐ重要な地。陛下の信頼《しんらい》の厚い者にしか与えられるものではありません。東辺境伯《へんきょうはく》がいない今、北辺境伯、西辺境伯に次ぐ地位を得たものとお思いください」

「はぁ……益々《ますます》、気が重いです」

「すぐに、慣れます」

そんな簡単に慣れるのかな?

「み～？」

ルーカスさんが待つ部屋にミーちゃんをモフモフしながら戻る。

「陛下はどのようなご用件でございましたか？」

ルーカスさん、だいぶ心配していたようだ。俺が陛下から無理難題を押《お》しつけられると思っていたのかもしれない。いや、実際無理難題には違《ちが》いないのだけどね。

「ルーカス殿《どの》。ネロ様は陛下より男爵位を賜りました。とても名誉《めいよ》なことでございます」

俺が言う前に王様付きの執事さんが言ってしまった……驚《おどろ》かせようと思っていたのに。

「だ、男爵でございますか⁉　おめでとうございます。我が主《あるじ》が認められることは臣下として喜ばしい限りでございます。皆も喜びましょう」

ルーカスさん、ひざまずいて涙《なみだ》を流している。正直、俺的にはそれほどうれしいことではないのだけど、こうして泣いて喜んでくれるならもらってよかったかもね。

「み～」

このあと、ルーカスさんを立たせるのに苦労したことは、いい思い出だ。

「それでは、ブロッケン男爵様。明日から当分の間は登城していただきます。公文書の作成に領地の情勢等の引き継《つ》ぎ、やることは多々ありますので。ルーカス殿を含《ふく》め数人で来るのがよろしいかと思われます。冗談《じょうだん》ではございませんよ」

うげぇーという顔をしてしまった。やっぱりそうなるよね。俺一人だと絶対に無理だ。ルーカスさんとカティアさんを連れてこよう。考えてみれば今のメンバーでは対処しきれなくなるので、人材も集めないといけない。どうしよう……正直面倒だ。うちに帰ってみんなと相談だな。

「み～」

ミーちゃん、剣術《けんじゅつ》指南役を雇《やと》う。

「えぇー！　ネロさん、貴族ですと～！」

「ネロがお貴族様だと……」

「がう」「きゅ～」

「まじかよ⁉　ネロに負けた……」

「レイン。お前、最初っから負けてたと思うぜ？」

カオリン、煩《うるさ》いよ。ジンさんとルーさんは唖《あ》然《ぜん》としている。ルーくんとラルくんは意味がわかっているのかな？　カティアさんは泣いて喜んでくれている。ララさんとヤナさんは当然ですって顔をしているのは、なぜ？　そしてレインくん、血の涙《なみだ》を流さないでください。怖《こわ》いよ。

「貴族って美味《おい》しいにゃ？」

「にゃ？」

美味しくはないかなぁ～。美味しいものは食べられるかも？

「フォルテだけでなくニクセもとなると、街道《かいどう》を完全に抑《おさ》えた形になる」

「先生。陛下はネロさんに南の流通を任せたということでしょうか？」

「西の街道が使えぬ今、そうなのであろうな。問題はブロッケン山だとは思うが……」

グレンハルトさんがルーくんを見ている。ルーくん、首を傾《かし》げてな～にって顔だね。

「ネロくん、大金持ちになれるわよ〜。お姉さん、奥《おく》さんになっちゃおうかな〜」

お姉さんっていう歳《とし》かいって思ったら、殺気の籠《こも》った目で見られた……くわばら、くわばら。

「問題は人でございますね。当面は王宮から人材を借りるとしても、早急に優《ゆう》秀《しゅう》かつ信頼《しんらい》できる者を集めなければなりません。文官も武官もです」

「フォルテ、ニクセ、どちらを拠点《きょてん》にするかも決めなければならないと思います」

カティアさんの言う拠点って屋敷《やしき》のことだよね、なら、俺《おれ》はニクセがいいかな〜。湖畔《こはん》の町なので景色は最高だよね〜。でも商業を考えるとフォルテなんだよ。何といっても肥沃《ひよく》な穀倉地帯で更《さら》にお酒の産地だし、どこへ行くにも便利な町だからね。

「文官は商業ギルドに相談したら駄目《だめ》かな？　今回のお祭りの件で貸しがある。武官はハンターさんたちから募集《ぼしゅう》したらいいんじゃない？」

「商業ギルドですか……確かに、この領地の位置ですと商業ギルドとは密接な関係になることでしょう。ですが、情報が全《すべ》て商業ギルドに流れるおそれがあります」

「それは仕方がない。要は、商業ギルドに付くのが得か、うちに付くのが得か、わからせればいいと思う。表面上商業ギルドに付いてると見せかけて、こちらの都合のいい情報を逆に流させ商業ギルドを操作するぐらいでいいと思うな」

「み〜」

二重スパイにしちゃうってことだ。

「上手《うま》くいくでしょうか？」

「そういう目的で送られてくる人なら優秀でしょう。逆にそういう人ならどちらに利があるか、すぐに理解するはず。あとは誠意をもって話をすればある程度の者はこちらに付いてくれるんじゃないかな。付いてくれない者には重要な役に就《つ》かせなければいいし、逆に監視《かんし》もしやすくなる」

「ネロ……お前、結構あくどいな」

ルーさん、それは誉《ほ》め言葉だと思っておきますよ。それにルーカスさんが人を集めていたはず。ルーカスさんが集めた人たちなら信用できるので当分兼任《けんにん》してもらえばいい。

「募集するハンターのほうはどうするんだ？」

「そうですねぇ。ゼストギルド長とセリオンギルド長に相談してみましょうか。あの二人なら信用できますので」

「ふむ。確かにあのお二方なら信用できる。どうだろう、そこに私も含《ふく》めてみてはくれないかね？」

「先生⁉」

どういう意味かよくわからないが、グレンハルトさんが参戦。

「どういう意味ですか？　グレンハルトさん」

「私はハンターの引退を考えているのだが、隠居《いんきょ》するにはまだ早いとも思っている。そこでだ、ブロッケン男爵《だんしゃく》の私兵団で雇ってはくれないだろうか？　若手の育成などで役に立てると思うのだが」

「なるほど、剣術指南役ということですね。俺としては嬉《うれ》しいことですが、本気ですか？」

「み〜」

ミーちゃんも乗り気のようだ。

「剣術指南役。なるほど、言い得て妙《みょう》だな。もちろん本気だよ」

「先生⁉　それでは私はどうなるのですか！」

「ジーク。君はそろそろ独り立ちする時だ。我が剣術は全て仕込《しこ》んだつもりだ。後は己《おのれ》自身で剣の道を究《きわ》めなければならない。これ以上私のそばにいても君は強くはなれないだろう。この世にはまだまだ強者は多くいる。己《おの》が剣を究め、強者となれ！」

「先生……」

こんなこと思うのは失礼だとは思うけど、熱血青春ドラマを見ている気分。

「み～」

剣術指南役という思わぬ人材が手に入ってしまった。

「じゃあ、俺も入ってやるよ」

「あー、ルーさんは最初から頭数に入ってますんで……逆に、逃《に》がしません」

「えっ⁉　マジで？」

だって神猫《かみねこ》商会の商隊を率いてくれるって言っていたじゃないですか。

「にゃあ、ペロも入るにゃ！」

「にゃ」「がう」「きゅ～」

き、君たちは、別に入らなくてもいいと思うよ？　でも、妖精《ようせい》族の方たちは誘《さそ》ってみようかな。

元々商隊の護衛をお願いするつもりだったからね。

「おそらく多くの貴族の子弟《してい》が仕官に訪《おとず》れると思いますが、如何《いかが》いたしますか？」

「それこそ、必要ないね」

「そういうわけにもいきません。ネロ様が新しい貴族の仲間入りをして領地を得たということは、ほかの多くの貴族の妬《ねた》み、不満を買うことになります。多少なりとも、貴族の子弟を仕官させる受け皿を作り、恩恵《おんけい》を与《あた》えなければ尚《なお》のことです」

貴族の嫡男《ちゃくなん》、もしもの時の次男はいいとして、三男以降は家を出なくてはいけない。女性だってそう変わりはないらしい。結婚《けっこん》できればいいけど、家の格が邪魔《じゃま》して結婚できない女性もいる。特に東辺境伯《へんきょうはく》の反乱失敗で多くの貴族が取り潰《つぶ》しになったから、結婚相手も大幅《おおはば》に減ったことになる。

食べていくには働くしかない。でも、貴族のプライドもあり、どんな仕事でもいいとはいかない。その受け口になれということだ。

「面倒《めんどう》だね。貴族って」

「その貴族にネロ様はなったのでございます」

「み～」

「まあ、そういうことなら、面接して有能な能力持ちだけ雇えばいいよね。俺、鑑定《かんてい》持ちだから」

「怖いわぁ……鑑定持ち」

「人の能力が見えるって、反則だよねぇ」

この能力が向こうの世界にあったなら宗方姉弟《むなかたきょうだい》の言うとおり怖いと思う。ことによっては丸裸《まるはだか》にされるようなものだ。確かに、鑑定は便利だけど熟練度やその人の性格が見えるわけではない。最終的には人を見る目がないと駄目なのだ。

「ネロが男爵になったんだ、レイン。騎士《きし》として雇ってもらえばいいんじゃね？　そうすれば、あの娘《むすめ》っ子と結婚できんじゃね？」

「それだ！　ネロ、俺を騎士にしてくれ！」

「やだ」

「み～」

「なんでだよ！　なぁ、俺とネロの仲じゃないか～」

なんでと言われても、レインを騎士にするくらいなら、グレンハルトさんを騎士にする。それに、まだうちには騎士団がない。騎士団どころか私兵団すらない状態だ。ブロッケン男爵家は新興貴族なので、まだ騎士爵を与える任命権をもらえていない。もし、俺がレインを騎士にするとしたら王様に許可を頂かないと駄目なのだ。

「し、知らなかった。騎士は遠いな……」

やはり、手っ取り早いのはＡ　Ｆ《アーティファクト》を国に献上《けんじよう》することだろうね。騎士爵と小さいながらも領地をもらえるけどどうする？

「そ、それは……まだ決心がつかない」

まあ、決心がついたら言ってくれ、高く売りつけるからさ。

「ネロさんが悪い顔してるよ。姉さん」

「あれは悪徳商人の顔だねぇ。トシ」

宗方姉弟、失礼だぞ！

「その神猫商会は如何するおつもりですか？」

「えっ？　そのまま続けますよ。もしかして、駄目なんですか？」

「駄目ではございませんが。貴族が商人の真似事《まねごと》をするのは、ほかの貴族から良い目で見られませんが……」

「ルーカスさん。それは逆じゃないですか？　商人が貴族になったんです。それに神猫商会の会頭はミーちゃんですよ？」

「み～」

「「「嘘《うそ》だろう……」」」

「ミーちゃんが社長さんだったんだぁ」

「ミーちゃん、偉《えら》いんだねぇ」

「み～」

宗方姉弟は別として、言ってなかったかな？　なので、商業ギルドの証明書を見せてあげた。

「うわぁー、本当に会頭になってる」

「ネロさんより偉いんだね」

「み～」

「商業ギルドはなにやってやがるんだ……」

神猫商会をやめるつもりはさらさらない。神猫商会じゃなきゃできないこともある。貴族になった以上、それを利用しないなんてことはない。神猫商会は剣となり盾《たて》となるだろう。

「み～」

その日の夜は、ささやかながら、みんながお祝いのパーティーを開いてくれた。夜に戻《もど》って来たユーリさんにも男爵になったことを聞かせると、

「私もギルドを辞めて、ネロくんのお手伝いをします！」

だそうです。ユーリさんほどの有能な方が手伝ってくれるのは嬉しいけど、一度ゼストギルド長と話をしてねと言っておいた。

「みぃ……」

なんで、そんな残念な子を見るような目を向けるのかな？　ミーちゃん？


次の日、ルーカスさんとカティアさんを連れて王宮に行き王宮内の一室に案内され入ると、書類が山積みにされた状態で文官の方たちが手ぐすねを引いて待っていた……怖いわぁ。

大きな地図を見せられ、ブロッケン男爵領の町や村の把握《はあく》をさせられる。フォルテからニクセまでの街道はブロッケン山を越《こ》えるのと、山裾《やますそ》沿いに迂回《うかい》する二つ。ニクセから東に街道を挟《はさ》み山脈が続いている。東の突《つ》き当たりには鉱山があり、麓《ふもと》に鉱山で働いている人たちが生活している町がある。村は多く点在しているけど、町と呼べるのはフォルテとニクセ、そしてその鉱山町くらい。

ニクセの町はルミエール王国とヒルデンブルグ大公国を繋《つな》ぐ街道の宿場町的な役目で大きくなったようで、これといって突出《とっしゅつ》した産業はない。代わりにフローラ湖があり観光や巡《じゅん》礼《れい》に訪れる者が多い。ちなみにフローラとはこの世界の神様の名前なんだって、初めて知った……。ポンコツ神様

のお姉さんだったよね？

「み～」

領地はブロッケン山を除いたとしても広大で、村々に定期的に巡察官《じゅんさつかん》を送らないといけないらしい。税逃《のが》れが行われることもしばしばあるそうだ。基本、検地はされているらしいけど、新たに耕作された土地は巡察官が赴《おもむ》かないとわからない。滅多《めった》にないけど新しい産業が起きていることもあるので、巡察官は重要だ。

細かいことはルーカスさんが紙に書いてくれている。カティアさんはここ十年の歳入《さいにゅう》、歳出《さいしゅつ》を見て細かい支出の内訳を確認《かくにん》している。今は国の代官が統治しているので、年にどれくらいの維持費《いじひ》などが掛《か》かるか資料から読み取るらしい。

「これを見ていただけますか」

カティアさんが結構な量の資料を持ってきた。なんだろう？

「み～？」

代官は王様から任命された領地を持たない貴族に任される。税率は決まっているけど領地の経営は代官の裁量に任されている。人によっては頑張《がんば》って領地を発展させようとする者もいれば、必要最低限のこと以外何もしない者もいるそうだ。

公金を使用しての投資や商売は国の収入、引いては町のためにもなるので問題はない。自分の資産を使って金儲《かねもう》けすることも認められている。しかし、自分の利益のために公金を使用して利ザヤだけ得るのは認められていない。もちろん、当然だけど横領もだ。だけど、すべての代官とは言わないけど、欲にまみれた貴族が目の前に金の林檎《りんご》がぶら下がっているのを、ジッと見ていることができるだろうか？　いや、できない。

カティアさんが持って来た資料は、そういった不正の証拠《しょうこ》になるものばかりだ。多くは横領のようだね。屋敷の莫大《ばくだい》な修繕費《しゅうぜんひ》、軍馬の購入《こうにゅう》、武器防具の購入、代官自身の商売の焦《こ》げ付きを公金でカバーした形跡《けいせき》もある。年に何度も屋敷の修理が必要か？　代官が軍馬や武器防具を大量に買うなんて反乱でも起こすつもりか？　叩《たた》けばいろいろと埃《ほこり》が出てきそうなものばかり、多少なら目を瞑《つぶ》るとこだけどこれは酷《ひど》すぎる。

王様や先代の王様が貴族の力を削《そ》ごうとしたのもわかる。この有り様じゃあねぇ。このままでは大国といえども、未来は暗いと思っても仕方がない。

はぁ、大変な世界に飛び込んじゃったね……。

同室していた文官さんたちは大慌《おおあわ》て、誰《だれ》も気づいていなかったというより最初から見ていなかったんだろうね。毎年の歳入と歳出を見て前の年と誤差がないくらいしか見ていなかったのだろう。逆に言えばそれだけ長い間、歴代代官の横領が続いていたということになる。

一人くらいまともな貴族がいても悪くないと思うけど、横並びに前ならえするのが貴族のやり方なのかもしれない。だとしても、歴代の代官は親国王派ないし中立派だったのではないのかな？　そんな貴族でさえこの始末。貴族の悪習って相当に根が深いのかもしれない。

どうして、カティアさんがこのことを指摘《してき》してきたかというと、この領地の過去十年分の税収が俺にそのまま譲渡《じょうと》されることになっているからなのだ。領地をもらっても運営していく資金がなくてはお手上げだからだ。

文官さんたちが忙《せわ》しく動き回っている間に、今度はヒルデンブルグ大公国から寄越されたニクセの資料をカティアさんと見ていく。こちらの資料はヒルデンブルグ大公国らしい簡素ながら明瞭《めいりょう》な資料になっている。ヒルデンブルグ大公国は貴族のいない官僚制《かんりょうせい》の能力主義。文官より武官が重視され質素倹約《しっそけんやく》という風潮からか、明らかに腐敗度《ふはい》が低い。

カティアさんも納得《なっとく》のいく資料のようだ。でも、産業があまりないので税収はフォルテに比べるとだいぶ落ちる。代わりに未開発地域も多いので、今後開発すれば税収は上がる域は残っている。

ほかの資料も確認していく。そこから見えてくるブロッケン男爵領の問題点を強《し》いて指摘するとすれば、ゴブリンキングのいる森と接しているということかな。接していると言っても間にスパイダークイーンの支配地域があるし、ブロッケン山には牙王《がおう》さんがいる。それに騎竜《きりゅう》隊の駐屯地《ちゅうとんち》もあるから今すぐにどうこうということはないと思う。まあ、注意するに越したことはないし、牙王さんたちと連携《れんけい》していく必要もある。そして、もしもの時の為《ため》に必要最低限の私兵団は作らないといけないということだろう。

資料は写しをもらえるらしいので、うちに戻って再度精査する必要がある。人材に関しては今現在各町にいる文官を二年間借りられるそうだ。二年後には本人次第《しだい》だが、文官をそのまま雇うことも可能らしい。でも、あの資料を見る限り文官たちも共犯のような気がする。気を付けないといけないね。あぁ、面倒くさい。

「み〜」

ミーちゃん、毛並みは至高級です。

それから十日間の間、寝《ね》に帰る以外はルーカスさんとカティアさんとこの部屋に缶詰《かんづめ》状態。

「ネロくん。やつれたようだけど大丈夫《だいじょうぶ》？　ミーちゃんは艶々《つやつや》なのにね」

「み～」

どの口がそんなことを言わせているのでしょうか？　張本人の王妃《おうひ》様。

「大丈夫だとお思いですか？」

「ネロくんは若いから、きっと大丈夫だと信じているわよ」

「はぁ……もういいです。帰って寝てもいいですか？」

「駄目《だめ》に決まってるじゃない。引き継《つ》ぎは終わったのですから、これからが本題よ」

もう、お腹一杯《なかいっぱい》なんですけど……。

最初に王妃様から聞かされたことは、歴代の代官を務めた貴族の処罰《しょばつ》。領地の一部没収《ぼっしゅう》という厳しい処罰になったそうだ。俺《おれ》には関係ないと言いたい所だけど、俺がフォルテをもらったことで明るみに出たから逆恨《さかうら》みされる可能性がある。しかし、それすらを王様や王妃様は利用しようとしている。俺にちょっかいを出した時点でお家取り潰《つぶ》し等を考えているとか。怖《こわ》いわぁ。

次の話はブロッケン山の牙王《がおう》さんのことだ。本当は、ルミエール王国、ヒルデンブルグ大公国から使者を出すつもりだったらしいけど俺が一任されることになった。一任されるといっても草案は出来ているので、牙王さんの所に行って確認《かくにん》と署名をもらって来るだけ。牙王さんに支払《しはら》われるお金は、ブロッケン男爵《だんしゃく》側で管理することになるそうだ。

「一度お会いしてみたいものね」

「モフモフはできませんよ。俺だってしたことないですから」

「あら、残念だわ。ミーちゃんで我慢《がまん》しておきましょう」

やっぱりモフモフしてみたいだけだったのか……それに、ミーちゃんのモフモフは至高級。ミーちゃん以上なんてお目にかかったことがない。

「ネロくんにお願いしたいのは、早急に街道《かいどう》の整備をして欲《ほ》しいの。西の街道が使えなくなり、徐々《じょじょ》に影響《えいきょう》が出始めているわ。今回の街道整備の資金は国庫から出しますから、すぐに始めてね」

「簡単に言いますね……」

「それが王族の特権よ」

ブロッケン山の街道は荷馬車が一台しか通れない幅《はば》なので、荷馬車がすれ違《ちが》える二台分の幅に拡張し、山の中間地点に野営場所を作るように言われる。もちろん、牙王さんと話をして荷馬車を襲《おそ》わないようにも頼《たの》む。まあ、これは牙王さんと結ぶ不可侵条約《ふかしんじょうやく》にも該当《がいとう》することだけどね。

大規模な工事になる。問題はこの工事を受けてくれる人がいるかだ。ブロッケン山に入っての工事となると、工事に関《かか》わる人たちはどう思うだろう。ハンターを雇《やと》って安全は確保すると言っても受けてくれるかどうか……。それにこれから秋になると収穫《しゅうかく》の時期に入る、工事に手を回す余裕《よゆう》があるかも疑問だ。

取りあえず、牙王さんの所に条約の草案を持って行こう。それから、追々考えよう。

「み〜」

さて話も終わったから帰ろうかと思ったら、

「ブロッケン山の牙王殿《どの》との会見の後でいいから、ちょっとお使いを頼まれてくれないかしら」

「お使いですか？」

「み〜？」

王妃様のにっこりとした笑顔《えがお》、凄《すご》く嫌《いや》な予感がする。

「反乱軍と戦った古戦場があるでしょう？」

「ありますねぇ」

「あの戦いの後にね、遺跡《いせき》が見つかったのよ」

「み〜？」

どうやら、その遺跡の調査を俺にやらせたいようだ。そもそも、なぜ遺跡が見つかったのか？あの時に起きた奇跡《きせき》の閃光《せんこう》が遠く彼方《かなた》までその爪痕《つめあと》を残したのだが、その閃光が地面を吹《ふ》き飛ばして埋《う》もれていた遺跡が顔を出したらしい。

あれ？　それって、俺たち当事者じゃねぇ？

王妃様は、それはそれはいい笑みを浮《う》かべて俺を見ている。だがしかし、目が笑っていない……。それはあたかも、お前がやったのだから責任取ってこいよと言っているかのようだ。これは完全にバレてるね……。

「謹《つつし》んでお受けいたします……」

「みぃ……」

「そう。受けてくれて嬉《うれ》しいわ。受けてくれなかったらどうしようかと思っていたわ。ウフ」

断ったらどうなっていたのだろう？　いや、下手に藪《やぶ》を突《つ》っつくのはよそう。俺の直感スキルが危険と警鐘《けいしょう》を鳴らしている。ここはイエスマンに徹《てっ》するのがベスト。

「今はうちの兵士と義賊《ぎぞく》ギルドで人が入らないように監視《かんし》してくれているわ。五闘招雷《ごとうしょうらい》も連れて行っていいわ。ほかのメンバーはネロくんにお任せ。じゃあ、よろしくね」

「お宝が出たらどうしますか？」

「遺跡も迷宮《めいきゅう》と同じ、見つけた者に所有権があるわ。好きにしていいわよ。国を揺《ゆ》るがすような代《しろ》物《もの》は駄目よ？」

「みっ⁉」

ミーちゃんの可愛《かわい》いお目々がキラリン☆と輝《かがや》く⁉　お宝スキーの血が騒《さわ》いだようだ。

だけど、遺跡は迷宮じゃないからモンスターは出てこない。お宝もたいしたものは滅多《めった》に見つからないそうだ。お宝より遺跡の学術研究に価値があるのだ。それでも稀《まれ》にＡＦや朽《く》ちることもない希少な武器防具が見つかることがある。運が良ければだよ？　ミーちゃん。

「み～」

なので、盗掘《とうくつ》が絶えない。主に闇《やみ》ギルド連中だ。その対策で、同盟を結んでいる義賊ギルドで遺跡が盗掘されないように監視しているわけだ。帰ってみんなと相談だな。面倒《めんどう》がないことに？　五闘招雷はうちにいる。いつまでいる気かは知らないけど。お金はたっぷりもらっているようなのでいいけどね。


「行くにゃ！」

「にゃ！」

「面白《おもしろ》そうだな。俺たちも行くぜ、なあ、レイン」

「行くのか？　そろそろ、一度帰らないと不味《まず》くないか？」

「俺たちはあの家の家来じゃねぇ！　夢追い人のハンターだ！　あの娘《むすめ》っ子の尻《しり》に敷《し》かれたかったら帰ってくればいいさ！　俺はいかねぇ」

そうだね。ポロはいいとして、レインは一度戻《もど》って話をしたほうがいいんじゃないか？　この依《い》頼《らい》は王宮から出された正式な依頼だ。現に調査で必要になるお金は王宮持ちになっている。ニーアさんに帰りに手形をもらったからね。

「そうだな、一度戻って話をしてくる」

レインは悩《なや》んだうえで決断して帰っていった。すぐに遺跡に行くわけじゃないから、ゆっくり話をしてくるといい。優先順位は牙王さんとの会見が上位だからね。

五闘招雷のみなさんは王宮からお金が出るので問題なし。グレンハルトさんのハンターとして最後の依頼になるので、弟子《でし》のジークさんが張り切っている。

うちからはにゃん援隊《えんたい》が参戦。迷宮ではないのでヤンくんも連れて行くそうだ。遺跡は王都からだと馬で半日の距離《きより》だから、イルゼさんも了承《りようしよう》してくれた。まあ、遺跡調査だからたいしたことは起きないだろうしね。

そしてレティさん。嫌がっていたけど遺跡にいる義賊ギルドの人たちと連携《れんけい》を取るために必要なので強制連行。モフモフがないと騒いだので、ルーくんとラルくんも参加になってしまった。

「作業員はどうするんだ？　遺跡の発掘と専門家も必要だぞ？」

そうなんだよね。遺跡は一部が表に出ているだけ、調査するには発掘しないといけない。普通《ふつう》なら専門家と実際に発掘する労働者が必要になる。

「だが、ネロくんは土スキルと収納スキル持ち、我々も収納スキルを持っている。ここは少数精鋭《せいえい》でいいのではないのかね」

「そうねぇ～。人が多いとそれだけ管理が面倒よねぇ」

俺が土スキルで土を除去して収納スキル持ちがその土を別の場所に運び、人員を最小限にするという案だ。正直、収納はミーちゃんがいればほかは必要ないけど、後々面倒になるからグレンハルトさんの案で行こう。専門家も必要ない。俺たちの後にゆっくり専門家が調べればいいさ。

何日かの泊《と》まりがけになるから、準備をみんなにお願いした。俺はその間に牙王さんとの会見を終わらせてこないといけない。

それから夜に帰ってきたユーリさんも遺跡調査に参加することになった。これは王宮からハンターギルドに依頼が出たからだ。国の兵士たちと入れ替《か》わりで、遺跡の警備をハンターが行うことになるそうだ。俺たちが遺跡調査するといっても、すべてを調査するわけではない。最初のさわりを俺たちがやって、後は研究者に任せられる。その警備のために国の兵士を使うのは非効率だからハンターの出番。その引《ひ》き継《つ》ぎの調整にユーリさんが俺たちと一緒《いっしょ》に行くことになった。

「久しぶりにネロくんとミーちゃんと冒険《ぼうけん》ですね！」

「み～！」


牙王さんの洞窟《どうくつ》に飛び、烈王《レオ》さんにもらった転移門を設置する。設置するといっても紙を燃やすだけなのだけどね。魔法陣《まほうじん》のようなものが空中に浮いている。これに入ると烈王さんの所に飛ぶようだ。今はやらないよ。あっちに行くとすぐには帰れなくなるから。エール！　って……。

「よく来たな、ミー様、ネロ殿。歓迎《かんげい》するぜ」

「ようこそおいでくださいました。ミー様、ネロ殿」

「今日はいろいろとご相談があって来ました」

「み～」

「なんでも言ってくれ」

「ミー様とネロ殿は我々の恩人。我々にできることなら何でも言ってください」

「実は貴族になってしまいまして……」

牙王さんとロデムさんにかくかくしかじかと事情を説明。話をしている途中《とちゅう》にもかかわらず、ちっこい奴《やつ》らがわらわらと寄ってくる。ミーちゃんが埋もれて見えなくなっちゃったね。

牙王さんが追い払《はら》おうとしたけど、ミーちゃんが喜んでいるので俺も話しながらモフモフを楽しむ。後でお魚焼いてあげるからね～。今までの成果が実り、完全に餌付《えづ》けに成功したって感じ？

「ミー様とネロ殿なら異存はないぞ」

「別の人族が来るなら反対したかもしれませんが、ミー様とネロ殿であればこれ以上の信用はありませんから」

「み～」

そこで、ルミエール王国とヒルデンブルグ大公国で作った条約の草案を聞かせる。俺が見た限り問題はない内容だ。でも、これは人族の考えで牙王さんたちの捉《とら》え方は違うかもしれないからね。

「人族のハンターとやらがこの山に入ることはあるのか？」

「商隊の護衛以外のハンターの出入りは禁止するつもりです。もし、何かしら問題が起きて人族の手を借りたい時は俺に言ってください。俺のほうで人を集めます」

「人族と争うことがなくなるのは喜ばしいことです」

薬草などの採取に関しては、ブロッケン山の奥《おく》に入らなければ認める。ブロッケン山は薬草の宝庫なので、独占《どくせん》すればいろいろな所から不満が出る。ただし、意図的に奥に入った場合は自己責任となるので注意が必要。そういった者の処遇《しょぐう》は牙王さんたちの裁量にお任せになる。

「もし、ゴブリンキングがスパイダークイーンの領域を越《こ》えて来た場合はどうするんだ？」

「望むなら我々も牙王さんと共闘して戦います。騎竜隊《きりゅうたい》も駐屯地《ちゅうとんち》がそばにありますので、協力してもらえるでしょう」

「み～」

「それでは私たちにスパイダークイーンから援軍《えんぐん》の要請《ようせい》があった場合はどうなりますか？」

「残念ながら、我々人族とスパイダークイーンの間には明確な同盟は結ばれていません。ですが、牙王さんとスパイダークイーンの間には協力関係があるようなので、牙王さんたちが援軍に向かうのは自由です。もちろん、スパイダークイーンから我々人族に援軍の要請があれば、そこは対応したいとは思っています」

「まあ、難しいだろうな」

「虫系のモンスターは人族と意思の疎通《そつう》が難しいですから、よほどのことがないとなかなか相入れないでしょう」

でも、そのよほどのことが今起きようとしている気がするんだよね。

「逆に俺たちが人族を助けるということはあるのか？」

「そういった状《じょうきょう》況に陥《おちい》った場合は助けてほしいですね。まあ、それこそよほどのことですけど」

最後にルミエール王国とヒルデンブルグ大公国から牙王さんたちに支払われるお金は、俺のほうで管理するので欲しいものを聞いてみた。

「酒……」

「冬に向けての毛布などが欲しいですね」

「み～」

ま、まあ、適当に見繕《みつくろ》って買ってこよう。お魚なんかも定期的に持ってくれれば喜ぶと思う。

話は変わって、モフっ子たちをモフモフしながら街道の整備の相談。

「構わないぞ」

「お好きな所にお作りください」

「助かります」

「み～」

「問題は作業してくれる人なんですよねぇ」

「それならば、妖精族《ようせい》に頼んでみたら如何《いかが》ですか？」

「そうだな、あいつらならそういうのは得意だろうしな」

なるほど、その手がありましたか。人手不足が解消できるうえ、妖精族の地位向上にもなる。ブロッケン山の街道を妖精の街道なんて呼ぶのもいいかも。取りあえずは近隣《きんりん》の村に行って話を聞いてからにしよう。

一通りの話も終わったので草案に了解《りょうかい》の署名をもらおうとして、はたと気づき考える。どうやって署名をもらおう？　肉球の押印《おういん》でいいかな？

「み～？」

「仕方ねぇな」

牙王さん、そう言って人の姿に変わった。野性味溢《あふ》れる男前。でも、着ている服ってどうしたのだろう？　毛皮が変化したのか？

「人化できるんですね」

「み～？」

「まあ、俺くらいになると当然だな。でもな、動き難《にく》いんだこの姿」

そりゃそうでしょう。普段《ふだん》四足歩行しているのに二足歩行に変われば、本来なら動き難いでは済まないと思うよ。

そんな牙王さんペンで書類にサインしてくれたけど、なんて書いてあるか読めない。モンスター語なのだろうか？　まあ、サインをもらったってことに意義がある。ということで良しとしよう。

堅《かた》い話は終わり。あとは、お魚を焼きながらモフっ子たちと戯《たわむ》れる。白狼《はくろう》はモフモフ、黒豹《くろひょう》は艶々、白狐《しろぎつね》に銀狐のモフっ子も途中から加わった。

ここは天国ですか⁉　白狐と銀狐は新たに牙王さんの元に加わった仲間らしい。ゴブリンキングに追われて逃《のが》れて来たところを牙王さんが保護し、そのままブロッケン山に住むことになったんだって。牙王さんは六五郎《ろくごろう》さんか⁉　モフモフ王国を作るつもりか⁉　是非《ぜひ》とも頑張《がんば》ってほしい。そのための協力は惜《お》しまない。協力の対価はもちろんモフモフし放題でお願いします！

「み～！」

しかし、ゴブリンキングに追われた種族は多いらしく、多くは西の魔王領に逃《に》げ込《こ》んだらしい。少数がスパイダークイーンの所か、このブロッケン山に来ているという。

モフモフ万歳《ばんざい》。でも、ゴブリン嫌《きら》い。

「み～」

ミーちゃん、妖精族《ようせい》に依頼《いらい》を出す。

次の日、スミレを連れて牙王《がおう》さんの洞窟《どうくつ》に飛び、フォルテ側の最寄りの村に向かった。村人に村長さんの元に案内してもらい、国の指示で街道《かいどう》整備の人集めで来たとだけ言って話を聞いてみる。

予想通り、村長さんは難色を示した。これから収穫《しゅうかく》で忙《いそが》しくなるうえ、護衛がつくとはいえ好き好んでブロッケン山の奥《おく》に入ろうとする村人はいないだろうと言われた。領主の権限でやらせることも可能なのだろうけど、無用な軋轢《あつれき》が生じるような強権は使いたくない。

ニクセ側の村にも行って話を聞いたけど同じ回答が返ってきた。それだけブロッケン山という所が恐《おそ》れられているということだろう。魔王《まおう》が住んでいた場所という認識《にんしき》が強いのだろうね。

これはパトさんに相談かな？

「ミーちゃん、ネロさん、よく来たワン」

今日もパトさんのお耳はふさふさ。触《さわ》りたい誘惑《ゆうわく》を何とか押《お》し殺し、笑顔《えがお》で挨拶《あいさつ》。

「こんにちは、パトさん」

「み～」

ミーちゃんは俺《おれ》の苦悩《くのう》なんて関係なく、パトさんのお耳にスリスリ、ハムハム。羨《うらや》ましい……。

パトさんに貴族になったと話し、ブロッケン山も領地の中に入っていることを伝える。

「貴族かワン？　それは、おめでとう。なのかだワン？」

「うーん。どうなんでしょう?」

「み~?」

みんなで首を傾《かし》げ、悩《なや》んでしまった。

「そうだワン! 商隊の護衛の件なんだけどワン。やりたいという者が多かったワン」

「それは嬉《うれ》しいですね。少しずつでも町に馴染《なじ》んでいければいいですね」

「そうなんだワン。その始めの一歩だワン」

これで商隊の護衛の目処《めど》がつきそうだ。ベルーナの屋敷《やしき》の横に早いところ妖精族の人たちが住める場所を作らないといけないね。

「それで、今日来たのはどうしたんだワン?」

「それはですね……」

パトさんに魚を焼きながら街道整備について話す。なぜか、周りにはよだれを垂らしたコボルト族のお子ちゃまたちが焼いている魚を凝視《ぎょうし》している。パトさんとの話があるので、コボルト族の女性に魚を渡《わた》して焼いてもらう。

「なるほどだワン。それなら協力できるワン。みんなでやれば、すぐに終わるワン」

「お願いしていいですか?」

「任せるワン」

「み~」

ということなので、パトさんのお言葉に甘《あま》えることにする。整備内容を伝えて必要な物を聞いておく。パトさんが言うには、たいしたものはいらないらしい。頼《たの》まれたのは斧《おの》や鉈《なた》、伐《き》った木を運ぶ台車ぐらい。広げた道自体の整備は、妖精族には土スキル持ちが多いそうなので、既存《きぞん》の道も含《ふく》めて整備してくれるそうだ。俺も土スキル持ちだから、どんな風にやるのか勉強させてもらいたい。

ある程度パトさんと話を詰《つ》めてからお魚をお土産《みやげ》に置いていきベルーナに戻《もど》る。町に出て斧や鉈など必要になりそうな物を買い回る。探してわかったけど、剣先《けんさき》スコップが売っていない。小さなシャベルはあるのだけど、大きいのはない。剣先スコップ最強伝説はこの世界にはないらしい。作ってみようか？　そうなると専属の鍛冶《かじ》職人が欲《ほ》しくなる。やっぱりあの人だろうな。迷宮《めいきゅう》に行ったついでに、なにがなんでも連れてこよう。

翌日、パトさんの所に行き頼まれていた道具を置いてくる。伐った木を運ぶ台車は見つからなかったので、伐ったら脇《わき》に置いておいてもらい後でミーちゃんと回収することにした。良質の木材なので使い道はいくらでもあるだろう。

パトさんはさっそくほかの妖精族に声を掛《か》けてくれたようで、明日から作業に入れるそうだ。報《ほう》酬《しゅう》の件も話したけど、お金は少しでいいので現物支給をお願いされた。布や糸、食器などの生活用品が欲しいという声が多いらしい。人族の作るものは便利で使いやすいので人気があるようだ。資金は潤沢《じゅんたく》にあるので、欲しい物をリストにして下さいと言っておいた。

ベルーナの商業ギルドにお祭りの精算が済んだので来てくださいと使いが来ていたので、ミーちゃんと行ってみた。

ギルドではいつもの商談用の席ではなく個室に案内され、お茶とお菓子《かし》が出てくる。そしてすぐに、いつもの担当者さんとギルド長がやって来た。

「これはこれは、ブロッケン男爵《だんしやく》様。ようこそおいでくださいました」

「み～」

さすが商業ギルド、情報が早い。つい先日に俺の授爵《じゆしやく》について発布があったばかりなのにね。

「それにしてもネロさんが男爵様になられるとは、神猫《かみねこ》商会の躍進《やくしん》ぶり、我が商業ギルドもあやかりたいものですな」

そんな、おべんちゃらを言いながら、数枚の紙とお金の入った袋《ふくろ》を出してくる。紙に書かれた内容を確認《かくにん》しサインして返す。

「今回の催《もよお》しは、陛下からもお誉《ほ》めの言葉まで頂いたほどです。ブロッケン男爵様にはなんとお礼を言ってよいか。我々商業ギルドにできることなら何でも仰《おつしや》ってください」

ちょうど、反乱軍との戦いに勝利したばかりで戦勝祝いにもなったし、反乱が起こり民衆が不安になっていた時に、心躍《おど》る催しが行われたことにより民衆の不安も少なからず晴れた。王様から見ればこれ以上ないほどに利用できたに違《ちが》いない。王妃《おうひ》様も同じようなことを言っていた。

そして、待っていました！　その言葉。それではお言葉に甘えさせていただきましょうか。これ以上ないいくらいの笑顔をギルド長に向ける。もちろん、会頭であるミーちゃんもいい笑顔ですよ。

「それでは、いくつかお願いがあるのですが……」

「み～」

最初はジャブから小出しでいこう。屋敷の横に新しい建物を作りたいのと、屋敷の風呂《ふろ》を改造したいので、腕《うで》のいい大工の紹介《しょうかい》を頼む。

「その様なことであれば、すぐに手配しますよ」

じゃあ、次はストレートにそして必殺のアッパーカットだ。神猫商会の本店を王都に作りたいので物件を紹介してほしいこと。そして本題、神猫商会としてでなくブロッケン男爵としてのお願い。優秀《ゆうしゅう》な人材の紹介だ。

「物件のご紹介は問題ございませんが……人材ですか？」

「み～」

さすがに即答《そくとう》はしてこない。してこないけど、目の奥がキラリンと光ったのは見逃《みのが》していない。いかほどの人数が必要ですかと聞いてきたので十名と答えておく。ヴィルヘルムの商業ギルドにも頼む予定だし、今現在働いている人からも雇《やと》い入れるかもしれない。あとは期待はしていないけど貴族の子弟《してい》から選ぶことも考えられる。それに、商業ギルドから紹介された人材なら神猫商会で使ってもいいだろう。

「わかりました。十名ですね。神猫商会様とは今後ともよき関係でいたいと思っておりますので、何とか致《いた》しましょう」

ちょっと恩着せがましく言われたけど、そこは些細《ささい》なことなので気にしない。人材さえ集めてくれればあとはこちらのもの。商業ギルドとは仲良くやっていくつもりだけど、掌《てのひら》で踊《おど》らされるつもりは毛頭ない。逆に商業ギルドを利用してやるくらいのつもりでいる。一番はw·i·n－w·i·nの関係なんだけど、利害関係なんてものは水物だから。

その後ヴィルヘルムに飛んで、ヴィルヘルムの商業ギルドにも行った。ヴィルヘルムの商業ギルドでも俺が貴族になったのを知っていたのは驚《おどろ》いた。確かに最初に説明を受けた時にブロッケン男爵というのはルミエール王国とヒルデンブルグ大公国の共有の貴族という位置付けにあると言われていた。でもそれが、ヒルデンブルグ大公国で市井《しせい》の人々に知らされるとは思っていなかった。

「お任せください。神猫商会様のお願いですからね。優秀な人材を集めましょう！」

「み〜」

ベルーナの商業ギルドと打って変わって、快く承諾《しょうだく》してくれた。この国では貴族というものにあまり敬意を示さない風潮がある。だからなに？　って感じだ。俺たちを貴族としてではなく神猫商会として扱《あつか》ってくれるのが嬉しいね。ミーちゃんも喜んでいる。

ついでに、ヴィルヘルム支店の裏の空き家を買い取れないか聞いてみる。最近、住んでいた人が出て行ったらしい。

「構いませんが、お店にするには不向きですよ？」

「いえ、店にするのではなく商隊の宿にするつもりです」

「なるほど、ではその隣《となり》の古い建物もお買いになりませんか？」

「どういうことですか？」

「実はそちらも同じ売り主なのです。両方ともだいぶ建物が古くなり、大家が売りに出してるのですが、なにぶん土地自体が広いので売れずに困っているのです。建物を解体すれば新しい建物と商隊の荷馬車を置くには申し分ないかと思いまして」

「なるほど。おいくらになります？」

「神猫商会様ですからねぇ。チョメチョメでどうでしょう？」

「うーん。ちょっと厳しいですねぇ。チョメチョメならどうです？」

「いやいや、それではこちらが大損ですよ。チョメチョメくらいにはなりませんか？」

「そうですねぇ。解体費用をそちらで持ってくれるなら、チョメチョメでも構いませんよ」

「いやぁ、さすが、商売上手な神猫商会様。よろしいでしょう。それで手を打ちましょう！」

「み〜」

ヴィルヘルム支店の裏一画が手に入ったので角地が全部神猫商会のものになった。ただし、商業ギルドからも条件が出され、建物を建てる際の業者は商業ギルドの指定業者を使ってくださいと言われたけど、逆にこちらから頼もうとしていたので悪い条件ではなかった。細かいことは解体が終わってからするとして、お金を払《はら》い後日来ることを約束してあとにした。

午後はお祭りの特賞であるスミレに乗る権利を手に入れた男の子を乗せて町の外を一周して、おまけにスミレの全力疾走《しっそう》も体験させてあげる。男の子はとても喜んでくれ、将来は騎士《きし》になってバトルホースに乗るんだ！　と言っていた。

ちなみに、ミーちゃんのぬいぐるみは、ヤンくんが手に入れていたらしく、妹のカヤちゃんにプレゼントされていた。今は、神猫屋の屋台でミーちゃんの代わりにお客さんに笑顔を見せている。

「み〜」

ミーちゃん、遺跡《いせき》調査に向かいます。

そんなある日、ペロたちに遺跡調査に向かう準備が整ったと言われる。準備といっても、用意した主なものは食糧《しょくりょう》なんだよね。毎日、大量の食糧をペロが持ってきては、ミーちゃんバッグに収納していた。いったい、何日分を用意したのだろう？　まあ、腹ペコ魔人《まじん》たちだから余裕《よゆう》を持たないとすぐなくなるからいいとは思う。足りなくなって騒《さわ》がれるよりはまし。

ほかにはテントや自炊《じすい》道具に馬たちの餌《えさ》。水は向こうで調達できるので問題はない。ないはずなのだけど、大量の樽《たる》が目の前にある。エールの樽だね。ジンさんたちが町の酒屋に注文したらしい。あの人たちは何しに行くつもりなのだろう？

出発当日、レインがやつれた顔でやって来た。いろいろとあったようだけど、あえて聞かない。

「全員揃《そろ》ったし、出発するぜ！」

「「「おぉー」」」

「み～」

ルーさんの掛《か》け声で出発。ジンさん、グレンハルトさん、ジークさんが馬に乗り、ルーさんとレインが御者《ぎょしゃ》をして、ペロたちが荷台に乗る。いつもと違《ちが》うのはヤンくんとメイドのヤナさんが乗っていること。ヤンくんはにゃん援隊《えんたい》のメンバーとして、ヤナさんはみんなの食事やお世話をしてくれるために参加になった。ララさんかヤナさんを連れて行くかで悩《なや》んでいたところ、本人が望んで参加となった。そのヤナさんは御者台に乗ったルーさんの横でニコニコしている。

そして、俺《おれ》は前にミーちゃんと後ろにユーリさんを乗せてスミレを走らせる。

「風が気持ちいいですね」

「み〜」

スミレはみんなに合わせて走っているので、いつものように風のガードをしていない。夏の暑さを忘れさせる、心地《ここち》良い風を受けて気持ちがいい。

遺跡のある古戦場は馬で半日ほどの距離《きょり》。今日は移動と拠点《きょてん》作りだけなので、のんびりと移動。荷馬車ではペロとポロの親子漫才《まんざい》とルーくんたちのモフモフで賑《にぎ》やかだ。ちなみに、カイも連れてきていて、今は荷馬車のレティさんとローザリンデさんとの間でどちらが抱《だ》っこするかで奪《うば》い合いになっている。カイはミーちゃんと一緒《いっしょ》にいたいと思っているだろうけどね。

古戦場に近づくと義賊《ぎぞく》ギルドの方が道案内に合流。街道《かいどう》から逸《そ》れて遺跡に向かう。古戦場に出来たラルくんのブレスの爪痕《つめあと》沿いに走っていると、天幕を解体している常駐《じょうちゅう》していた兵士さんたちが見えてくる。兵士さんたちはユーリさんと引《ひ》き継《つ》ぎを終えたら王都に帰るのでその準備だ。

俺たちの遺跡調査は十日間の予定。七日後に、ここの警護に就《つ》くハンターさんたちがやって来る。それまでは俺たちと義賊ギルド数人だけになる。まあ、こんなところに来る人なんてほとんどいない。来るのは盗掘狙《とうくつねら》いの闇《やみ》ギルドくらいなもの。遠慮《えんりょ》なく叩《たた》き潰《つぶ》していいとの許可をもらっている。

まあ、来ないに越《こ》したことはないけど、そんなのが来たら遠慮なく叩き潰すよ？

常駐している兵士さんの隊長さんに手形を見せて、ユーリさんと引き継ぎをしてもらう。ほかのみんなは拠点作りに取りかかる。十日もいるからしっかりとした拠点作りになる。荷物はミーちゃんに出してもらい、邪魔《じゃま》にならない場所に積んである。

俺はその間に常駐していた兵士さんの案内で遺跡を先に見に行く。

「ここがその場所です」

「み～」

案内してくれた場所は、天幕前の空堀《からぼり》のようになっているラルくんのブレス跡地《あとち》。俺たちが立つ反対側に確かに何かが埋《う》まっている形跡があり、一部が顔を出している。兵士さんたちが、俺たちが来るまでに少し掘《ほ》っていてくれたようで、わかりやすくなっている。壁《かべ》か防壁《ぼうへき》の一部だろうか？

その一部がラルくんのブレスで溶《と》け、融着《ゆうちゃく》し一枚板のようにテカテカになっている。ラルくんのブレス、怖《こわ》いわぁ。

遺跡に興味はあるけど、発掘は明日から。今日は見るだけだ。

「み～」

🐾

拠点作りも大詰《おおづ》め、大きなテントが三つ張られている。男性用二つに、女性用一つだ。みんながテントを張っている間に、俺は土スキルでかまどを作り、そして風呂《ふろ》も作る。男女別にしてすのこや垣根《かきね》、脱衣所《だついじょ》まで完備の至れり尽《つ》くせり仕様。

十日もお風呂に入らないなんて考えられません！

「み～」

とミーちゃんも申しております。はい。

こちらの拠点作りが終わるころには、常駐していた兵士さんたちの撤収《てっしゅう》作業も終わり王都に帰っていった。残っているのは義賊ギルドのテントだけだ。兵士さんたちが使っていた天幕が欲《ほ》しい。使い勝手がよさそうだった。まあ、ないものねだりしてもしょうがない。今回、ペロたちが用意したテントは、ウイラー道具店お薦《すす》めの逸品《いっぴん》もの。請求書《せいきゅうしょ》が届いた時には目が飛び出るほどの金額に驚《おどろ》いたけど、王宮持ちだからいいかとも思った。

今回買い揃えたものは、すべてウイラー道具店からペロが買ってきた。ペロなりに店を王都に出したシュバルツさんに気を使ったみたい。そういうところは気が利《き》くんだよね。ペロって。

「み〜」

陽《ひ》も落ちてきたのでヤナさんと夕飯の支度《したく》に入る。みなさんは……宴会《えんかい》開始だね。土スキルで作ったテーブルにつまみとエール樽が置かれ、各々《おのおの》自由に飲んでいる。もちろん、エール樽はキンキンに冷やしてある。ちなみに、ユーリさんは五闘招雷《ごとうしょうらい》の接待係。ハンターギルド職員の宿命だろうか？　なんかやけにローザリンデさんに絡《から》まれているようだけど。

しかし、男爵《だんしゃく》である俺が食事の用意をしているのに、みんなは宴会。おかしくねぇ？

宴会のなかには義賊ギルドの人も交ざっているけど、さすがに俺をチラチラ見ては恐縮《きょうしゅく》している。その気持ちをほかのメンバーに分けてやりたいね。

かまどでシチューを作り、もう一つのかまどでピザを焼く。更《さら》に鉄板で野菜とお肉も焼いていく。ヤナさんは野菜サラダを作ってくれている。

「お屋敷《やしき》で食べるお食事より、豪華《ごうか》じゃないでしょうか……」

「そうかな？　いつもこんなものだよ？」

「み～？」

「そ、そうなんですね……さすがネロ様です？」

なにか納得《なっとく》していないヤナさん。それでも出来上がった料理を運んでは酔《よ》っ払《ぱら》いどもの給仕《きゅうじ》をしっかりとこなすのはメイドの鏡。やけに、ルーさんの世話を焼くのはお約束かな。

楽しい夕食を終え、お風呂タイム。

「ふ、風呂まであるのか……」

義賊ギルドの人が驚いているけど、俺たちはこれがデフォルト。

男性陣《だんせいじん》は人数が多いから何度かお湯を入れ替《か》えないといけない。逆に女性陣は人数が少ないのでモフモフ軍団も一緒に入ってもらう。モフモフ軍団といったらポロが女風呂《ぶろ》に入ろうとして、レインに首根っこを掴《つか》まれ男風呂に連行されていた……。まあペロやポロはどっちでもいいような気がするけど。人族の女性に危害を加えることはないから。

お風呂に全員入り夜間の見張りの相談が始まる。ここは平原だから普通《ふつう》にモンスターが出るので見張りは必要。必要なのだけど、俺たちには必要なくない？

みんなが相談している間に、俺は土スキルでうちのテントと義賊ギルドのテントの敷地《しきち》を土壁で囲う。厚さ五十セン、高さ三メルの土壁だ。

「なんじゃこりゃ⁉」

いつの間にか出来上がっていた土壁を見てジンさんが奇声《きせい》を上げた。

「これで安心して寝《ね》れますね」

「み～」

「「「……」」」

「一家に一台。ネロさんがあれば何でもできる」

「今ならお買い得。ミーちゃん付きですよ～。奥《おく》さん！」

「み～！」

やめれ……宗方姉弟《むなかたきょうだい》よ。ミーちゃんも乗らなくていいですから！


翌朝、朝食を食べ終えると一悶着《ひともんちゃく》が起きた。スミレだ。どうせ暇《ひま》なのだから自由にさせろと言ってきた。それはいいのだけど、ほかの馬も連れて行くという。いやいや、何頭かは残してよね。何かあった時に困るから。馬たちからブーイングも出たが、妥協案《だきょうあん》を出し毎日交代で数頭残ることになった。うちの馬たちは賢《かしこ》いけどフリーダムすぎる。スミレの影響《えいきょう》か？

さて、作業に入りますか。

「なあ、ネロ。向こうまでどうやって行くんだ？」

空堀のようになっているので、底までの高さが五メルくらいある。よく見れば手作り感満載《まんさい》の梯子《はしご》がある。常駐していた兵士さんはこれで底に下りていたようだ。さすがに、これは危険。危機管理上問題がある。安全に底に下りる方法を考えなければ。

なに、なければ作ればいいだけのこと。周りは土だらけ、土スキルで階段を作る。

「土スキル万能《ばんのう》だな……」

「ネロが凄《すご》いだけじゃねぇ？」

下りて反対側にも階段を作ると、男性陣が各々の道具で掘り始める。女性陣は優雅《ゆうが》にお茶会を開いているね。

しかし、こんなちまちまと掘っていたらいつまで経《た》っても終わらない。なので、当初の予定どおり一気にいく。ミーちゃん、お願いします。だけど、手は抜《ぬ》いてね？

「み～！」

ミーちゃんの一声の後、遺跡の上部の土が根こそぎ消え、遺跡が顔を出した。二十メル四方だろうか？　手を抜いてこれ？

「み～」

ミーちゃんのドヤ顔に何も言えない……。

「「「……」」」

驚いたのは俺だけじゃない。周りにいた男性陣もだ。

「あー、俺たちがいても邪魔なだけなようだし、モンスターでも狩《か》りに行くか。ヤン行くぞ！」

「えぇー、いいんですか！」

「ネロに任せるにゃ。的屋のコンチキショーにゃ！」

「それを言うなら適材適所だろう？　息子《むすこ》よ」

「そうも言うにゃ！」

ペロたちは道具を投げ捨てどこかへ行ってしまった……おいおい。

「先生。我々はどうしましょうか？　我々も足手まといのような？」

「う、うむ。そうなんだが……」

足でまといとは言わないけど、確かに効率は悪い。なので、ほかの提案をしよう。

「なら、宗方姉弟を鍛《きた》えてください。ひよっこどころか、まだたまご状態ですから。これでも勇者の素質は持っています。眠《ねむ》らせておくのはもったいないですからね」

「「えぇー、そんなぁ殺生なぁ！」」

「ふむ。任されよう」

「「あぁ……」」

「じゃあ、俺はルーたちを鍛えてくるぜ」

にゃん援隊をジンさんが、宗方姉弟をグレンハルトさんとジークさんが鍛えることになった。

って、俺とミーちゃんだけで穴掘《あなほ》りかい！　まあ、人目がなくなってやりやすいといえばやりやすくなるのだけど。なんか、おかしくねぇ？

「み～？」

ポツンと残された俺とミーちゃん、遺跡の上の土をミーちゃんバッグに収納していく。やはり顔を出していたのは防壁の一部のようだ。ずっと続いている。しかし、俺たちが目指すものは防壁なんかじゃない。おそらく、この町なのか砦《とりで》なのかはわからないけど、中心にあると思われる重要施《し》設《せつ》。防壁の形から中心方面を割り出して発掘を続けていく。

ミーちゃんは細かい作業は苦手なので、遺跡の上部分の土だけ収納。建物が出てくると俺が土スキルで土砂を分けて、ミーちゃんが収納を繰《く》り返す。

お昼近くになったところで、少し歩いて遠くのラルくんのブレスの爪痕に収納した土砂を投棄《とうき》。いい具合に埋まっていく。原状回復に努めるのだ。当事者だからね。

「み～」

拠点に戻《もど》るとみんなに変な目で見られる。なんなのよ？

「どう考えてもおかしいだろうよ！　なんであんなに発掘が進んでるんだよ！」

「ネロさんだし」

「ネロさんだから？」

宗方姉弟、何が俺だからなんだ？　まあ、いいけど。

「いいんじゃねぇ？　俺たち楽だしよう」

「パパにゃんは遊びに来たのかにゃ？」

「息子よ。その言葉そのまま返すぜ」

「にゃ？　ペロは遊びに来たのにゃよ？」

「……」

ペロたちは平原で牛のモンスター、オッギを仕留めてきた。

「止《とど》めを刺《さ》したのは俺だ！　これで俺もゴブリンハンター卒業だ！」

新しいレインの槍《やり》、銀牙突槍《マーナドラグ》で止めを刺したそうだ。それって武器のおかげじゃないの？

「ネ、ネロ……」

「ネロの言うとおり、まだまだ武器の性能に頼《たよ》り切っているのは否《いな》めねぇな」

「ジクムントさんまで……」

頑張《がんば》れ！　レイン。まだまだゴブリンハンター卒業は早そうだぞ！

しかし、みんな楽しそうで何より。なのだが、なぜ俺とミーちゃんだけが働いているのだろうか？

何度も言うけど、おかしくねぇ？

なんて思っていたけどお仲間がいた。ユーリさんだ。後から来るハンターさんたちの警備に必要な物資の選定に量の算出、警備のローテーションなど、考えることが山積みでテーブルでうんうんと紙とにらめっこ。第一案の報告書は先ほど義賊ギルドの方がハンターギルドに届けてくれることになった。ちょうど交代する頃合《ころあ》いだったらしい。

昼食後は作業の続き。ペロたちは、ヤンくんの訓練も兼《か》ねオッギの解体作業。宗方姉弟は修行《しゅぎょう》の続き。それにレインも加わる。五闘招雷の手ほどきを受けられると、勇んで参加となった。

俺は作業の続きをしていてわかったことがある。この遺跡は町じゃないってことだ。まず、家がない。それに道がやけに広く、建物は倉庫のようなものばかり。あとわかったことは、ここで争いがあったってことかな。建物に焼けた跡《あと》が残っている。戦争でもあったのだろうか？　遺跡だからあったとすれば、人族と魔王《まおう》との争いなのかもしれないね。

「み～」

となると、やはり重要になってくるのが、中心部にあると思われる重要施設だろう。この砦の司令部があると思われる。人目もないのでミーちゃんにガンガン土を収納してもらう。この砦がどのくらいの大きさなのかがわからないので、中心に向かい広範囲《こうはんい》の土を取っていく。気づけば調子に乗って、今日一日で相当な面積の土を収納してしまった。まあ、やってしまったものはしょうがないよね。ブレスの爪痕の原状回復もおかげでだいぶ進んだから良しとしよう。

「み～」

「いや、だからおかしいだろう！　なんでこんなに進んでるんだよ！」

「ネロさんだし」

「ネロさんだから？」

ジンさんも宗方姉弟も、それ二度目だからもういいよ。

「後から来る調査隊が～、楽になっていいんじゃない？」

「そういう問題かね？　ローザリンデ殿《どの》」

後から来る調査隊のことは意識してないけど、遺跡の上の土を取るのは簡単だから、ある程度はやってあげよう。砦の規模がわからないから中心部の見当がつかないのだ。明日は予定を変更《へんこう》して手前の防壁の一面をすべて表に出そうと思う。そこから中心を割り出すしかないだろう。発掘って難しいね。もっと簡単に何か出てくるかと思っていたのに地味な作業だよ。

「みぃ……」

ミーちゃん、魔王《まおう》十二将と邂逅《かいこう》し撃退《げきたい》する。

発掘《はっくつ》を続けて早四日。なんとか中心地の目星を付けて土砂を取り払《はら》っていくと、大きな建物がいくつか見つかり、ちゃんと調査すれば何かしらの発見があると思われる。だけど、俺《おれ》たちが目指すは最重要施設《しせつ》。それ以外は後から来る調査隊にお任せだ。

そして見つけた。今までにない大きさの建物。周りの土砂を取り除いていくと、かなりの大きさの建物とわかる。お昼も近いのでいったん拠点《きよてん》に戻《もど》ろう。ここからは全員で作業したほうがいいだろう。拠点に戻ってみんなに目的の建物が見つかったと報告。午後からはみんなで発掘調査を始めると伝える。

「任せるにゃ！　お宝発見にゃ！」

「やっと解放だよ〜。トシ」

「辛《つら》い日々もこれで終わりだね。姉さん」

若干《じゃっかん》、任せるには不安のあるペロと、辛い修行《しゅぎょう》から解放され安堵《あんど》する宗方姉弟《むなかたきょうだい》。手伝わせないほうがいいのかな？

「にゃんですとー⁉」

「「お願いします！　手伝わせてください！」」

しょうがない、手伝わせてあげよう。

「み～」

昼食を終えた後、男性陣《だんせいじん》が現場に向かおうと準備を始めた時、

「なあ、向こうから黒い雲がこっちに向かって来てるぞ」

黒い雲？　こんなに天気がいいのに？

「おい。ありゃぁ、雲じゃねぞ！」

「うむ。あれはモンスターの大群のようだ」

「モンスターの大群!?」

あっ、本当だ。ライフルのスコープで覗《のぞ》くと、鳥タイプのモンスターが群れを成して飛んでいる。確かに、こっちに向かって来ている。これはヤバいかも？　ミーちゃんに頼《たの》んでテントやそのほかの道具類をミーちゃんバッグに収納してもらう。

その間に非戦闘員《ひせんとう》であるヤナさんが隠《かく》れる場所を作る。地面に斜《なな》めに穴を掘《ほ》って即席《そくせき》の防空壕《ぼうくうごう》を作って、ヤナさんにカイと一緒《いっしょ》に入ってもらう。ほかのみんなは戦闘準備だ。

空を飛ぶモンスターなので、弓を使うローザリンデさん、ユーリさん、宗方姉、ヤンくんがメインになる。義賊《ぎぞく》ギルドの数名も弓を装備している。助かる。レティさんの投擲《とうてき》のダガーも有効だろう。そういえば、宗方弟が炎《ほのお》スキルを持っていたな。ミーちゃんバッグから薪《まき》を大量に出してもらい。油をかけて点火。炎が舞《ま》い上がる。

「トシは炎スキルで迎撃《げいげき》しろ！」

「わ、わかりました」

俺もライフルを準備。予備のシリンダーも問題ない。

さあ、かかってこいや！


モンスターの大群が俺たちの上空で止まり、一体の巨体《きょたい》な禿鷲《はげわし》が降りてきてしゃべり出す。

「ケェーケッケェ。酷《ひど》い目にあっちまったぜ」

いえいえ、俺たちまだ何もしていませんよ？　ここに来るまでに何かあったのか？

「酷い目ってなにかあったんですか？」

「み〜？」

「おう。よく聞いてくれた！　実はな、向こうで馬たちを率いる雌《めす》のバトルホースがいてよう、いいバトルホースだったんでな、魔王様に献上《けんじょう》しようと捕《つか》まえようとしたらよう、無茶苦茶暴れやがって配下のもんが何体もやられちまったのよう。そいで、魔王様十二将のこの俺ハゲバトロワ様が直々《じきじき》に相手してやったらよう、あの女郎《じょろう》強《つえ》ぇのなんのって、危なくあの世に行くところだったんだよう。ありゃ、十二将でも相当上のもんじゃねぇと相手にならねぇよう」

それ、スミレだね……。ごめんね、なのかな？

「み〜？」

それより後ろが騒《さわ》がしい。

「おいおい、あいつ魔王って言ってたぜ」

「なあ、なんでネロは流暢《りゅうちょう》にモンスターと会話してんだ？」

「ネロさんだし」

「ネロさんだから？」

宗方姉弟、それもう飽《あ》きた。

それに会話でこと足りるなら平和でいいじゃないか。

「って！　なんでこんな所に人族がいやがる！」

今更《いまさら》かい!?

「なんでと言われても、ここで遺跡《いせき》調査してるからですけど？　ハゲバトロワさんこそ、こんな辺《へん》鄙《ぴ》な所になんの御用《ごよう》で？」

「み～？」

「よく聞いてくれた！　魔王様によう、最近見つかった神人が昔に造った砦《とりで》によう、なんか面倒《めんどう》なものがあるらしくてよう。それを破壊《はかい》してこいって言われたのよう。十二将で話し合った結果よう、空を飛べる俺たちの軍団が選ばれたのよう。ここまで来るのに遠くてしんどかったよう」

おいおい、破壊しに来たのかよ。俺たちの敵確定だな。それにしてもよくしゃべるね。せっかくだから、もう少し情報を落としてもらおう。

「そうなんですか、それは大変ご苦労なことですね。そういえば、ハゲバトロワさんはどこの魔王様の配下なんですか？　最近、この辺魔王様が多くてですねぇ」

「み～」

「おいおい、俺様の魔王様をその辺のポッと出の魔王と一緒にしねぇでくれよう。俺様は東の魔王様の配下なんだぜ！」

　東の魔王というとロタリンギアの背後にいると思われる魔王だな。こんな遠くまで遺跡を破壊しに手下を寄越《よこ》すなんて、余程《よほど》の代物《しろもの》があると見た。

「東の魔王様のご重臣でしたか。こんな遠くまで来るほどですから、この遺跡には凄《すご》いものがあるのでしょうね？」

「み～？」

「おうよ。よく聞いてくれた！　この砦はよう先代様の魔王様が神人と戦った場所なんだよう。その時の傷が元で人族の勇者にやられちまったのよう。それがなければ人族の勇者なんかに負けなかったって話だよう」

　なるほど、さっきも言っていたけど神人の砦で、魔王に傷を与《あた》えるほどの戦力があったってことだね。これは見逃《みのが》せないね。さっさとこいつらを倒《たお》して遺跡調査を再開しよう。

「み～」

「それはそれは、大変でしたね。さあさあ、お疲《つか》れでしょう。冷えたエールで喉《のど》を潤《うるお》して、疲れを癒《い》やして休んでください。（あの世でね……）」

「おおう。お前人族の割に、いい奴《やつ》だな！」

　俺はジョッキになみなみとエールを注いでキンキンに冷やして差し出す。

　ジョッキに頭を突《つ》っ込《こ》んでごくごく飲む、ハゲバトロワ。

「う、うみゃ……ゲェ」

エールを飲み終えたハゲバトロワがピクピクと地面を転がり回り、やがて動かなくなる。

「み～？」

「さて、あいつらを追っ払《ぱら》いますか」

ライフルをモンスターの群れに向け発砲《はっぽう》。狙《ねら》わなくてもモンスターに当たり落ちてくる。それを合図にモンスターが襲《おそ》いかかって来た。

「ネロ！　どうなってんだ⁉　そいつ、魔王軍の将軍がピクピクして動かなくなったぞ！」

ジンさんが大剣《たいけん》を振《ふ》るいながら聞いてくる。

「もう、あの世に向かっているのでご心配なく」

「あの世に向かう？　って毒か⁉」

「みっ⁉」

ご名答。あのジョッキの中には俺が持つ一番強力な毒を仕込《しこ》んで飲ませた。その名もエンシェント・リーパー。古《いにしえ》の死神。成人男性なら一舐《ひとな》めであの世行きの猛毒《もうどく》。それをスプーン一杯《ぱい》分ジョッキに投入した。如何《いか》に魔王十二将だってイチコロ。

「ネロ、酷《ひで》え……」

「ネロくんは悪魔《あくま》か……」

「先生！　私はこんな戦い方、認められません！」

「ネロに逆らったら、ああなるのかよ……。おいちゃんは、優《やさ》しいケットシーだにゃん♡」

「何やってるにゃ？　パパにゃん、キモいにゃよ？」

おいおい、君たち言いたい放題だな……。まあいいさ。勝てば官軍。楽して勝つ。これが大事なのだ。怪我《けが》なんかしてられるか！

「み～」

「あの鳥、食べられるかにゃ？」

「ああ、旨《うま》いぜ。息子《むすこ》よ」

「から揚《あ》げパーティーにゃ！」

「にゃ！」

美味《おい》しいと聞いてがぜんやる気になったらしい。ぴょんぴょん跳《は》ね回りバッタバッタと斬《き》り捨てるペロ。空中機動スキルを駆使《くし》して空を駆《か》け刈《か》り取るセラ。恐《おそ》るべし、腹ペコ魔人の食い意地。

ヤンくんと宗方姉がお互《たが》いの隙《すき》を庇《かば》いつつ弓で攻撃《こうげき》。ユーリさんとローザリンデさんの弓技《きゅうぎ》は圧巻。レティさんは義賊ギルドの弓使いを援護《えんご》する形で投擲のダガーを投げる。

ジンさんとグレンハルトさん、それにポロとジークさんは飛ぶ斬撃《ざんげき》でモンスターを狩《か》る。レインと宗方弟は銀牙突槍《マーナドラグ》と黒爪突槍《マルコシアス・ガン》を操《あやつ》り攻防《こうぼう》入れ替《か》わりで攻撃をしている。

俺も負けじとライフルで応戦。弾《たま》が尽《つ》きると防空壕に入ってヤナさんに手伝ってもらって弾詰《づ》め。また表に出て撃《う》つを繰《く》り返す。

しかし、減らないね。これじゃあ、俺の弾が尽きてしまう。

「み～！」

「きゅ～？」「がう？」

えっ⁉　あれをやるの？

「み～」

「きゅ～」「がう？」

そうなんだ……やるんですね。じゃあ、ラルくん、やっちゃいますか。あっ、空に向かってやってね？　間違《まちが》ってもこれ以上、地上に爪痕《つめあと》は残さないように。原状回復が大変だからね。

「きゅ～！」

こそこそと、気づかれないようにラルくんを抱《かか》えて、戦いの場から少し離《はな》れる。ここら辺でいいかな。じゃあ、やっちゃってください。大丈夫《だいじょうぶ》、お腹《なか》が空《す》いてもから揚げは食べ放題だから。

「み～」

「きゅ～！」

ラルくん、上を向いてお口を大きく開くとピカッと閃光《せんこう》が走り、空のモンスターを一文字に薙《な》ぎ払う。あぁ、モンスターがゴミのようだ……。

「なにが起きてるんですか⁉」

「これだからエルフのお嬢様《じょうさま》は……。どーんと構えていられないのか？」

「こ、こんな時に、あなたは、な、なにを言ってるんですかぁ！」

ユーリさんはあの時いなかったからしょうがないよ。そういえば、もう一人初めてがいたね。

「せ、先生⁉　あ、あれはなんですか！　この世の終わりですか⁉」

「落ち着きたまえジーク。あれは天の裁きだ」

「て、天の裁き⁉」

言いすぎかな？　ドラゴンの裁きです。もっと言えばラルくんの裁きだね。

ラルくんのブレスの直撃を逃《のが》れたモンスターも、ブレスの余波で焼き鳥になって落ちてくる。

「焼き鳥にゃ！　食べ放題にゃ！」

「息子よ。こりゃあ、さすがに食い切れなくねぇ？　まあ、その前にエールをグビッとだな」

この親子はブレないね。頼もしい限りだけど。

指揮官がいなくなったせいで撤退《てったい》の指示を出す者がいなく、上空の本隊が消えたにもかかわらず闇雲《やみくも》に攻撃してくるモンスター。既《すで》に掃討戦《そうとうせん》となっている。

「一体たりとも逃《に》がさないでくださいね！」

みんなに殲滅《せんめつ》の指示を出して、お腹を空かせてぐったりとしているラルくんを抱えて防空壕に戻る。ルーくんもラルくんを心配してついて来た。ルーくんも魅了眼《みりょうめ》でモンスターを無力化して頑張《がんば》ってくれたから、ラルくんと一緒に防空壕で待機でいい。

「ラルくん！　どうしたんですか⁉」

「みゅ～」

カイを抱《だ》っこして奥《おく》で隠れていたヤナさんが、ぐったりしたラルくんを見て駆け寄る。

「大丈夫。お腹が空いただけだから」

「み～」

「はっ？　お腹が空いたんですか⁉」

「きゅ……」「がう」

あれ？　ルーくんも？　皿にから揚げとピラフおにぎりを出すと、ラルくんはむさぼるように食べ始め、それに負けじとルーくんもお皿に顔を突っ込む。これだけ元気があれば大丈夫だ。二人のボールに、ミーちゃんのミネラルウォーターを注ぐと、カイも飲みたそうな表情を見せるのでカイのボールにも注ぐとチロチロ飲み始めた。なぜか、ミーちゃんも一緒に。

ミーちゃんも手に汗握《あせにぎ》る状況《じょうきょう》で喉が渇《かわ》いていたのかな？

「みゅ～」

「み～」

みんなも喉が渇いているだろうから用意しよう。水筒《すいとう》をいくつか用意して水とミーちゃんのミネラルウォーターを半々に入れて冷やす。

さて、外の状況はどうかな？　ミーちゃんを肩《かた》に乗せ外に顔を出す。

地上近くのモンスターは粗方《あらかた》、片が付いた感じだ。少し逃げ出そうとしているモンスターがいるけど、ユーリさんとローザリンデさんの弓で狙い撃ちになって数を減らしている。何気にヤンくんの弓の腕《うで》もなかなかのものだ。

「から揚げ？　焼き鳥パーティーかにゃ？　どっちもパーティーにゃ！」

「にゃ！」

その前に倒したモンスターを回収して来てね。

「み～」

ミーちゃん、遺跡《いせき》で人形を見つける。

モンスターを殲滅《せんめつ》した後、ミーちゃんはペロとポロの親子とレイン、そしてユーリさんと一緒《いっしょ》に遠くに落ちた焼き鳥モンスターを回収に行っている。残りのメンバーは解体作業に勤《いそ》しむ。数が半端《はんぱ》ないから、王都でまた新人君用の解体依頼《いらい》を出そうと思っている。じゃあ、何をしているかというと、ヤンくんと宗方姉弟《むなかたきようだい》の解体実習授業だ。

「ヤンはなかなか手際《てぎわ》がいいぜ」

「うげぇー。無理ぃ～。ケロケロロー」

「姉さん！　そんな所で吐《は》かないで！」

俺《おれ》は何も聞いていないし、見ていないよ。

そんな俺は中心部の建物に来て、一人で土砂を搬出《はんしゅつ》している。今日中に建物の入り口を見つけて、明日から中を調査したい。どちらが正面かわからないので、勘《かん》で掘《ほ》り進めて土砂をどけていく。一面目は失敗。正面じゃなかった。二面目は……ビンゴだ！　扉《とびら》はないけど大きな入り口を発見。時間もあるので一面を残して土砂も取り除いていく。

大きな建物だ。窓もいくつもあり。屋上は物見としても使われていたような形状だ。今までに見つけた建物の中では一番高い建物で、おそらく屋上からなら防壁《ぼうへき》の門まで見えると思う。もしかしたら、何かしらの方法でやり取りをしていた可能性もありそうだ。

拠点《きょてん》に戻《もど》ると三カ所で新たなかまどが作られ、鳥の丸焼き調理が行われていた。表面に砂糖醤油《しょうゆ》が塗《ぬ》られ飴色《あめいろ》に輝《かがや》いている。これは美味《おい》しそうだ。ペロとセラ、それにルーくんとラルくんが丸焼きされている前に陣取《じんど》り、出来上がるのを待っている。全員、よだれが滝《たき》のように流れているせいで、砂糖醤油を塗っているヤナさん、すごくやり難《にく》そう。

「エ、エールがねぇー！」

「みっ⁉」

び、びっくりしたぁ。急に大きな声がしたので、何事が起きたのかと思った。どうやら、買ってきたエールを全部飲んでしまったようだね。まだ工程の折り返しにも来ていないのに。まあ、あれだけ毎日浴びるように飲んでいれば、そりゃあなくなるわな。

「ジン！　王都までひとっ走りして買って来いや！」

「ひとっ走りって、なんで俺なんだよ！　猫親父《ねこおやじ》！」

「ジンが一番飲んでるからだろうが！」

そんな漫才《まんざい》の最中に、馬たちを引き連れたスミレが戻ってきた。みんなに怪我《けが》はなかった？

「み～？」

「ぶるる？」

なんのこと？　って、鳥のモンスターに襲《おそ》われなかったの？

「ぶるる！」

あぁ、あれね。ナマ言ってきたからぶっ飛ばしてやったわ！　ってことらしい。さすが、スミレ姐《ねえ》さん。半端ねぇッス。

「み～」

ジンさんとポロはどちらが買いに行くかでまだ言い争いをしている。グレンハルトさんとローザリンデさんは、それを横目に優雅《ゆうが》にワインを傾《かたむ》ける。

しょうがない。今日は頑張《がんば》ってくれたからね。出してあげましょう。特別なんだからな！　どんっとテーブルの上に樽《たる》を出す。

「ネロ！」

「おぉ、ネロはいい奴《やつ》だな！　おいちゃんが、いい子いい子してやろう」

「み～」

ミーちゃん、ポロにスリスリ。いい子いい子してもらいたいらしい。

「なんだ？　姫《ひめ》っ子、いい子いい子してほしいのか？　こうか？　こうしてほしいんだな！」

「み～」

付き合っていられない……。俺はペロのご要望にお応《こた》えして、から揚《あ》げ作りとスパイスを利《き》かせた素揚《すあ》げも作る。そんな俺の耳にグレンハルトさんたちの声が聞こえてくる。

「先生。やはり私は彼《かれ》の行為《こうい》を許せません！　たとえ魔王《まおう》軍の幹部とはいえ、毒で騙《だま》し討《う》ちするなど卑怯極《ひきょうきわ》まりない。あんな戦い方認められません！」

若い、若いなぁ、ジークさん。俺より年上だけど。

「ジーク。君はもっと広い視野で物事を考える必要がある。そうだな……レインくん、君は今回のネロくんのやり方をどう思うね？　親友としての目線で構わない。聞かせてくれないかな？」

「あいつは……ひ弱でちょっととぼけた奴だけど、自分の信念をしっかりと持っている。もっと上手《うま》くやれば、地位も名声ももっと手に入れられるのに、陰口《かげぐち》を叩《たた》かれようが何を言われようとも自分の信念を曲げない。今回もそうだ。俺はあいつのことを知っているから、今回の件を卑怯だと思わないし、俺はあいつの親友だから、いつだって俺だけはあいつの味方でいてやる」

「君の知るネロくんの信念とは？」

「仲間を見捨てない。そして、仲間のために頑張る。ついでに弱い奴の味方になりたがる奴だ。自分が一番、弱っちぃのにな」

あらやだ、レインから聞くとは思わなかった、恥《は》ずかしくなるくらいの褒《ほ》め言葉。

「ジーク。君の剣《けん》の腕《うで》は素晴《すば》らしい。このまま研鑽《けんさん》を積めば、私を越《こ》えるのもそう遠くない。だが、それだけだ。ただ、剣の腕のいいハンターで終わることだろう」

「どうしてですか！」

「では、問おう我《わ》が弟子《でし》よ。おそらくこれが師弟《してい》として最後の問答となろう」

「受け賜《たま》わります。師よ」

なんか、格好いいやり取りだね。ミーちゃん、では問おう！　なんか違《ちが》う……。

「み～？」

「ジークよ。君ならあの魔王軍とどう戦ったかね？」

「ここには五闘招雷《ごとうしょうらい》のうち二人がいます。ほかにも戦える者が何人もいるのですから、小細工を使わずとも十分に戦えます」

「そして最後に何人生き残るのだね？　あの指揮官は間抜《まぬ》けそうであったが、魔王軍の幹部。間違《まちが》いなくジェネラル級であろう。その強力なジェネラル級が万全《ばんぜん》の状態で戦っていたら苦戦は必定。そのジェネラル級に統率《とうそつ》された大軍は脅威《きょうい》。まさか無傷で全滅《ぜんめつ》できるとは言わないであろうな？」

グレンハルトさんにしては、なかなかきついお言葉。これが師としての顔なのかも。

「で、ですが、あの天の裁きがあれば……」

「勘違《かんちが》いしてはいけない。あれもネロくんの力だ。君には使えない力なのだよ」

「!?」

戦いに集中していて見ていなかったのだろうね。自分の戦いに集中しすぎて周りが見えていないということも、グレンハルトさんは言いたいのかもしれない。

「それに君は忘れているようだが、ヤナさんという非戦闘員もいる。ヤンくんという新人ハンターもいたのだよ。君は戦っている間に一度でも彼女《かのじょ》や彼を気にしたかね？」

「……」

「ネロくんは君が犯《おか》そうとしたミスをすべて考慮《こうりょ》し、全員の命を守ったのだ。君には弱く臆病《おくびょう》で後ろに隠《かく》れていたように見えたかもしれないが、彼は後方で全体の状況《じょうきょう》を把握《はあく》し仲間のサポートをしながら、最も効率的な戦術を考え、そして実行していた」

いやぁ、そこまで褒められるとこそばゆいね。もっと褒めてもいいですよ？

「そ、そんな……馬鹿《ばか》な」

「ジーク。君はまだ若い。君の一本気なところは長所でもあるが短所でもある。そのせいで、周りが見えていない。もっと視野と心を広く持たねばならない。自分を基本とするのではなく、弱者を基本にして物事を考えるのだ。そうすれば何が本当に必要かが見えてくる。そうすれば今回のネロくんの行為もまったく別の見方ができるようになるはずだ」

「別の見方ですか……」

「それをどう活《い》かすかは君次第《しだい》だが、君が進む道の糧《かて》となろう。師として最後にこのことを君に伝えられ、とても喜ばしい。これで、君に教えることはもうない。これをもって君を同士と認めよう」

「先生⁉　ありがとうございました……」

レインくん、泣きもらい？　泣いていない？　いやいや、泣いているでしょう！　意外と涙《なみだ》もろいのか⁉　意外な一面を見た！

さて、俺は何も聞いていないし、何も見ていない。から揚げの続きを揚げましょうかねぇ。

「み〜」

🐾

今日も快晴。発掘日和《はっくつびより》だ。建物の中の調査だけどね。

屋上から階下に下りながら土砂を取り除いていく、土砂で埋《う》まっていない部屋もいくつか見つかった。そういう場所はみんなに任せて、俺は土砂を取り除きながら下を目指す。

一階までたどり着き、入り口から外に出て取り除いた土砂を広い場所に出す。この後、この土砂は義賊《ぎぞく》ギルドの人たちが、中に貴重なものがないかふるいで選別してくれる。どうやら暇《ひま》らしい。

俺はランプを点《つ》けて、もう一度建物に入り調査開始。ミーちゃん、何か気づいたら教えてね？

「み〜」

正面から入ると広いスペース。受付か何かだったのだろう。通路を左周りで調査していく。通路に面した部屋には、まだ形を残した家具などが散乱している。いくつかの部屋には錆《さ》びた武器防具に骨も散らばっていた。モンスターの骨のようだ。ここで戦闘があったのだろうか？

ほかの部屋も同じような感じだが、人骨は一つも見当たらない。ここまで攻《せ》められたのなら、この状況はおかしい。人族に犠牲《ぎせい》が出なかったのか？　それとも、撤退《てったい》する時に犠牲者も運び出したのか？　この砦《とりで》を放棄《ほうき》したのがモンスターに敗れたからなのかはわからないけど。

一番奥《おく》に着くと、ホールの形状になっていた。

「みっ⁉」

「ヒッ⁉」

手だ⁉　人の手が転がっている。これは夢か幻《まぼろし》か⁉　それともホラーか⁉

ん？　なんで手が残っているのだ？　普通《ふつう》、骨になるんじゃねぇ？

恐怖《きょうふ》で俺の顔に張り付いたミーちゃんを引き剥《は》がして、転がる手にランプの光をかざしてよく見る。よく出来た本物そっくりの人形の手だ。触《さわ》り心地《ごこち》も気持ち悪いくらい生身に近い。ホールを光でかざして確認《かくにん》すると、バラバラ殺人事件現場だった……。

服は風化したのか、何も身に着けていないバラバラの人形が散乱している。顔の部分は破壊《はかい》されてない。意図して念入りに顔だけ破壊したように見える。ほかの部分はそこまで破壊されていないからだ。一応、回収しておこう。

「み〜」

軽く五十体以上分あるね。これは動いていたのかな？　自動人形《オートマタ》という奴なのだろうか？　意外とどころか、相当に科学の進んだ文明があったようだ。烈王《レオ》さんが言っていた、噂《うわさ》の神人だろうか？

人形を回収し終わると、残っているのはモンスターの骨と武器防具の残骸《ざんがい》。銃《じゅう》のようなものもある。残念ながら、形が残っているだけで持つとボロボロと崩《くず》れてしまう。

片づけてみると、この人形たちがある場所を守っていたのでは？　という配置に見えてくる。ミーちゃん、どう思う？

「み〜」

ミーちゃんも、その場所が怪《あや》しいと睨《にら》んだようだね。

その場所に行って調べ足元を叩いてみると、ある一角だけ音が違う箇所《かしょ》を見つけた。どうやら下に空洞《くうどう》がありそうだ。下に続く階段でもあるのか？　でも周りを調査しても手掛《てが》かりが見つからない。どうやって開けるのだ？

「み〜」

ぽっかり階段が姿を現す。ミーちゃん、強引《ごういん》にミーちゃんバッグに床《ゆか》を収納したみたい。貴重な遺跡を傷つけるのはどうかと思うよ？　いや、まあ、知らぬ存ぜぬをとおすからいいけどね。

「み、み〜♪」

最近、ミーちゃんがたくましくなってきた気がする。誰《だれ》のせいだろう？　俺か？

「み～？」

階段を下りて行くと周りが一変。目の前にこの場に似つかわしくない、無機質な素材で出来た扉が現れる。押《お》してみるけどびくともしない。取っ手がないので引くこともできない。そもそも、扉の形をしているのに繋《つな》ぎ目が見えない。本当に扉なのか？

「み～」

ミーちゃんが何かを見つけたようで俺の肩《かた》をテシテシ叩いてくる。ミーちゃんが見ている所は扉の右側。よく見ないとわからない、ほんの少しだけ色の違う箇所がある。手のひらサイズだ。手のひらサイズ？　そういうこと？　やってみますか。

『入室権限を確認中………上位者《マスター》権限を確認。解錠《かいじょう》します』

プシューの音と共に扉が開く。開いたね。音声付きとは、いやにハイテク。

「み～！」

ミーちゃん、さあ出発だぁーって言っているけど、みんなを呼んで来なくていいのだろうか？　まあ、埋まっていた遺跡だからモンスターはいないか。よし、進んでみよう。

中は薄ぼんやりと光り、通路の先は左右と正面に扉がある。俺はゲームでも手前から調べていく主義。アイテムの取り残しが嫌《いや》だからだ。なのに、エリクサー症候群《しょうこうぐん》持ち。悲しい性《さが》だ。

左の扉を同じように手のひらをかざして開ける。今度は何も聞こえない。

ここは衣装部屋かな？　いろいろなサイズの執事《しつじ》服とメイド服が並んでいる。それもゴシック様式のメイド服。カチューシャもある……いい趣味《しゅみ》をしている。いろんな意味でね。執事服には興味はないよ。それにしても風化どころか新品同様。怪しいので鑑定《かんてい》してみたら、防具、防刃《ぼうじん》、衝撃《しょうげき》吸収と出た。何気に凄《すご》い防具のようだ。もちろん、すべて回収。部屋が空っぽになった。盗掘《とうくつ》か⁉

右の部屋にも期待大で入る。こっちは武器庫のようだ。棚《たな》に並んでいるのはすべて黒鞘《さや》のサーベル。十本だけ鞘に凝《こ》った意匠《いしょう》があるサーベルが別枠《べつわく》で保管されている。格好いい！

そして、銃。見た目は銃なのだけど、引き金も弾倉《だんそう》もない。なんだこれ？　小銃にライフル、対物ライフルのような大型の物まである。鑑定してみたがオートガンとしか出てこない。使い方がわからん！　おもちゃか⁉　取りあえず、すべて回収。

凝った意匠のサーベルは一本腰に下げておく。気に入ってしまった。鑑定するとオートソードと出た。オート？　自動？　銃にも付いていたな。何がオートなんだ。抜《ぬ》いてみると、なんと！　ぼんやりと青白く光る。なんて、厨二《ちゅうに》心をくすぐるサーベルだ！　益々《ますます》、気に入った。

さて、最後の部屋だな。わくわくが止まらない。

「み～！」

ミーちゃんに促《うなが》され部屋に入れば、そこは異様の一言。ドーム状の部屋で、壁《かべ》に完全体の人形が嵌《は》まっている。残念ながら、半分ほどは空っぽの状態だ。上で破壊された人形分だろう。初めて顔を見たけど人形とは思えないほど精巧《せいこう》な造り。生きている人だと言われても頷《うなず》けるほどだ。

触ってみると、

『エナジーゲインが不足しています。稼働《かどう》できません』

と声が聞こえた。

ということは、エネルギーとなるものがあれば動くのか？　思いつくのはエナジーコアだけど、供給する方法がまったくわからないのでお手上げ。

悩《なや》んでいてもしょうがない。この人形たちの回収は諦《あきら》める。部屋の奥にもう一つ扉があるのでそちらを調べよう。

『入室権限を確認中………上位者《マスター》権限を確認。解錠します』

この部屋は特別な部屋なのだろうか？　また声が聞こえた。

中はそれほど広くない。真ん中に大きなガラスケースのようなものがある。中には……ゴスロリメイドだな。少し東洋系の要素が入った服。年の頃《ころ》は十五、六だろうか黒髪《くろかみ》ロングの美少女だ。どことなくクリスさんに似ている。動く気配はない。やはりエナジーゲイン不足なのだろう。

部屋を見渡《みわた》せば、壁の棚にはいくつか物が置いてある。鑑定してみるとお宝だ！

「み～！」

身体強化三割増しの腕輪《うでわ》　ＡＦ《アーティファクト》　名前のとおり、身体強化三割増しだね。蒼竜《そうりゅう》の咆哮《ほうこう》のミュラーさんが二割増しの指輪を持っていた。

収納のバングル　ＡＦ　二個　収納スキル付きのバングルだ。バングルと腕輪の違いってなんだ？　まあ、いいか。収納スキルは誰でも欲《ほ》しがる優秀《ゆうしゅう》なスキルだ。

加速のバングル　ＡＦ　加速スキル付きのバングル。加速スキル、初めて見たね。

光の指輪　ＡＦ　指向性の光が出る。懐中《かいちゅう》電灯か⁉　まあ、便利かな？

増幅《ぞうふく》装置　まったく意味不明。

エナジーコア結晶《けっしょう》　これも初見。エナジーコアの上位版？　エナジーゲイン……怪しい。

それからＡＦなのだけどなんの能力もない空白状態のものが、指輪、バングル、ネックレスの各一個ずつ。なんだろうね。これ？

もうお宝は見当たらない。ここの調査は終了《しゅうりょう》でいいかな。問題はここをどうするかだ。これをこのまま残しておくのは不味《まず》いな。おそらく、東の魔王が危惧《きぐ》していたものは人形ではなくここだ。使い方がわからないとはいえ、これをルミエール王国に渡《わた》してしまうのも不安が残る。それにまた魔王が破壊しに来ないともいえない。なんとかならないだろうか？　また完全に埋めちゃおうか？

「み～！」

えっ、収納できるの？

「み～」

そうなんだ。さすが、ミーちゃんバッグ。入らないものは、ミーちゃん自身だけの神様仕様。

じゃあ、調査が終わったら収納しちゃおう。

「み～」

不思議空間から出て、建物の一階で見ていない反対側を調査していく。骨だらけでこれといったものは何も見つからなかった。出発地点の入り口に戻って来たので外に出ると、既《すで》にみんながいた。

俺が最後のようだね。

ミーちゃん、だるまさんが転んだ？

「お宝、いっぱいにゃ！」

「みっ⁉」

そうなの？　なんか、ミーちゃんが凄《すご》く反応しているけど、俺《おれ》たちもいっぱい見つけたよ？

「手つかずの遺跡《いせき》だけあって、大漁だったぜ！　みんなで分けても、相当なもんだ！」

ルーさん、袋《ふくろ》から見つけたと思われる貴金属や宝石を見せてくれる。そんなのがごろごろあったらしい。一階には何もなかったのにね。

「みぃ……」

「ネロさん。その腰《こし》の剣《けん》はなんです？」

おっ、宗方《むなかた》弟は目敏《めざと》いな。

「見つけたんだ。格好いいだろう？　光るんだぜ！」

抜《ぬ》いて掲《かか》げてみせる。青白く光るサーベルにみんな釘付《くぎづ》けだ。

「AF《アーティファクト》か？　ちょっと見せてもらっていいかね？」

剣好きのグレンハルトさんが興味を惹《ひ》かれたようなので渡《わた》すと、光が消えた。

「どういうことだ？」

俺がもう一度持つと光が戻《もど》る。なので、ここにいる全員に持たせてみたところ、俺以外では宗方弟だけがサーベルを光らすことができた。そういうことか？　みんなはわけがわからないといった表情。宗方弟は気づいた様子だ。

「欲《ほ》しい？」

「欲しいです！」

だよねぇ。専用武器は男のロマンだ。意匠《いしょう》の付いていないサーベルを宗方弟に渡す。

「ネロさんのと違《ちが》うような？」

「それは、見つけた者の特権だよ」

性能が同じかはわからないけど、抜くと光るのは確認《かくにん》済み。それで我慢《がまん》しなさい。黒爪突槍《マルコシアス・ガン》もあげたんだからね。

「同じような剣が二本。ってことは、ネロもお宝を見つけてるってことか⁉」

そのとおりです。ジンさん。それより、ミーちゃん、やってしまいましょう。

「み～」

一瞬《いっしゅん》の間があり、俺の直感スキルが警鐘《けいしょう》を鳴らす。

「やべぇ！　お前らここから離《はな》れろ！」

ジンさんの危機察知スキルも反応したようだ。急いで走ってこの場から離れる。何が起きるのだと思った瞬間。音を立てて建物が崩《くず》れながら地面に沈《しず》んでいく……。

あれ？　やっちゃった？

「みっ⁉　みぃ……」

ミーちゃんも気づいたね。よく考えなくても当然の現象。建物の地下に大きな空間が出来れば、当然上にあるものは重力に逆らえず落ちるよね。貴重な遺跡を傷つけるどころか、破壊《はかい》しちゃったよ。俺は何もしていないし、何も知らない。そう、これは魔王《まおう》の仕業《しわざ》だ！

「な、何が起きてやがる⁉」

「ま、魔王の、し、仕業かな？」

「くっ、俺たちを生き埋《う》めにしようとしたのか！」

「違うな。あの魔王軍の幹部は、既《すで》にことを為《な》した後だったと見るべきだろう」

「魔王軍を全滅《ぜんめつ》させたが、目的は達成されたってことかよ！」

「侮《あなど》れなかった相手だったのですね。やはり、私は未熟者だったわけだ……」

まだ見ぬ東の魔王よ。ごめんな。罪をすべて擦《なす》り付けてしまって。まあ、魔王だから気にしないけどね。でも、これで王妃《おうひ》様に報告しやすくなった。そう、すべては魔王のせいなのだ！

「み、み～」

俺の調査は終了《しゅうりょう》。あれ以上のものは見つからないだろう。後は専門の方にお任せする。引《ひ》き継《つ》ぎのハンターさんたちが来るまでのんびりしようと思っていたら、にわか雨が降ってくる。数時間だったけど降った雨が地面より低いブレスの爪痕《つめあと》に集まり、更《さら》に低い遺跡に流れ込《こ》んで一面水浸《みずびた》し。

これは不味《まず》い。これ以上降ったら遺跡全体が水没《すいぼつ》してしまうかも。残った時間は暇《ひま》なので、その対策をしてあげよう。ブレスの爪痕も埋めておきたい。

みんなはその間、自由時間。ペロたちはモンスター狩《が》りに、ジンさんたち五闘招雷《ごとうしょうらい》は宗方姉弟《きょうだい》に付きっきりで特訓。そういえば、宗方姉もサーベルを欲しがったので渡しておいた。背後霊《はいごれい》のように、ずっと背後から離れてくれなかったから……。怖《こわ》いんですけど。

遺跡の反対側にミーちゃんと大きな、いや巨大《きょだい》な穴を掘《ほ》る。底は遺跡よりずっと下。これで、雨が降っても遺跡が水没することはない。地形が大きく変わったことを気にしなければだけど。

穴を掘った土をブレスの爪痕に埋めていく。ラルくんがブレスを放った場所から遺跡まではなんとか埋めることができた。しかし、爪痕はまだ遥《はる》か先まで続いている。全部埋めるのは諦《あきら》めた……。

作業をやめて、みんなと昼食をとっていると、遠くから複数の馬の嘶《いなな》きが聞こえてきた。

「ユーリ、ハンターが来るのは明日じゃなかったか？」

「そのはずなんですが。みんな馬に乗っていますね。馬車で来る予定だったのに、予定が変わって第一陣《じん》が来たのでしょうか？」

「おいちゃんには、どう見ても堅気《かたぎ》には見えねぇぞ？」

確かにポロの言うとおりだ。どう見ても怪《あや》しい集団だ。あれ？　なんか顔も隠《かく》してない？

「少年。あれは闇《やみ》ギルドの連中じゃないのか？」

「「「闇ギルド!?」」」

「み〜？」

俺を狙《ねら》って来たのか？　それとも盗掘《とうくつ》狙いかはわからないけど敵には違いない。このまま馬で突《とつ》撃《げき》されれば怪我《けが》では済まない。突撃を防ぐために一メルの防壁《ぼうへき》を三十メル作った。さすがにきつい。

そのままになっていた防空壕《ぼうくうごう》に、ヤナさんにまたカイと一緒《いっしょ》に入ってもらう。ヤンくんにも人殺しはまだ経験してほしくないので隠れているように言う。しかし、戦うといって聞かない。仕方ないので、絶対に前に出ないことを約束させて、ユーリさんのそばを離れないことを約束に認めた。本当は対人戦なんてさせたくないのに……。

「み……」

闇ギルド連中は防壁が出来たことで、作戦を変更《へんこう》し馬を降りての攻撃《こうげき》に変えてきた。人数差で負けているが、弓を持つ者が少ないのは救いだ。こっちの弓で攻撃しやすい用に少し高い階段状の台を土スキルで作る。こちらの準備は万端《ばんたん》だ。防壁の上にスコープを付けたライフルを置く。

「ここは王宮が管轄《かんかつ》する遺跡。用がなければ立ち去れ！」

グレンハルトさんが裂帛《れっぱく》の声で警告する。

それでも引く気はない。おそらく、護衛をしていた兵がいなくなったのを見計らっての犯行。今になったのは人を集めるのに時間がかかったと予想される。

なので、俺への怨恨《えんこん》ではないね。闇ギルドの数が減り、再興するのに金が要《い》りようになったという意味では、まったく関《かか》わりがないとは言えないけどね。

闇ギルドは左右正面に分かれて動き出す。正面の敵は弓持ちとその盾《たて》役。本命は左右に分かれた連中だ。だけど、そうやすやすとやらせると思っているのかな？　甘《あま》いね。

「左右の敵はみんなに任せる。俺は正面をやる」

「「「任された！」」」

俺はライフルで相手の弓使いを狙う。狙撃《そげき》ならこっちに分がある。先制攻撃あるのみ。盾役をかい潜《くぐ》り弓持ちを狙い撃《う》つ。致命傷《ちめいしょう》を与《あた》えられなくても、弓を射《い》られなくなればいい。こちらは一人、向こうは五人。どうしても矢は飛んで来る。大気スキルで矢の軌道《きどう》をそらせながらの狙撃。

左右でも戦闘《せんとう》が始まったが問題ないだろう。ジンさんとグレンハルトさんが左右に分かれ、ジークさんにレイン、宗方弟がいる。遊撃隊でペロにポロ、セラもいる。高台からはユーリさん、ローザリンデさん、宗方姉、ヤンくんの弓の援護《えんご》もある。防空壕にはルーくんとラルくんが最終兵器として顔を覗《のぞ》かせている。ヤナさんはルーくんとラルくんが飛び出さないよう、押《お》さえている形だ。

俺の後ろから敵の弓持ちに矢が飛んでいるところをみると、左右の攻撃には余裕《よゆう》があるようだ。早々に決着しそうだ。なんて思ったのがフラグだったのか、

「なんか~、馬車が十台くらいこっちに向かってくるわよ」

気の抜けた声でローザリンデさんが言ってくる。こちらの味方とは考え難《にく》い。どう考えても闇ギルドの第二陣だ。悪いけど帰ってくれないかなぁ。

正面の弓持ちを行動不能にした時には、左右の戦いも終わっていた。

「ちっ、百人近くはいそうだぜ」

最初の敵は倒《たお》したものの、向こう側にはどんどん闇ギルドが集結している。だけど、まともな武器は持っていない。なぜか鍬《くわ》やほぼ木製の円匙《えんし》を持っている。土木作業員か⁉

それでも数の暴力は脅威《きょうい》だ。奴《やつ》らも第一陣が負けたにもかかわらず、こちらが少数とみて勝った気でいる。のんびりとしているし、笑っている奴らまでいる。

馬車が全部到着《とうちゃく》すると、部隊を分けず一斉《いっせい》に襲《おそ》ってきた。中には女性もいる。やり難いな。

最終兵器使っちゃおうかと思った時、迫《せま》りくる敵の後ろから、

「正義の味方！　俺様参上！」

という、名乗り？　が聞こえ、後方の闇ギルドの連中が宙に舞《ま》う。

何が起きてる？　俺様って誰《だれ》？

「ザムエル殿《どの》か？」

「みたいよ～」

「筋肉だるまかよ!?」

ザムエル？　筋肉だるま？　たしか、五闘招雷の一人だったかな？

「あれが筋肉だるまにゃか？」

「世紀末覇者《はしゃ》がいるよ！　トシ！」

「人がゴミのように舞ってるね」

「み～！」

スミレちゃんが横にいたら、まさしく世紀末覇者！　って、ミーちゃん何を言っている？

それはそうと、急に現れた世紀末覇者に闇ギルド連中は完全に浮足立《うきあしだ》っている。

「打って出るぜ！」

「「「おう」」」

「ペロは姫《ひめ》のニャイトだからにゃ、ここで姫を守るにゃ。セラにゃんは行っていいにゃ！」

「にゃ！」

「それでは、私は少年のサポートだな」

俺は残っていた弾《たま》をすべて連中にお見舞《みま》いし、残弾《ざんだん》はゼロになった。どこかで補充《ほじゅう》しないとな。

ジンさん、グレンハルトさん、ジークさん、レイン、ポロ、宗方弟が浮足立つ闇ギルドに切り込む。ミーちゃんをヤナさんに渡して、身体強化三割増しの腕輪《うでわ》に加速のバングルを身に着け、防壁の前にペロとレティさんと移動して、抜け出てくる敵に対処するべくサーベルを抜く。

「ネロ。戦えるにゃか？」

「心配無用。まともには戦わない！」

「まともに戦わにゃい……ネロらしいにゃ！」

だろう？

「相手がお出ましだぞ。少年」

九人ほどが前方の戦いから抜け出て、こちらに向かってくる。俺たちに届く前に六人が矢でやられた。残る相手は三人。ペロとレティさんにアイコンタクト。一人ずつ相手をする。ペロは素早《すばや》い動きで相手を翻弄《ほんろう》して、愛刀虎徹《こてつ》で一刀のもとに斬《き》り伏《ふ》せる。レティさんは無造作に相手の前に出るが、なぜか相手の武器が空を斬り、すれ違った時には斬られていた。

俺はそんな技量はないので、相手の足を土スキルで絡《から》め動きを阻害《そがい》し、加速スキルを発動。相手の横をすり抜けざまにサーベルを振《ふ》り抜く。

あれ？　なんの感触《かんしょく》もないぞ？　まさかの空振《からぶ》り!?　すぐに振り向き相手を見れば、上半身と下半身がサヨナラ……うへ、グロくて吐《は》きそう。

「おぉー、ネロがにゃんか格好よく見えるにゃ～。まぐれかにゃ？」

まぐれじゃないぞ！　全部想定されたことだからな！　ちょっと斬れ味が良すぎて、びっくりしたけど。しかし、五闘招雷圧倒《あっとう》的だ。レインと宗方弟もお互《たが》いをフォローしあって敵を寄せ付けない。ポロも分身を駆使《くし》して敵を翻弄し倒している。

「にゃんかこいつら弱いにゃ～。手応《てごた》えがにゃいにゃ～。そう思わにゃいかにゃ？　レティ姐《ねえ》」

「苦労せず、いいじゃないか。ペロにゃん」

ペロの言うとおりさっきの第一陣に比べると呆気《あっけ》ないほど弱い。それに、よく見るとご年配の人が多い。もしかしたら、一線を退いた人か本当に土木作業員なのかもしれない。こちらに抜け出て来る者もいない。もう、俺は必要ないね。

ヤナさんからミーちゃんを引き取る。ペロとレティさんが俺の前に陣取《じんど》っているので、安心してザムエルさんを見学。身長は二メルを越《こ》えた鍛《きた》え抜かれた大男。髭《ひげ》もじゃで年齢不詳《ねんれいふしょう》。俺様～俺様～と騒《さわ》いでいるので俺様好きなのだろう。武器は己《おのれ》の肉体のみ。繰《く》り出される拳《こぶし》や蹴《け》りは凶悪《きょうあく》。

「み～！」

ミーちゃんが興奮するほどの体捌《さば》き。あれだけの巨体《きょたい》なのになんて素早い動き。

あっ、転んだ……。

「み～？」

そうだね。だるまさんが転んだね。ちょっと抜けているところもありそうな、お茶目なだるまさんだ。

何人かが逃亡《とうぼう》を図《はか》るけど、うちのスナイパーたちに討たれていく。なんかひと皮剝《む》けたって感じのヤンくん。ユーリさんやローザリンデさんとは比較《ひかく》にはならないけど、宗方姉とはいい勝負のような気がする。宗方姉もうかうかしてられないぞ。

「どうやら～終わったみたい」

確かにうちのメンバー以外で立っている者はいない。今は一人一人確認して止《とど》めを刺《さ》している。生かしておいても結局、極刑《きよつけい》が待っている。致命傷に近い怪我も負っている。苦しまずにあの世に送るのも情けだ。

「みぃ……」

それにしてもこの惨状《さんじよう》どうするよ？　死体は持って帰っても懸賞金《けんしようきん》付きじゃないと一レトにもならない。このままにしておくわけにもいかない。穴はいっぱいあるし、埋めちゃおう。

ミーちゃんと血塗《ちぬ》られた大地ごと一緒に収納。遠くのブレスの爪痕に埋めてきた。

闇ギルドが乗って来た馬車は荷物ごと回収。ジンさんとポロはお酒が手に入りホクホク顔。食糧はたいしたものじゃないので、発掘《はつくつ》の道具と一緒にここに置いていく。後から来るハンターさんたちが胃の中に処分してくれるだろう。馬はだいぶ逃《に》げちゃったけど、残っている馬は連れて帰る。売ればいいお金になる。賢《かしこ》い馬はうちで引き取ってもいい。

それにしてもみんなと祝杯《しゆくはい》を挙げている俺様さん、凄く臭《くさ》いのですけど……。

「そうか？　俺様、風呂《ふろ》に入ったのいつだったかなぁ？　ガハハハッ！」

ばっちい⁉　風呂に入りやがれ！

「み～！」

風呂場に案内して湯船にお湯を張る。石鹸《せっけん》とタオルも渡し綺麗《きれい》になるまで出てくるなと厳命。ナイフがないか聞かれたので、ちゃんとした剃刀《かみそり》を渡した。そういうことでしょう？

みんなの元に戻るとスミレが戻って来た。なんか多くない？

「み～？」

途中《とちゅう》で困っていた馬たちを連れて来たそうだ。鞍《くら》を着けている馬もいるので、さっき逃げ出した馬たちだね。取りあえず、全員集合させて馬の世話をしてもらう。馬車が四頭引きの大型馬車だったこともあり、総数九十頭に増えている。全員で世話しないと無理。

馬の世話を終えた頃《ころ》、鼻歌交じりで俺様さんが風呂から出てきた。髭を剃《そ》った顔はやはり年齢不詳。若くも老練にも見える執事《しつじ》。なぜ執事かといえば、着ていた服も汚《よご》れきっていたので洗って干している。体格が体格なので替《か》えの服が遺跡で見つけた執事服しかなかったからだ。

「こいつはすげぇ服だな。俺様、びっくりだぜ！　こいつくれ！　ガハハハッ！」

そりゃそうだろう。防刃《ぼうじん》に衝撃《しょうげき》吸収、引っ張ろうが何しようが破れない謎《なぞ》仕様。

「助けてもらいましたからね。貴重な服ですが差し上げます」

「なんだ、筋肉だるまを返上して筋肉執事に改名か？　ザムエル」

「俺様、筋肉執事！　それもいいかもな！　ガハハハッ！」

しかし、俺様さん改めザムエルさん、濃《こ》いキャラクターだね。

「み～」

「ねぇ～、あれってぇ？」

「遺跡で見つけたものです。防刃に衝撃吸収付きの防具です」

「マジかよ！」

「やっぱり～そうなんだ」

メイド服ですが着ますか？

「いいの～？　欲しい！」

ローザリンデさん、そのメイド服をどこで着るつもりだろうか？

ジンさんたちからすれば旧友が集まり、ルーさんたちから見れば五闘招雷というヒーローが増えた。騒がないほうがおかしい。お酒も大量に手に入ったこともあり、当然大宴会《だいえんかい》が始まる。肴《さかな》は鶏《とり》料理だ。あれから毎日、鶏料理だ。大量にあるので、仕方がないとはいえ俺は飽《あ》きた。

「ネロ！　から揚《あ》げにゃ！」

「にゃ！」「がう！」「きゅ～！」

この子たちは毎日食べて飽きないのだろうか？

俺がから揚げを作る横でレインと宗方弟が、鶏の丸焼きをクルクル回して焙《あぶ》っている。この二人、なんやかんやでこの一件で仲良くなったな。歳《とし》も近いし、いいことだ。

俺は別のコンロで魚に塩を振り網焼《あみや》き。ミーちゃんとカイが俺の肩《かた》から焼き具合をジッと監視《かんし》中。やり難い。そんな俺の背後から視線を感じる。ヤナさんもジッと魅入《みい》っている。数を増やそう……。

「ザムエル殿はどうしてここへ？」

「俺様、修行《しゅぎょう》に飽きた。聞けばゴブリンキングの討伐《とうばつ》があるらしいじゃねぇか。それに参戦だ！」

「ゴブリンキング討伐に参加かよ。物好きだぜ。ザムエル」

「ジンや絶剣殿、ローザリンデ嬢《じょう》は行かんのか？」

ローザリンデ嬢……ぷっ。じょ、冗談《じょうだん》ですって！　ナイフしまいましょうね！

「俺は行かねぇ。つまらねぇからな」

「私も～パス。かな？」

「私も今回限りでハンターを引退するので、不参加だよ」

「なんだ？　ジンやローザリンデ嬢の不参加はいいとして、絶剣殿がハンターを引退だとぉ！　俺様、びっくり！　怪我でもしたか？　そうは見えんが？」

「今回、弟子《でし》が私から巣立ち、我が剣技《けんぎ》を後世に残せた。ハンターに未練はなくなったのだよ」

そう言って、ルーさんと話しているジークさんを見るグレンハルトさんの目は優《やさ》しい。

「それで、隠居《いんきょ》か？　俺様、まだ早ぇと思うぜ？」

「隠居はせんよ。そこにいる。ネロくんは男爵《だんしゃく》でな。フォルテとニクセの領主なのだ。そこで雇《やと》ってもらうことにした」

「はぁ～、あの坊主《ぼうず》が貴族様だとぉ～。俺様、マジびっくり！」

俺様も、マジびっくりなんだよ？

「み～」

ミーちゃん、悪党を成敗します！

翌日、昼前に遺跡《いせき》警護のハンターさんたちがやって来た。ユーリさんが引《ひ》き継《つ》ぎを行っている間に撤収《てっしゅう》準備。ザムエルさんは俺《おれ》たちと一緒《いっしょ》に王都へ向かうことになったのだが、一つ問題が。ザムエルさんの乗る馬がいないのだ。世紀末覇者《はしゃ》故《ゆえ》のあの巨体《きょたい》、耐《た》えられる馬はスミレくらいなもの。もちろん、ぶるる！　と拒否《きょひ》。うちの荷馬車は狭《せま》くて駄目《だめ》。結局、闇《やみ》ギルドが乗って来た四頭引きの大型荷馬車に一人で乗ることになった。古代ローマの戦車のようだ。

引き継ぎを終えたハンターさんたちに、防空壕《ぼうくうごう》にある食糧とお酒は自由にしていいと伝えると歓声《かんせい》が上がる。防壁《ぼうへき》とかまど、お風呂《ふろ》も残していくので自由に使ってね。ハンターさんの中にも水スキルや火、炎《ほのお》スキル持ちはいるので、水場から水を汲《く》んでくればお風呂に入れる。

ちなみに本来の水場は遠いのだけど、ミーちゃんが掘《ほ》った水没《すいぼつ》対策用の穴が俺たちが帰った後に降った雨で、大きな池に変わり水場になったそうだ。それを知るのは後の話なのだけどね。

🐾

やっと家に帰り着きほっと一息つく暇《ひま》もなく、ルーカスさんから俺がいない間の報告が入る。王宮から王様の使者が来て、一度領地に行くようにとの王様の手紙が届けられていた。しょうがない一度王宮に顔を出そう。今回の報告もある。

王様からの手紙を詳《くわ》しく読むと、フォルテの代官が処罰《しょばつ》され代官がいない状態なので、早急に赴《おもむ》き引き継《つ》ぎを済ませろという内容。と言われても、どうすればいいの？　教えて、ルーカスえもん！

「少しの間ならば、代官がいなくとも問題はありません。一度、ネロさんが赴き通常どおりの業務を行えと言えば済みます。代官は後日派遣《はけん》すると言っておけば問題はないでしょう」

なるほど、そうなのですね。なら、早めに行ったほうがいいね。ブロッケン男爵《だんしやく》としての手形は王様から渡《わた》されている。それに付随《ふずい》する書類なんかは後でいいだろう。紋章《もんしよう》を作るように言われているけど、まだ考案中。今身分を証明するのは手形しかないけど、大丈夫《だいじようぶ》だよね？

「み〜？」

取りあえず、明日王妃《おうひ》様の所に顔を出してからフォルテに向かおう。

「遺跡はどうだったかしら？」

そうだね。実りはあったけど散々だったね。それを王妃様に説明。ペロたちはレーネ様とお菓子《かし》をパクついている。

「み〜！」

話していくと王妃様の顔色が悪くなっていく。ニーアさんたち侍女《じじよ》さんも、驚《おどろ》きと戸惑《とまど》いの色が隠《かく》せない。一歩間違《まちが》えば全滅《ぜんめつ》もあり得た話だ。

「さすが、五闘招雷《ごとうしようらい》ね。ザムエル殿《どの》も近くにいたのが幸いだったわね」

そう、勝利の鍵《かぎ》は五闘招雷と話してある。本当のことは話せない。また、奇跡《きせき》の閃光《せんこう》では騙《だま》しきれないだろう。薄々《うすうす》、ラルくんのことは感づかれていそうだけど。

「東の魔王《まおう》が気にするほどの神人の遺産とは、なんだったのかしら？　破壊《はかい》されたのは惜《お》しいわ」

なので、サーベルを出してみせる。

「遺跡で見つけた剣《けん》です。これが、その遺産の一端《いったん》だと思います」

ニーさんに渡すと剣を抜《ぬ》いて調べている。

「刃引《はび》きされておりますね」

「み～」

そうなのだ。俺はまったく気づいていなかった。俺が闇ギルドを斬《き》った時に、ペロに光が出なくてもいいから欲《ほ》しいとせがまれた。しょうがないので、意匠《いしょう》無しのサーベルを渡したら、ペロが剣を抜き刃が付いていないことに気づき、ただの模造刀だと発覚。おもちゃはいらにゃいにゃ！　ってプンプンしながら返してきた。

「訓練用かしら？　これが神人の遺産なの？　えっ⁉」

王妃様がニーアさんから抜き身のサーベルを受け取ると、微弱《びじゃく》ながら青白く光る。

「み～？」

なぜだ？　ん？　まてよ。ルミエール王国の初代国王は勇者だった。ヒルデンブルグ大公国もその流れを汲んでいる。王妃様は勇者の子孫だ。その子孫がこのサーベルを使えてもおかしくない。

「使える条件は勇者の血が流れていること。うちの二人も使えます。ただ、王妃様の勇者の血は、何代もほかの血が混ざり薄《うす》くなっているのでしょう。本来であれば、もっと光っていました」

俺は間違っても、王妃様の前で抜き身のサーベルは持たないよ。面倒事《めんどうごと》は勘弁《かんべん》だ。

「レーネ。ちょっと来て」

レーネ様が呼ばれて走って来る。そのレーネ様にサーベルを持たせると、俺が持った時と同じように光った。

「私もユリウスさまも勇者の子孫。なら、私たちの間にできたレーネは、私たちより勇者の血が濃《こ》くなると思ったの」

なるほど……そうなのか？　どちらかというと、先祖返りの偶然《ぐうぜん》のような気がするけど。

「こちらをレーネ様の護身刀。そちらは、これから生まれてこられるお方の判断にお使いください」

意匠の凝《こ》ったサーベルを渡す。

「いいの？」

「ええ、うちのお笑いコンビには既《すで》に渡してありますので」

「フフフ。ネロくんにとっては勇者もお笑いコンビなのね。ありがたく頂戴《ちょうだい》しておきますわ」

「み～」

一つ、閃《ひらめ》いた！　勇者の子孫は王妃様たちばかりじゃない。味噌《みそ》と醤油《しょうゆ》造りの村だって勇者の子孫と言っていたじゃないか。この剣を使ってあの村でうちの私兵団の募集《ぼしゅう》をしよう。光らせることができた者は合格。俺と同じくらい光らせた者は幹部候補生として雇《やと》う。あとはグレンハルトさんに鍛《きた》えてもらい、実戦では執事服《しつじ》を着せればいい。優秀《ゆうしゅう》な私兵団の出来上がりだ。

「み～！」

「ネロ様が悪い顔をしております」

「そ、そうね。なにか悪いことを思いついたようね……」


フォルテに関しては俺の領地になったので自由にしていいとお墨《すみ》付きをもらい、もし問題が起きたら国の紋章入りの王様からの手紙を見せて黙《だま》らせろとも言われた。

これで、安心してフォルテに行ける。

スミレに乗ってフォルテの町に着き、最初に向かうは町の役所。役所は三階建てのレンガ造りで立派な建物。中に入り、受付に向かい手形を見せて、この役所の最高責任者を呼んでもらう。

「しょ、少々お待ちくださいませ！」

受付の女性が奥《おく》に走って行く。その間に役所の中を見回す。薄暗《うすぐら》く、机などの備品は年季を感じさせる、中の間取りも機能的ではない。うーん。これは改善が必要のようだね。

「み～」

さっきの受付の女性と、五十代後半くらいに見える男性が大量の汗《あせ》を拭《ふ》きつつやって来た。

「ブロッケン男爵様。お待ちしておりました。役所の長を任せられているオーラフと申します。部屋をご用意致《いた》しましたので、どうぞこちらへ」

オーラフさんの後に続き歩く。建物自体はそれほど古くはないな、などと思いながら案内された部屋に入ってびっくり。金ぴかゴージャス、いわゆる成金趣味《しゅみ》全開の部屋。お金をかけているな。

「はぁ……役所の中を見て回る必要がありそうだ。すみませんが何人か人を呼んで来てください」

「みぃ……」

「いや、あのう……何のためにでしょうか？」

オーラフさんの目が泳いでいる。こんな部屋に案内をして喜ぶと思っていたのだろうか？　埒《らち》があかないので、一緒にいた女性職員に頼《たの》んで呼びに行かせた。女性職員は二人の男性職員を連れて来た。さあ、探索《たんさく》開始だ。

「み～」

まずは、オーラフさんの部屋から行ってみようか。女性職員に案内させてオーラフさんの部屋に行くと、オーラフさんが部屋の扉《とびら》の前に立ち塞《ふさ》がり俺を中に入れまいとする。

「こ、ここは私の部屋だ。何の権限があって中に入るつもりだ！」

「いやいや、私はここの領主ですよ。私以上の権限を持つ人はいませんが？　ちょっとそこの二人、この人を取り押《お》さえなさい」

「み～」

「お、お前らやめろ！　私に歯向かえばどうなるかわかっているんだろうな！」

男性職員二人に取り押さえられ、喚《わめ》き散らしている。さあ、ご開帳でーす。

中は思ったとおり豪華絢爛《ごうかけんらん》、ざっと見ただけで相当高価だとわかる品物が、所狭しと飾《かざ》られている。まるで美術館の一室。この人、どこで仕事しているんだ？　どうやら、もう一つ続きの部屋があるようだ。開けてみるしかないよね？

「み～」

「や、やめろ！　そこは開けるな！」

部屋の扉を開けて中を見る……半裸《はんら》の女性二人がお酒を飲んでいる。なにこれ？　ここどこ？

「オーラフ～。何してるの～ま～だ～」

「あー、悪いけど、もっと人呼んで来て。　あぁ、女性でお願いね」

「は、はい」

女性職員がまた走って人を呼びに行く。

「オーラフ。呆《あき》れてものが言えないぞ。こいつをこのロープで縛《しば》っておきなさい」

「み～」

「き、貴様！　私に何かすれば闇ギルドが黙ってはいないぞ！」

「ほう。闇ギルドと繋《つな》がりがあると？」

「今さら謝《あやま》っても遅《おそ》い！」

「いやいや、謝るつもりはこれっぽっちもないから。逆に、ちょうどよかった。闇ギルドと繋がっている奴《やつ》、欲しかったんだよね」

「ほ、ほう。私を見逃《みのが》せば紹介《しょうかい》してやらんでもないぞ？」

「勘違《かんちが》いしないでほしい。お前にはフォルテの民衆のひいては私のために、闇ギルドを引きずり出すための尊い犠牲《ぎせい》となってもらう。楽に死ねると思うなよ」

「み～」

「なっ……」

「この男をどこかに閉じ込《こ》めておいてください。絶対に逃《に》がしては駄目ですよ。逃がした場合はこの役所の職員全てを闇ギルドの関係者とみなし罰《ばっ》します。いいですね？」

「「は、はい！」」

女性職員が応援《おうえん》を呼んで来たので、中にいた女性二人も別室に閉じ込めてもらう。残った女性職員にあなたはオーラフの関係者かと問うと、顔を青くして首をプルプルと振《ふ》っている。オーラフの悪行を知っていたけど、見ぬふりをしていたって感じか。女性職員にあなたから見て信頼《しんらい》できる職員と信頼できる警備隊の者を呼んで来るようにお願いした。

どこまで信頼できるかは定《さだ》かではないけど、多少はまともな人を連れて来ることを期待しよう。

待っていると三十代前後の男性職員が慌《あわ》ててやって来て、俺に声を掛けてくる。

「ここの役付きの者に信頼できる者はいません」

「あなたは？」

「テオと言います」

「役付きの者は何人いますか？」

「副長に、主任が三人の四人です」

「信頼できないという根拠《こんきょ》は？」

「横領に賄賂《わいろ》、職権乱用、様々です」

「証明できますか？」

「できますが……守っていただけるのですか？」

どうやら、オーラフが言っていた闇ギルドとの繋がりは嘘《うそ》じゃないようだ。失敗したな、みんなを連れて来るのだった。

「警備隊のほうはどうですか?」

「似たようなものです……」

これは酷《ひど》い。まともなのはいないのか? いや、本当に困った。

「みぃ……」

女性職員が警備隊の者を二人連れて来た。どうやら、テオさんの知り合いらしい。こうなった以上、もう引くに引けなくなった。外に役所のことが漏《も》れる前に対処しないと駄目だな。テオさんに残りの悪党四人も捕《と》らえるように指示し、俺は味方を探すべくハンターギルドに向かった。

ハンターギルドは役所からそれほど遠くない場所にある。スミレに乗って早足程度で走らせるとすぐに着いた。中に入りハンターギルド証とブロッケン男爵の手形を見せて、ギルド長に面会を申し込むと、すぐにギルド長室に案内された。

「おやおや、わざわざ挨拶《あいさつ》に来るなんて、新しい領主様はできた御仁《ごじん》らしいさねぇ」

ご年配の女性のギルド長だ。なかなかにふてぶてしい女傑《じょけつ》って感じのギルド長だ。さてさて、鬼《おに》が出るか蛇《じゃ》が出るか、交渉《こうしょう》開始といきますか。

「み〜」

髪《かみ》は白髪《しらが》交じりだけど眼光は鋭《するど》く、若い頃《ころ》はさぞや美人だったと思われる。

「はじめまして、ギルド長。今度ここの領主になりました、ブロッケン男爵ネロと言います」

「み～」

「ふん。ゼストから話は聞いてるよ。いろいろ楽しいことをする小僧《こぞう》だそうじゃないかい。子猫《こねこ》も本当に気品のある子猫さねぇ。聞いてた以上だよ」

「み～♪」

「それほど、楽しいことをした記憶《きおく》はないのですが？」

「それで、何の用だい。挨拶に来ただけってわけじゃないんだろうさね？」

おい、無視かい！　まあ、話が早くて助かるけど。

「ちょっとばかし、大掃除《おおそうじ》をするので、ハンターをお借りしたいんですよ」

「掃除なら、自分の所の警備隊を使いな」

「その警備隊も大掃除の対象でしてね。いやぁ、参りました」

「ほう。あいつらの裏に、闇ギルドがいるのを知っていて言うんだろうね」

「知ってますよ。ですが、闇ギルドを相手にするのはまた今度。まずは、表のゴミの掃除からです」

「フッフッフッ……なかなか面白《おもしろ》い小僧じゃないかい。ゼストが気に入ったのもわかるさね。で、どのくらい集めればいいんだい？」

「できるだけ多く」

「金は払《はら》えるんだろうね。ただ働きはご免《めん》だよ」

「はっ、誰《だれ》にものを言ってるんですか？　これでもここの領主ですよ」

「み～」

「そうこなくちゃね！　ヘルダ・ヘルダ・マイラだよ。ヘルダとお呼び」

凄《すご》いノリのいいギルド長だ。嫌《きら》いじゃないね。

ヘルダギルド長はさっそく、ハンターギルドに備え付けられている半鐘《はんしょう》を職員に鳴らさせる。緊《きん》急《きゅう》招集を意味するものなので、町の人々に影響《えいきょう》がないといいのだけれど……今更《いまさら》か。

王都ほどではないにしろ、町に残っていたハンターさんたちが集まる。五十人ぐらいか。

「ヘルダ婆《ばあ》さん。緊急招集なんかかけて、とうとう耄碌《もうろく》したか？」

「若造が言ってくれるじゃないか。いいかいよくお聞き！　こちらにこの町のご領主様のブロッケン男爵様がおられる。ちょっとばかし大掃除をしたいって、お前たちハンターの手を借りたいそうさね。いい仕事をすれば、謝礼は男爵様がたんまり出してくださるそうさ。お前たち、気張りな！」

「「「おぉー！」」」

たんまり謝礼を出すなんて、俺言った？

「み〜？」

取りあえず、ハンターさんを五人ほど連れて役所に戻《もど》り、捕《つか》まえた悪党五人と女性二人の見張りを頼む。テオさんとその知り合いの警備隊員からハンターギルドに戻る道すがら話を聞き、警備隊の悪党について話を聞く。主要な悪党は警備隊長含《ふく》めて六人、その子飼いの隊員が十人いる。五十人しかいない警備隊の十六人って、どんだけ腐《くさ》っているんだよ。

そこで、ハンターさんを三組に分け、警備隊の日勤の隊員がいる詰所《つめしょ》に俺と一隊が向かい、テオさんの知り合いの警備隊員ともう一隊には夜間勤務の隊員の家を、テオさんと残り一隊は役所の悪党五人の家を押さえてもらう。

「それじゃあ、出発さね！」

えーと、ヘルダギルド長も行かれるので？

「何してるんだい。グズは嫌いだよ！」

「み、み～」

警備隊の詰所に着き、ヘルダギルド長が大声を張り上げる。俺の立場って……。

「この腐れ隊長、年貢《ねんぐ》の納め時だよ。ここに来て、ご領主様にその汚《きたな》い面《つら》見せな！」

「なんだと、このクソババァ！　てめぇ、何言ってやがるかわかってんだろうな！」

髭面《ひげづら》の大男が出て来て、ヘルダギルド長より大きなダミ声で怒鳴《どな》り返してくる。それにしても、なんて品のないやり取り。今更だが、同類と思われたくないのですけど。

「お前の悪事は既にご領主様の知るところさ、観念するさね！」

「ご領主様だぁ～？　隣《となり》にいる小汚い猫を連れたガキじゃねぇだろうなぁ。ガッハッハッ！」

こ、こいつは今一番言ってはいけないことを言ってしまった。もう何を言っても許さない。

「ははは……こいつ処刑《しょけい》決定！　こいつ諸共《もろとも》、悪党を捕まえなさい！　殺《や》っても許す！」

「み～！」

「「「おぉー！」」」

「おい、お前ら出て来て手を貸せや！」

「その髭面に手を貸した者は、全《すべ》て同罪とみなす！」

俺のことなら、何を言われてもかまわない。でも、神猫のミーちゃんを小汚いだと！　どの面下げて言いやがる、このブサ男！　絶対に許すまじ！

詰所から五人の隊員が出て来て、ブサ男と一緒にハンターさんに剣を向ける。下っ端《ぱ》五人の腕《うで》はたいしたことないが、ブサ男は隊長だけあってそこそこ強い。というか、ハンターさんたちが弱い？

こりゃあ、依頼《いらい》を受けずに町にいただけに、期待しちゃ駄目なのか？

仕方ない、手を貸そう。銃《じゅう》を抜いて一発！　太ももを撃《う》ち抜く。

「グッ、ガッ！」

膝《ひざ》をついたところをハンターさんたちに取り押さえられる。ハンターさん三人がかりでも、まだ暴れている。オーク並みのタフさだ。仕方がない、ハンターさんが怪我《けが》をする前に眠《ねむ》ってもらおう。

紙包みを出して中身をブサ男にふぅーと風スキルで送ってやる。パタリと倒《たお》れて動かなくなった。

「や、殺《や》ったのかい……？」

殺《や》ってねぇーよ！

「眠らせただけです」

「み～」

「薬とは、えげつない技《わざ》さね……」

なんとでも言ってくれ。これが俺の戦い方《いきるみち》だよ。

残りの五人も降参したのでロープで縛りつける。ひとまず、これで安心かな。

「み～」

ミーちゃん、迷探偵《めいたんてい》です。

警備隊の詰所《つめしょ》にある牢屋《ろうや》に隊長ほか五人と、役所の悪党五人も連行してぶち込《こ》む。喚《わめ》き散らしているけど、牢屋は地下にあるので外には音が漏《も》れない。いくらでも喚いてくれ。

しばらくすると、夜勤の警備隊の家に向かった組が戻《もど》って来た。数人怪我《けが》をしたようだ。ヘルダギルド長の治療《ちりょう》スキルと、俺《おれ》が持っていた普通《ふつう》のポーションを使い回復。ミーちゃんのミネラルウォーターを使うまでもなかった。

役所の悪党五人の家に向かった組は、目が痛くなりそうな金ピカの服を着た、悪党の家族を捕《と》らえて来た。屋敷《やしき》のほうは使用人を追い出し、ハンターさんが数人で誰《だれ》も入らないように見張っている。後で行って、ミーちゃんバッグに全《すべ》て回収してこよう。

全員を牢屋に入れたところで、

「これで、終わりさね？」

「ひとまず、終わりですかね。そうそう、追加依頼《いらい》を出します。罪人を王都まで護送してください。闇《やみ》ギルドから罪人の口封《くちふう》じがあるかもしれないので、腕利《うでき》きを集めてくださいね」

「み～」

「仕方ないさねぇ。ここにいられても困るからねぇ。早急に送り出すさ。それで、ご領主様はこれからどうなさる？」

「やることはまだまだあるので、こちらはヘルダギルド長にお任せします」

「なんだい、まだ年寄りを扱《こ》き使うつもりかい」

勝手について来たのはそっちなのですけど、と言ってやりたい気持ちをぐっと堪《こら》えて、顔を引きつらせつつも笑顔《えがお》でお願いしますと大人の対応。ついでに罪人たちの見張りも依頼としてお願いしておく。警備隊だけだと心許《こころもと》ないし安心できない。

罪人たちは俺が裁いてもいいのだけど、横領や賄賂《わいろ》は直轄地《ちょっかつち》の頃《ころ》からのこと。ここは筋を通して、王様の判断を仰《あお》ぐのが無難だと考えたわけだ。

さてと、俺は証拠隠滅《しょうこいんめつ》される前に、すべてを押収《おうしゅう》しに行きますかね。

「み～」

テオさんと警備隊の二人に案内させて、罪人の家を回ってミーちゃんバッグに根こそぎ収納していく。ブサ男たちの家にはたいしたものはなかったが、相当羽振《はぶ》りのいい暮らしをしていたようだ。

役所の悪党たちの家も、ブサ男たちと似たり寄ったり。しかし、オーラフの家だけは違《ちが》ったね。見た瞬間《しゅんかん》、呆《あき》れたほどに。

ベルーナの俺の屋敷と大差ない立派な屋敷。中に入り全てをミーちゃんバッグに収納していき、二階部分の収納を始めようとしたところ、奥《おく》の部屋から物音がする。どうやら、招かざるお客様のようだ。どこから情報が漏れた？　この町の闇ギルド、意外と優秀《ゆうしゅう》かな？

俺は気配遮断《しゃだん》スキルを持っていないから、堂々と近づいて行く。銃《じゅう》は抜《ぬ》いて、いつでも撃《う》てる状態にしてある。

急に物音がしていた部屋から音がしなくなる。俺に気づいたようだ。銃を構えたまま扉《とびら》のノブを回し、少し開いたところで蹴《け》り開く。予想どおりに短剣《たんけん》を持った男が飛び出して来た。慌《あわ》てず銃で応戦。肩《かた》と脚《あし》を撃ち戦闘《せんとう》不能にする。

一歩部屋に踏《ふ》み出した時、天井《てんじょう》から人が降って来た。油断していたわけじゃないけど、まさか、もう一人の賊《ぞく》が天井から降って来るとは思わず、その賊の蹴りで銃をはじき飛ばされてしまった。侵入者《しんにゅうしゃ》の目は冷たい光を放ち、隙《すき》や油断を見せず腰《こし》から短剣を抜く。こ奴《やつ》、できる!

「み～?」

と思ったけど、ミーちゃんの鳴き声で、ついミーちゃんを見てしまった侵入者。前言撤回《てっかい》、アホだ、こいつ……。隙だらけになった瞬間に空気大砲《たいほう》をぶっ放す。直撃《ちょくげき》を喰《く》らった侵入者は窓を盛大《せいだい》に破壊《はかい》して外に出ていった。ここ、二階だから怪我じゃ済まないかな? 多分。外にいるハンターさんにそいつを捕《つか》まえておくように頼《たの》み、中にいるもう一人も引き取りに来るよう頼む。

ミーちゃん、ありがとね!

「み～」

ハンターさんが迎《むか》えに来る前にちょっと話をしてみるか。

「さて、何を探していたのかな?」

「……」

「まあ、別に言わなくていいんだけどね。おおよその見当はついているから」

「……」

黙《だま》っているね。まあ、わかっていたけど。でも、なんか言えよ。

「どの闇ギルドか知らないけど、この町には必要ないから潰《つぶ》させてもらうよ」

「み～」

「できるものか……」

「フフフ……あの世で待ってなよ。そのうちお仲間もそっちに行くからさ」

「……」

侵入者は俺を目で射殺《いころ》さんとばかりに睨《にら》んでくる。痛くもかゆくもないな。

ハンターさんたちが来たので侵入者を連行してもらう。残りの部屋のものも全て収納したけど、思ったものが出てこない。お金はいっぱい出てきたけどね。よくまあ、こんなに貯《た》め込んだものだと、逆に感心。複数の隠《かく》し金庫があり、俺のマップスキルが絶好調。ミーちゃんのお気に入り、解錠《かいじょう》のネックレスで一発オープン。さすが、ＡＦ《アーティファクト》。

お目当てのものがこの屋敷にないとなると、本命は役所なのかな？　テオさんと役所に戻り、悪党の部屋を探すが何もない。仕方がない、しらみ潰しに役所の中を見て回ろう。すると、すぐにマップスキルに隠し階段が現れた。奥にある倉庫から地下に下りる階段だった。

下りてみると地下はひんやり、そして鍵《かぎ》の掛《か》かった部屋が四つある。一つ目の部屋の鍵を解錠のネックレスで開けて入ると、トンネルのような部屋の壁《かべ》に、棚《たな》が設置されていて樽《たる》が横積みにされている。近づいて樽を確認《かくにん》すると蒸留酒だ。樽の古さからいっても結構な年代もの。この地方の蒸留酒は寝《ね》かせないで売るので、これは珍《めずら》しいお酒になる。簡単には値がつけられない代物《しろもの》だ。

部屋にどこからか風が吹《ふ》いてくる。部屋の奥まで行ってみると洞窟《どうくつ》に繋《つな》がっていた。鉄格子《てつごうし》で塞《ふさ》がっているけど、鍵が掛かった扉もある。緊急用《きんきゅう》の脱出路《だっしゅつろ》かな？

「み〜？」

次の部屋も解錠して入る。こっちは書庫だね。内容の確認は後でするとしてすべて回収。次の部屋には武器防具が飾《かざ》られていた。これも確認は後にして回収していくと、無造作に置かれた武器防具に埋《う》もれ、鍵の掛かった大きな箱が出てきた。気になったので鑑定《かんてい》すると、なんと箱がAFで堅守《けんしゅ》の箱となっている。物は試《ため》しで解錠のネックレスを使うと……開いたね。二振《ふ》りの剣《けん》が納めてあり、一振りは神剣、もう一振りは護国の剣　AFとある。なんか凄《すご》そうなのが出てきたね。

神剣はAFではないけど神の力が宿りし剣となっている。AFより上、それとも下？　こういうのは烈王《レオ》さんが詳《くわ》しいから今度聞いてみよう。護国の剣は、剣に所有者と認められた場合、生涯《しょうがい》に一度だけ大いなる災《わざわ》いから守ってくれるとなっている。一度だけか……選べるのかな？

なんでそんなものがここにあるのだろうか？　趣味《しゅみ》で買ったのか？

最後の部屋は、書斎《しょさい》のようだ。おそらくビンゴ。ここが本命だろう。でも、机に本棚《ほんだな》、探してみたけどお金以外出てこない。どんだけお金好きなんだよ！　机の棚の後ろに小さな空間があるのがマップスキルに映っている。棚を調べてもわからない。床《ゆか》を調べるとレールのような溝《みぞ》がある。棚を引っ張るけど動かない。引いて駄目《だめ》なら押《お》してみる。ありゃ？　動かないね。

ミーちゃん、急に棚の横にあった絵画にダイブ。ミーちゃんキャンバスに爪《つめ》を立ててぶら下がる。あぁー、絵がミーちゃんの爪でボロボロだよ。よく見れば小さなネズミが描《えが》かれていた。ミーちゃんの狩猟《しゅりょう》本能に火が付いた？　と思ったら絵が額縁《がくぶち》ごと傾《かたむ》き、棚がスライドしていく。

「みっ⁉　み〜！」

ミーちゃん、あなたは名探偵ですか⁉　いや、どちらかというと迷探偵？

「みっ⁉」

ミーちゃん、俺の足をテシテシ猫《ねこ》パンチ。まあ、見つけたのはミーちゃんだから、ご褒美《ほうび》に今日の餡子《あんこ》デザートを少しおまけしてあげよう。

「み〜！」

さて、棚の後ろにはもちろん金庫があった。解錠のネックレスの出番。中身は闇ギルドからの命令書や闇ギルドに渡《わた》した金品の明細書など、証拠には充分《じゅうぶん》すぎる資料が満載《まんさい》。内容からは歴代の代官の闇ギルドとの繋がりが読み取れる資料まである。これはまた、一波乱ありそうな予感。この資料を王様が見たら粛清《しゅくせい》対象間違いなし。どうなることやら。俺は気にしないけどね。

それにしても、暗殺ギルド、盗賊《とうぞく》ギルド、マフィア、闇金融《きんゆう》とそうそうたるメンバーが名を連ねる。貴族の闇って相当に根が深い。まともな貴族ってほんの一握《ひとにぎ》りなのかも。

探し物が見つかったので今日はこれで終了《しゅうりょう》。役所のことはテオさんに当分任せることにした。代官を早急に送らないと相当不味《まず》い。帰ってみんなに相談だな。

ブロッケン男爵《だんしゃく》、第一回これからどうしよう緊急会議を開催《かいさい》。

「そこまで酷《ひど》かったのですか……」

「にゃんたることにゃ！　姫《ひめ》は小汚《こぎたな》くにゃいにゃ！　そいつを虎徹《こてつ》の生贄《いけにえ》にするにゃ！」

「にゃ！」

「で、どうすんだ？」

「どうしましょう？　正直、早急に誰かを代官として送らないと不味いですね」

「だがよう……その代官、命狙《ねら》われるぜ？」

「みぃ……」

そうなんだよねー。ルーさんの言うとおり。誰かが赴任《ふにん》するまでの間に、レティさんに頼んでフォルテの闇ギルドの情報を集めてもらう予定だけど、壊滅《かいめつ》までには時間がかかる。すぐには無理。

「私が行こう」

「グレンちゃ～ん、本気？」

「私なら闇ギルド如《ごと》きに後《おく》れは取らない」

「そうしていただけると助かります。グレンハルトさんなら向こうの連中も納得《なっとく》するでしょう。うちの白狼《はくろう》を一頭連れて行ってください。気配察知に優《すぐ》れているし戦力としても申し分ないです。グレンハルトさんのそばに置いておけば、必ず役に立ちます」

「み～」

「それはいいな、旅の友にもなる」

「しょうがないな～。ワンちゃんも一緒《いっしょ》だし手伝ってあげるわ」

「助かる」

ローザリンデさんも一緒に行ってくれるみたいだ。ジークさんも行きたそうな顔をしているけど、ジークさんはゴブリンキングとの戦いに参戦すると決めたようだしね。

「俺たちはどうする？」

「どうするにゃ？」

「ルーさんとジンさん、ペロ、セラ、宗方姉弟《むなかたきょうだい》、レイン、ポロは予定どおりクイントに向かってください。迷宮《めいきゅう》では宗方姉弟のレベルアップを図《はか》ります。今後、勇者の力は必須《ひっす》ですから」

「み～」

「わかった、先に行って準備しておくぜ」

「任せるにゃ。てんぃ……フガフガ」

「み～」

はい、ペロくん。余計なことは言わなくていいからねぇ～。

「迷宮探索《たんさく》楽しみだね。カオリン博士」

「そうだね、トシくん。未知との遭遇《そうぐう》、それは新たなる発見。心躍《おど》るねぇ！」

カオリン博士……定着したのかな？　それに遊びじゃなくて君たちの修行《しゅぎょう》がメインだぞ？

「僕《ぼく》も行きたかったです……」

ヤンくんは迷宮探索に行かないでお留守番。イルゼさんの許可が結局おりなかった。残念。

グレンハルトさんたちには悪いけど、明日の朝一で発《た》ってもらう。ペロたちは三日後にジークさんと一緒にクイントに向かう予定だ。どちらも馬での移動なので早く目的地に着くだろう。

そういえば、俺様のザムエルさんもペロたちと一緒にクイントに向かうそうだ。

実はザムエルさん、ゼストギルド長のお弟子《でし》さんらしい。なんか、納得。

「み～」

俺は明日の朝、王宮に行って報告した後、レティさんを連れてフォルテに戻る。レティさんには今日集めた資料を渡しておき、いい情報がないか専門家の目で調べてもらう。

「少年は人使いが荒《あら》いな」

えぇーい、うるさい！　たまには働け！

「レティさんが上手《うま》くやれば、闇ギルド壊滅時に拾ったお金で、スラムの子たちの孤児院《こじいん》を作る予定なんですけどねぇ。止《や》めようかなぁ」

「任せろ、少年！」

「み～」

レティさん、小さいものやモフモフ好き、案外チョロイン？

でも、この件がなくても孤児院の設立は考えていた。神猫商会だけでは難しくても、貴族の地位や権力、お金をもってすれば、多くの人を助けられるのではと考えた。その始めとして、スラムのお子ちゃまたちや、いろいろな境遇《きょうぐう》の孤児のための孤児院を作ろうと決意。ミーちゃんも大賛成してくれたからね。

「み～」

ミーちゃん、面接官になる。

翌日、一頭の白狼にグレンハルトさんたちの警護を頼《たの》み、グレンハルトさんたちを見送った。

俺《おれ》は早朝アポなしで王妃《おうひ》様に会いに行く。王様だとちょっと無理だろうから。

「ネロくん、こんな朝早くからどうしたの？」

ニーアさんの案内でいつものテラスに行くと、いつもどおり王妃様とレーネ様が寛《くつろ》いでいた。レーネ様はほかのメンバーがいないのでがっかりのご様子。レーネ様のがっかり感などつゆ知らず、ルカ、レア、ノアはミーちゃんにダイブ！

「フォルテに行ったのですが、問題が多すぎて報告と指示を仰《あお》ぎに来ました」

「あら、そんなに酷《ひど》かった？」

取りあえず、最初から説明していくと王妃様の表情が険しくなっていく。レーネ様はそれを感じたのか、猫《ねこ》団子になっているミーちゃんの所に行ってしまった。ニーアさんは眼鏡を外して目元をつまんで首を振《ふ》っている。ああ、そうなりましたか、って感じだろうか？

「それは証明できる？」

レティさんが読み終え重要な箇所《かしょ》に付箋《ふせん》を貼《は》った資料を、王妃様に差し出す。王妃様はさっと目を通し、益々《ますます》、表情が険しくなる。

「その罪人たちはどうしているのかしら？」

「闇《やみ》ギルドの者も含《ふく》め全員捕《つか》まえています。本日、王都に向け護送される予定です」

「護送は誰《だれ》が？」

「警備隊では厳しいと思い、フォルテのハンターギルドのギルド長に直接依頼《いらい》しました。口封《くちふう》じされては困るので、手練《てだ》れをお願いしてあります」

「さすが、ネロくん。抜《ぬ》かりはないわね。わかりました。罪人と元代官はこちらで処理します。ネロくんには悪いけど、早急にフォルテを掌握《しょうあく》してちょうだい」

「グレンハルトさんに当面の間、フォルテの代官をお願いしました。あの方なら闇ギルドに後《おく》れを取ることはないはずです。うちの警護をしている白狼《はくろう》も一頭つけているので、よほどの手練れでもない限り近寄ることすらできないと思います」

「どうしてそこで、五闘招雷《ごとうしょうらい》が出てくるのかしら？」

かくかくしかじか、王妃様にご説明。

「ネロくんは人誑《ひとたら》しの才もあったのね……」

「み〜」

ミーちゃんまで……。それより、押収《おうしゅう》したものはどうすればいいのか確認《かくにん》を取る。

「好きにしていいわ。ネロくんの領地のものだから当然ね」

今回押収したもののほか、基本的に公共施設《しせつ》や役人の宿舎などすべて俺の所有物らしい。さて、どうしようか。取りあえず、役所で見つけたＡＦ《アーティファクト》護国の剣《けん》は献上《けんじょう》しておこう。大いなる災《わざわ》いを防ぐなら俺より王様が持っているほうが災いの大きさ的にいいだろう。レーネ様のためにもね。

剣を王妃様に渡《わた》すと、ニーアさんがワナワナ震《ふる》えている。どうしたのかな？　おトイレ？

「ネロ様……その剣の価値をご存じで？」

「ＡＦでしょう？」

「み～？」

「ディメール王国の宝剣《ほうけん》と呼ばれた剣です！」

ディメール王国、この国を建国した勇者の奥《おく》さんの国。当時、この大陸唯一《ゆいいつ》の国で魔王《まおう》からこの大陸を解放していった国だ。今は分裂《ぶんれつ》して各王国になってしまっている。そんな国の宝剣がなんであんな所にあったのだ？　堅守《けんしゅ》の箱も出して見せてみる。

「この箱を開けるには、決められた鍵《かぎ》となる言葉が必要なはずですが……ネロ様はどうやって開けられたのですか？　まさか、カギとなる言葉を知っていらしたわけではないですよね？」

キーワード設定されていたのか。凄《すご》い機能だ。それよりも、恐《おそ》るべきは解錠《かいじょう》のネックレス。このネックレスの前では開かない鍵はないのではないだろうか？　解錠のネックレスのことは決して言えないので、開いていましたと誤魔化《ごまか》した。

「それにしても、とんでもないものを献上してくれたわね」

「ご迷惑《めいわく》ならもう一度封印《ふういん》しますけど？」

「しないで！」

「それは宝剣への冒涜《ぼうとく》です！」

レーネ様、大声にビクッとしてルカたちをギュッと抱《だ》きしめてしまい、ルカたちから非難の鳴き声が上がっている。欲《ほ》しいなら素直《すなお》に欲しいって言えばいいのに。

「み～」


王宮を後にしてレティさんを連れてフォルテに向かう。

「レティさんはこれからどうします？」

「寝《ね》る」

寝るんかい！

「情報は夜に集める。闇ギルドも日中はほとんど寝てるぞ。少年」

「なるほど、そうなんですね。なら、レティさんにお任せします。二日後に一度会いに来ますね」

「逢《あ》い引きか？」

「み～？」

「ちゃんと情報集めておいてくださいよ！」

「なんだ、少年はつれないなぁ」

はいはい。それよりもレティさんは高級宿に泊《と》まらせろと要求。うちのベッドに慣れたので、安宿のベッドでは眠《ねむ》れないと宣《のたま》いやがった。了承《りょうしょう》したけどね。

「準備はできてるさね」

ヘルダギルド長がそう言うのでハンターギルドの裏に様子を見に行くと、幌馬車《ほろばしゃ》がある。てっきり護送用の馬車を用意するのかと思っていた。

「み～」

「そんなもんに乗せて行ったら、狙《ねら》ってくださいというようなものさね」

幌馬車の内側には厚めの板が貼られていて、弓矢から罪人を守れるようにしてある。今回、護送の警護をしてくれるのはギルド長おすすめの五PT《パーティー》。途中《とちゅう》セッティモでもう一PTを雇《やと》って王都に向かう。それだけの人数を揃《そろ》えないと、闇ギルド相手では厳しいらしい。

「お前たち、準備はできてるかい！　まだなら、四十数える間に準備しな！」

ハンターさんたちが慌《あわ》ただしく動き出して北門に向かう。罪人は北門に移動されている。手足に枷《かせ》が着けられ、闇ギルドの二人には猿轡《さるぐつわ》もされている。用心に越《こ》したことはないけど、どうせ闇ギルドには筒抜《つつぬ》けだろう。何事もなく無事に王都に着けるよう祈《いの》っておこう。

「み～」

ヘルダギルド長にこの町の代官としてグレンハルトさんが赴《おもむ》くと伝えると、目を大きく開き絶句。

「ブロッケン男爵《だんしゃく》、あんた何者なんだい……」

さあ、何者なのでしょう？　ミーちゃん御用達《ごようたし》猫用品召喚師《しょうかんし》？　神猫商会の副会頭？　ブロッケン男爵は世を忍《しの》ぶ仮の姿、してその正体は？　誰も知らない……本人も。

冗談《じょうだん》はさておき、片付けなければならないことをやってしまおう。オーラフの住んでいた屋敷《やしき》で働いていた人たちの処遇《しょぐう》だ。全員追い出して安宿に押《お》し込《こ》んでいる、役所に呼んで面接だ。

「み～」

役所の会議室を借りて、一人ずつ面接。最初の面接者は執事《しつじ》。話を聞いたけど話にならない。自分は悪くないとの一点張り。この執事もいい思いをしていたのにもかかわらず、あっさりと手の平を返してオーラフを糾弾《きゆうだん》する。じゃあ、お前はどうなのだよと言いたかったけど、グッと我慢《がまん》。駄目《だめ》だなこいつは、ハイ終了《しゆうりよう》。

次の面接者はメイド長、恰幅《かつぷく》のいいおばさん。これも駄目……ザマスおばさんで、オーラフの家族の悪口が始まった。主人が主人なら部下も部下だね。

「みぃ……」

メイドさんは七人、ほかに男性の召使《めしつか》いが三人、面倒《めんどう》なので全員を呼ぶ。メイド三人に男性の召使いはオーラフ家族に不満はなかったらしい。ほかの四人は生活のために、仕方なく働いていたと言っている。この差はなんだ？

さっきからオーラフに不満がなかったと言っていた美人メイドさんから、熱い視線をビンビンと感じる。なんなの？　取りあえず、メイドさんたちは通常の給金で問題なければ再雇用《さいこよう》すると伝えると、オーラフに不満がなかったと言っていた者たちから逆に不満の声が上がる。なんで？

オーラフに不満だったメイドさんの一人が寄って来て、耳元で囁《ささや》く。要するに、不満の声をあげたこの人たちは、メイド、召使いとは名ばかりのオーラフ家族一人一人の専属娼婦《しようふ》と男娼《だんしよう》だった。マジかよ⁉　どんだけ腐《くさ》った生活をしてたんだよ！

「みぃ……」

ということで、この人たちと執事、メイド長、役所にいた二人の女性には後腐《あとくさ》れないように、手切れ金を渡してさようなら。残り四人は再雇用を承諾《しようだく》してくれた。まともな人がいて助かる。

最後の面接者は下男、庭師というかなんでも屋さんの使用人。まだ、少年と呼ぶ部類の子だ。なぜか一匹《ぴき》の猫を連れている。少年は行く所がないので雇って欲しいと土下座してくる。どうやら、オーラフが孤児《こじ》を拾ってきて、ご飯だけ食べさせただ働きさせていたようだ。右足を若干《じゃっかん》引きずっているのでオーラフにやられたのか尋《たず》ねると、小さい頃《ころ》かららしい。ミーちゃんのミネラルウォーターを飲ませてみたけど治らなかった。やっぱり古傷は無理のようだ。

ちゃんとお給金も出して雇うからと安心させると、猫を抱きしめ嬉《うれ》しさのためか泣き出した。名前はパロ、一緒《いっしょ》にいた猫が涙《なみだ》をペロペロ舐《な》めて慰《なぐさ》めている。いい子やなぁ～。その猫について聞くと、オーラフ家族が飼っていた猫なのだが、実質この少年が面倒を見ていたそうだ。

シャム猫のようなちょっとツンとした雰囲気《ふんいき》の美猫。撫《な》でてあげようと手を伸《の》ばすと……ヒョイっと避《さ》けられる。なぬ？　偶然《ぐうぜん》かな？　もう一度頭を撫でようとすると、パシッと猫パンチ！

な、なんですとー！

この世界に来て、ありとあらゆるモフモフに好かれてきたこの俺が……。俺だけでなく、ミーちゃんが挨拶《あいさつ》しても無視。そんなツンなシャム猫、パロくんにはスリスリ、デレデレ。ツンデレかよ！　お前の名前は間違《まちが》いなくツンデレだな！

「みぃ……」

猫の名前はコルネだった。引き続きパロくんに面倒をみるように頼んでおいた。

再雇用組を集めて、近いうちにこの町の新しい代官が来て、この屋敷に住むと伝える。屋敷の掃《そう》除《じ》などをお願いして、家具、食器類は新しく購入《こうにゅう》すると伝えておく。パロくんは外の隙間《すきま》だらけのあばら家から、屋敷の中の使用人用の部屋に移るように指示した。また泣いていた。

メイドさんたちには一人一部屋で使用人用の部屋を与《あた》え、オーラフたちが使っていた家具を使いたいなら使っていいと許可を与える。そしたらパロくんはベッドを希望。部屋の半分を占《し》める大きいベッドがいいらしい。まあ、本人の希望なので。メイドさんには当面の資金を渡しておき、グレンハルトさんが来たら指示に従うように言っておく。屋敷とお金を管理する人が必要なのでルーカスさんに相談しよう。

屋敷のことはひとまずこれでよし。次は商業ギルドに向かおう。商業ギルドの建物に入った途端《とたん》、ギルド内は上を下への大騒《おおさわ》ぎ。主任さんらしき人と女性職員に囲まれて、別室に連行……もとい、案内されお茶とお菓子《かし》が出された。

高いお茶やお菓子だとは思うけど、まあこんなものだろう。

「み～」

ミーちゃんがミーちゃんクッキーをカリカリ食べ始めると、ギルド長らしき女性が入って来た。

「ようこそお出《い》でくださいました。ブロッケン男爵様」

「どこかでお会いしたことってありました？」

「いえ、今回お会いするのが初めてです」

「なら、どうして俺を知っているのですか？」

「まあ！　ブロッケン男爵様はご冗談がお好きのようですね！」

「み～？」

ギルド長は、この町で俺のことを知らない人はいないと言った。昨日の捕物《とりもの》の件で有名になったそうだ。あちゃー、やっちまったなぁ！

「み～」

まあそれはいいとして、ギルド長に罪人たちの住んでいた賃貸物件の解約、並びに警備隊の隊長と役所の主任二人の家の売却《ばいきやく》をお願いした。基本、この町の公共施設や役人や警備隊の宿舎はすべて俺の財産。警備隊の隊長や役所の主任が住んでいた家も俺の財産なのだ。寝かせておくのももったいないので、新たに貸すか売却しようと思ったので商業ギルドに任せた。代官が住んでいた屋敷は王家の所有する別荘《べっそう》を使っていたようなので、取りあえず保留にした。

「売ってしまってもよろしいので？」

「オーラフがいた屋敷は使いますが、ほかは使い道がないので売るか賃貸にして構いません」

「承《うけたまわ》りました」

ついでに、この町のことを聞いてみた。やはり、役所の腐敗《ふはい》は目に余るものだったらしい。だけど、王家の直轄地《ちょっかつち》ということもあり、どうしようもないと諦《あきら》めていたようだ。それに加えて、お酒の産地であるこの地方は闇ギルドの影響力《えいきょうりょく》が強く、生産者、販売者《はんばいしゃ》両方に上納金が暗黙《あんもく》の了解《りょうかい》で要求されている。やはり、闇ギルドは潰《つぶ》すしかないな。

「み～」

領主として、ブロッケン山の街道《かいどう》整備をしていると伝えると驚《おどろ》かれた。今はブロッケン山の街道が使えないので、商隊が東回りの街道でヒルデンブルグに向かっている。倍以上の日数がかかるので、日数を減らすために街道沿い以外の村に寄る商隊が大幅《おおはば》に減り、多くの村が困っているらしい。最近は街道沿いの村にさえ寄らない商隊も多いとか。この町の大店《おおだな》と商業ギルドが協力して近隣《きんりん》の村には行商を出しているが、街道から離《はな》れた遠くの村などには出せないでいる。特に生活必需品《ひつじゅひん》の塩が届かないのは問題だ。

それが解消されるかもしれないから、商業ギルドとしては願ったり叶《かな》ったり。

「神猫商会様はこの町では商売なさらないのですか？」

「今のところは、ベルーナとヴィルヘルムで精一杯《せいいっぱい》。ですが、神猫商会でもベルーナとヴィルヘルム間での商隊を出す予定ではいます」

「み〜」

「そうですか……この町にも神猫商会様の支店を作っていただきたかったのですが……」

「それよりも、この地方の村々に回る行商の件なのですが。どうでしょう、この町の商人による合同での商隊を出しませんか？」

「合同の商隊ですか？」

村々には定期的に行商人が出向かないと村の生活に支障が出る。今は商業ギルドとこの町の大店の商会だけで行商を回しているようだけど、出資者を募《つの》って合同の商隊を作って村々を回らせれば効率がいいと思う。大店でない商会の中にも行商に出たいが資金や人を用意するのが難しく、断念している商会もあるはずだ、そういう商会から得意な分野を集めれば上手《うま》く回せるのではと考える。

なので、資金、人、商品を出してもらい利益は配当金として支払《しはら》うようにすれば村々にとっても、行商に出たかった商会にとっても、何より商業ギルドのためになると熱弁を振るった。ミーちゃんも体をテーブルに前のめりにして熱く訴《うった》えている。何より、領主がちゃんと領民のことを考えているというアピールになるといった打算もあるけどね。

「もちろん、この地方の領主でもある俺も出資します」

「み～」

「それは面白《おもしろ》い考え方ですね。各商会の得意分野を集めて一つの商隊を作る。利益は出資した割合によって配当。これは斬新《ざんしん》な形の商隊です！　一人の資金では無理でも何人かの出資者を募って商隊を作れるのであれば、商隊を持ちたかった者たちにも光明でしょう。すぐに検討させます！」

「み～」

今までも、そういう商隊がなかったわけではないだろう。小規模な合同の商隊はあったろうけど、大規模な合同の商隊はなかったはず。これができれば村々が助かるだけではなく、村に人脈のない商家やこれから商会を立ち上げたいと思っている人の、資金調達やノウハウを学ぶ場にできる。

今までに、商会を立ち上げたとしても、ノウハウが足りず資金繰《しきんぐ》りが上手くいかなく商会を畳《たた》んだ者も少なくないだろう。今回のこれが上手くいけば多くの人に機会が訪《おとず》れる。それを活《い》かせるかは本人次第《しだい》だけどね。

「み～」

商業ギルドのギルド長にも代官を派遣《はけん》したと伝えて商業ギルドを後にし、ハンターギルドのヘルダギルド長の所に戻《もど》った。

ミーちゃん、熱弁をふるう。

「まだ、何か用さね？」

「ある意味、ここからが本題ですよ」

「み〜」

ヘルダギルド長にブロッケン山の現状を伝えて、ブロッケン山の主牙王《がおう》さんとルミエール王国の間で結ばれる条約について簡単に説明する。

「それなら、モンスターはどうするさね？」

「ブロッケン山の中での手出しは絶対に駄目《だめ》です」

「山から下りてきて、悪さをするモンスターはどうするさ？」

「それは、ハンターで討伐《とうばつ》してもらって構いません。ですが、ブロッケン山のモンスターが大挙して村を襲《おそ》うことは、もう起きません」

「それを信用しろと？」

「み〜」

「人族から手を出さない限り、ないと言っておきます。これはブロッケン男爵《だんしゃく》ではなく、この国の王とブロッケン山の主との間で結ばれる条約ですから」

「なら、ブロッケン山では人は襲われないということさね？」

「それは違《ちが》います。全《すべ》てのモンスターがブロッケン山の主に従っているわけではありません。知能の低いモンスターや野良《のら》のモンスターは普通《ふつう》に人を襲います」

「それじゃあ、何のための条約さね？」

「ブロッケン山の主と条約を結ぶことにより、前より安全に街道《かいどう》が利用できるようになります。なにより近隣《きんりん》の村がモンスターの脅威《きょうい》に怯《おび》えることが格段に減ります。今、ブロッケン山の麓《ふもと》の村に常駐《じょうちゅう》しているハンターも不要になりますね」

「この地域のハンターは廃業《はいぎょう》さね……」

「み～？」

「そうでしょうか？　ブロッケン山の奥《おく》に入らなければ、薬草の採取は自由です。ブロッケン山の見張りについていたハンターだって、今まで受けられなかった依頼《いらい》を受けられるようになります。なにより、ブロッケン山の街道が通れるようになれば、護衛の仕事が増えるでしょう」

「そんな上手《うま》くいくさね……」

　西の街道が使えなくなった今、ヒルデンブルグに行くにはこの街道と遠回りの東の街道しかない。今は北の国々との交易を多くしてなんとかなっているが、いずれ、ロタリンギアや魔王《まおう》と本格的な争いが始まれば物資は足りなくなってくる。特にヒルデンブルグの特産品の塩が問題だ。この街道が通りやすくなれば、必然的に商隊はこの街道を使う。西の街道を使っていた商隊もこちらを使わざるを得なくなる。この街道の主要な町であるフォルテが賑《にぎ》わうのは、火を見るよりも明らか。逆にハンターが足りなくなるおそれさえある。

「み〜！」

さて、フォルテでの用事は済んだ。次はニクセの町だね。

家に戻《もど》るとみんながワイワイガヤガヤと、クイントに行く準備を楽しそうにやっていた。

「カオリン博士。おやつは四百レトまででしょうか？」

「トシくん、当然だよ。それから、バナナはお菓子《かし》には入らないからね」

「み〜」

「バナナはヴィルヘルムじゃにゃいと、売ってにゃいにゃよ？」

「にゃ」

「『バナナあるんだぁ〜』」

「僕《ぼく》、バナナ食べたことないです……」

「俺《おれ》はあるぜ。あの町の雌猫《おんにゃ》はおおらかで優《やさ》しい奴《やつ》ばかりだったぜ！」

こいつら、遠足気分だな。ルーさんもジンさんもジークさんまでも一緒《いっしょ》だから、遠足気分でも問題はないと思う。いや、思いたい。お留守番のヤンくんには今度バナナを買ってきてあげよう。それと、ペロの弟妹《きょうだい》は南国にもいそうだね。節操なしのパパにゃんのせいで。

「それより、宗方姉弟《むなかたきょうだい》。本当にイースト菌《きん》の作り方を公表していいんだな？」

「いいよ〜」

「問題ないね」

「ひと儲《もう》けできるんだぞ？」

「み～？」

「そうかもしれないけど～、どこでも美味《おい》しいパンが食べられるのが断然いいよ！」

「右に同じ！」

宗方姉弟はイースト菌で儲ける気がない。まあ、作った宗方姉弟がそれでいいなら別にいいけどね。作るのは簡単だから、商業ギルドに広めてもらおう。

クイントに行くメンバーを集めて、フォルテで手に入れた武器防具から好きな物を選ばせる。結構な業物《わざもの》が多いから、前にあげた物と交換《こうかん》してもいい。

「俺もいいのか？」

「ルーさんもジンさんもジークさんも、好きな物を持って行ってください。どうせ、ただで手に入れた物ですから」

「ペロはこれもらうにゃ！」

「あっ！　それ、俺が目を付けてた奴だぜ！」

「早い者勝ちにゃ！」

親子で睨《にら》み合いはやめなさい。喧嘩《けんか》しなくても、いくらでもあるじゃないか。

「買うには崖《がけ》から飛び降りるくらいの気構えがないと買えない業物ばかり……いいのか？」

「僕、いつももらってばかりですけど、どうしたらいいのでしょう……」

「ジーク、ヤン、考えたら負けだぜ。所詮《しょせん》ネロだ……」

「「そうですね……」」

各々《おのおの》、新しい装備の着心地《きごこち》、動きやすさを確認《かくにん》。微《び》調整は専門家にお願いしてね。

「明日、みんにゃでウイラー道具店に行って、買い物して来るにゃ」

「ネロの持ってるカンテラが欲《ほ》しいからよ」

「にゃんこ先生のマントが欲しい～」

「マント、格好いいです。性能も凄《すご》いし！」

「いい道具がいっぱい売ってるにゃ！」

「み～」

シュバルツさんの店の道具はいいものばかり、値段もいいけどね。ペロくん、お手柔《てやわ》らかに頼《たの》むよ。どうせツケで買うつもりでしょう？

「ネロの名前で買っておくにゃ！」

ですよねー。

ペロは収納スキル持ち。どのくらい入るかわからないけど、お菓子や食べ物でいっぱいだろうな。それでも、ほかのメンバーにも収納スキル持ちがいる。持って行こうと思えば相当な量を持って行ける。だからといって、必要以上の買いすぎには注意するんだよ！

その日の夜に、ルーカスさんにフォルテの屋敷《やしき》の執事《しつじ》について相談してみた。

「正直な話、難しいですね。信頼《しんらい》できる者となると……」

「今度、ルーカスさんの兄弟親戚《しんせき》を呼ぶんですよね？　その方たちでは駄目ですか？」

「み～？」

「まだ、任せられるほどの者はいません。当分の間は私について学ばせなければなりません」

「カティアさんのほうはどうですか？」

「私の家の商会は既《すで》に潰《つぶ》れているので、元商会で働いていた者に声を掛けているところです」

カティアさんの実家はご両親が亡《な》くなった後、継《つ》ぐ人がいなかったので、従業員の一人に譲《ゆず》ったそうだが、上手くいかず潰れたそうだ。カティアさんが継いでいれば話は違ったのだろうけど。

「商業ギルドに相談したほうがいいのかな？」

「それはお止めになったほうがよろしいかと……」

今、現状商業ギルドに人を集めるように頼んでいる。そこに執事もお願いとなると、俺の人脈のなさが笑われかねない。通常ならほかの貴族に頼んだりして紹介《しょうかい》してもらうのが普通らしい。ほかの貴族なんて知らんがな。いや、一人いた。あの人には貸しもある。紹介してもらおう。今、王都にいないのがネックだけど、戻って来たらお願いしよう。大公様にも相談してみるのもありかな？

「み～」


翌日、スミレを走らせニクセに向かう。いつ見ても美しい町だなぁ。天空から降り注ぐ光が湖にキラキラと反射し、湖畔《こはん》に町が浮《う》かんでいる様に見える。ニクセはさも絵画の一部を切り取ったかのような美しさ。ミーちゃん、あれが俺たちの町だよ。

「み～」

門を抜《ぬ》けそのまま役所に向かう。町並みにどこか風情《ふぜい》が感じられ、のどかなのにどこか活気のあるいい町だ。何よりギスギス感がないのがいいね。

「み〜」

役所に入り、受付の女性にブロッケン男爵の手形を見せて、責任者を呼んでもらう。役所の中もゆったりしていていい感じ、受付の女性も落ち着いた様子で、すぐに呼んでまいりますと答えて走ることなく奥に入って行った。

すぐに、初老の男性が来て、

「ブロッケン男爵様。ようこそお出《い》でくださいました。この町の代官を務めております、リンガードと申します」

別室に案内されて、すぐに役所にあるニクセ地方の資料が揃《そろ》えられる。とても見やすくわかりやすいのに、充実した内容の資料はフォルテとは大違い。驚《おどろ》いたことに代官であるリンガードさんは奥さんと二人だけの借家暮らし。質実剛健《ごうけん》、すんばらすぅぃー!

「み〜」

正直、文句の付けようがない働き。このまま代官をやって欲しいね。ただ、やはりニクセにはこれといった産業がないのでちょっとばかり寂《さび》しい気もする。何か考えてみるか?

ハンターギルドと商業ギルドにも行って顔合わせとブロッケン山の説明をして来た。どちらのギルド長ものほほんとしたいい人だった。良く言えばおおらか、悪く言えばこれといった特徴《とくちょう》のない人なのだけど、曲者《くせもの》よりはいいな。

その後は、ミーちゃんとスミレと、湖をのんびり眺《なが》めていた。夕日の湖も綺麗《きれい》だねぇ。

「ぶるる」

「み～」


うちに戻れば、遠足前の園児の如くはしゃいだメンバーがいる。嬉《うれ》しいのはわかるけど、家の中でテントを張るのやめなさい。ミーちゃんも入らない！　ルーくんとラルくんも中にいたのね……。

「みぃ……」

「がう」「きゅ～」

ペロとセラ、宗方姉弟はカティアさんたちに明日のお弁当の中身をリクエストし、ルーさんとジンさん、ジークさん、ポロ、レインはお酒を飲んでいる。暢気《のんき》だねぇ。

俺は明日もやることがいっぱいだってのにさ。さっさとお風呂《ふろ》に入って疲《つか》れを癒《い》やそう。ミーちゃん、お風呂に行くよ～。ルーくんとラルくんも入る？　じゃあ、行こうか！

ペロたちは早朝にカティアさんからお弁当を渡《わた》され、クイントへ旅立って行った。

「急に静かになりましたね……」

「みぃ……」

ユーリさんがカイを抱《だ》っこしながら、ポツリと呟《つぶや》く。いたらいたで煩《うるさ》いけど、いなくなったらいなくなったで寂しいものだね。

そんなユーリさんもハンターギルドを辞めることが受理されたが、今は引き継ぎなどがあるから本当に辞めるのはまだ先。ゼストギルド長が許可してくれてよかったよ。後で挨拶《あいさつ》に行こう。

ミーちゃん、人は石垣《いしがき》です。

まだ、出掛《でか》けるには時間が早いので、前からしてみようと思っていた実験をしてみる。それは、スキル習得の実験。新たなるスキル習得を目指すのだ。

最近、勇者が雷《かみなり》を使ってモンスターを攻撃《こうげき》する場面が書かれた物語を読んだ。作者のたんなる与《よ》太話《たばなし》ともいえなくはないけど、雷スキル、あると思います！

そこで、実験なのだ。金属の棒をいくつか素材を変え、鍛冶屋《かじや》に頼《たの》んで作ってもらった。その棒を手で持つ所を紙で巻き、それ以外の金属部分を毛糸の布でこする、何度もこする！　そして、度胸一発、金属の棒に指をそーっと近づけると……バチッ！　い、痛い⁉　そう静電気だ。

これを金属の種類を変えて、何度も繰《く》り返す。何度ものたうち回る。そばで見ているミーちゃんとカイ、ルーくん、ラルくんは呆《あき》れ顔で俺《おれ》を見ている。それでも続けなければならぬ。俺の直感スキルが上手《うま》くいくといっている。ならば、覚えるまでやるしかない。アウッチ！

膝《ひざ》をつき何度諦《あきら》めかけたことか……。しかーし！　フッフッフ……出ました雷スキル。すぐに習得。やった！　やったぞ！　俺の理論は正しかった！

雷＝《イコール》電力、人類が唯一《ゆいいつ》制御《せいぎょ》できたエネルギー。理論は概《おおむ》ね理解している。電荷の移動によって起こる現象、さっきの静電気がいい例だ。これなら俺にも扱《あつか》えるはずなのだ！

それではいってみよう。ミーちゃんたちから離《はな》れて、標的としてさっきの金属の棒を遠くの場所に何本か刺《さ》して立てる。最初のイメージはとある宇宙の暗黒卿《きょう》。体の中で電気を発電させ、手を前にかざして目標に電気が流れるイメージ。バリバリっと音と共に五本の指から放電して目標にうねって流れて行く。狙《ねら》った金属の棒に当たり、数秒後バチッと音がして金属の棒が衝撃《しょうげき》で宙に舞《ま》う。

おぉー！ 概ね予想どおり。なぜ、概ねかといえば、小指から放電した一本が狙った棒ではない、隣《となり》の棒に当たったからだ。

何度か繰り返しやってみるが、上手くいかない。そのうちに体がだるくなり、手が痺《しび》れてきた。このスキルは連続使用は無理みたいだ。少し休憩《きゅうけい》しようとミーちゃんたちの所に戻《もど》ると、なぜかミーちゃんの毛が青白く光り逆立っている。どうしたのかと思い触《さわ》ろうとしたら……バチッ！ い、痛い。も、もしかして、ミーちゃんも覚えたの？

「み～」

ミーちゃんを鑑定《かんてい》してみると、神雷《しんらい》スキルと出ている。神雷とはなんぞや？ だとしても、あんなに苦労して手に入れたスキルを、見ていただけのミーちゃんが覚えるなんて……。ミーちゃん、金属の棒に向かって猫《ねこ》パンチの要領で、肉球の形の雷を飛ばして遊んでいる。意外と強力、それも連続で。今までの俺の苦労って……。でも、そうやって飛ばすこともできるのね。勉強になったよ。さすが、ミーちゃん！

「み～！」

手の痺れが収まり、練習再開。まずは、ミーちゃんがやっていた雷を単発で放つ方法を考える。イメージ的にはどこぞの野菜の星の王子がよくやる、半身に構え片手を突《つ》き出し掌《てのひら》から打ち出すって感じかな。ちょっと恥《は》ずかしい。けどやる！

電気を飛ばしてやる感覚で上手くいった。電気を塊《かたまり》として大きくイメージすると破壊力《はかいりょく》が増すが、もの凄《すご》く疲《つか》れる。人差し指から小さい電気玉を飛ばせば、連射も可能で的にした木が徐々《じょじょ》にえぐれていった。拳《こぶし》一つ分だと十セン位の木が折れたね。

次はさっきの続き、五本の指全てから放電させるから制御できないんじゃない？　って、ふと気づく……だってやりたかったんだもん！　ということで、人差し指からだけ放電させてみた。

自由に動く電気鞭《むち》になった。気を抜《ぬ》くと勝手に動き回って危ないけど、狙った木に当てると全体的に放電を始めて数秒後爆発《ばくはつ》した……。おそらく地面に逃《に》げきれなかった電気が溜《た》まり、中の水分が帰化ないし急激に沸騰《ふっとう》し、膨張《ぼうちょう》して爆発したと考察。おそらく生物全般《ぜんぱん》に有効と考える。

ただし、気を抜くと途端《とたん》にフレンドリーファイアーになるので注意が必要。電気なのでどうしても金属や接地抵抗《ていこう》の低いほうへ向かう傾向《けいこう》がある。意識を集中していれば問題ないけど、とても疲れる。必殺の一撃《いちげき》を手に入れたってところかな。

ミーちゃんは神雷スキルと相性《あいしょう》がいいのか、自由自在に操《あやつ》っている。どうやら、神雷スキルはミーちゃんのお手ての延長になるらしく、攻撃力《こうげきりょく》も自由自在。ミーちゃんが神雷スキルを伸《の》ばして俺に触《ふ》れても痛くもなんともない。さっきは痛い思いをしたけど、今度は逆にくすぐったいくらい。それから、俺の雷スキルと神雷スキルの相性もいいようで、ミーちゃんの神雷を俺の雷として使用できるのもわかった。

ミーちゃんは天然の無限電池にクラスチェンジした！

「み～！」

その後も、ミーちゃんと連携の練習。ミーちゃんが帯電した神雷を、俺がもらって放つ。ほとんど疲れない。ミーちゃんが疲れてないか聞いてみても、ケロッとした顔をしている。

そんな練習をしていると、いい時間になったので王宮に向かう。今日は宮廷《きゆうてい》料理長に用事があるので、ニーアさんを呼ばずに直接宮廷料理長に会いに行く。

「どうした。ブロッケン男爵《だんしやく》。うちの宮廷料理人を引き抜きに来たか？」

「いやいや、畏《おそ》れ多いです。でも誰《だれ》かうちに来てくれるって人がいたら、大歓迎《だいかんげい》ですけど？」

「いるわけないだろう」

「ですよねー。冗談《じようだん》はさておき、まずはこれを食べてください」

「パンなんぞ食わしてどうすぅ……うん？」

宮廷料理長にイースト菌《きん》入りのパンを渡《わた》すと、パンを持った瞬間《しゆんかん》に顔つきが変わった。今までのパンより軽くそして柔《やわ》らかいからね。宮廷料理長、パンをちぎった瞬間に驚《おどろ》きの顔を見せ、ちぎったパンを味わいながら食べている。

「どうやって作った？」

「このパン、町の人にも受け入れられるでしょうか？」

「売ればたちまち売り切れるのは間違《まちが》いなしだな」

「このパンのレシピを、無料で公表しようと思っています」

「本気か⁉　このパンの価値がどれほどのものかわかっているのか！」

酵母《こうぼ》のおかげでふっくらしたパン。王宮のパンだって、ここまでふっくらしたパンはないからね。

「このパンを作った者が無料で公表したいと言ってます」

「一財産どころか巨万《きょまん》の富《とみ》が得られるぞ？」

「お金より、美味《おい》しいパンをいつでもどこでも、食べられるほうがいいそうです」

宮廷料理長にレシピとイースト菌、それにイースト菌の作り方の書いた紙を渡す。

「作り方はさして普通《ふつう》のパンと変わらんな。このイースト菌というのが入ったおかげで、劇的に変わるということか？」

「それじゃあ、商業ギルドに行って、このパンの作り方を町のパン屋に無料で公表するように頼んで来ます」

「信じられん……本気なのか？」

「本気です」

商業ギルドでは実物がないから半信半疑。一度試作させて確かめてから、公表するということになった。でも、やはり信じられないといった顔をされる。そして、必ず無料で公表するようにお願いした。ほかの町の商業ギルドにも情報を渡し、同じように無料で公表するようお願いもしておく。ただし、もしこのレシピを使うのに、金を取ったりした場合、ブロッケン男爵が必ず潰《つぶ》しに行くと念を押《お》しておくことも忘れない。

お昼近くにフォルテに向かい、レティさんを連れて昼食を食べながら集めた情報を聞いている。

「いまいち……うちの飯のほうが旨《うま》いな。そう思わないか？　少年」

「当然です。調味料もあるし、食べ物には金に糸目は付けていませんからね」

「やはり、うちでぐ～たらしてるほうがいいな」

「……働け」

「みぃ……」

まあ、迷宮探索《めいきゅうたんさく》では扱《こ》き使う予定ではある。

「それで？」

「酷《ひど》いものだ。この町に、王都を追い出された闇《やみ》ギルドが集まっているようだぞ。そいつらが身内同士で抗争《こうそう》を始め、それが波及《はきゅう》して闇ギルド同士での覇権《はけん》争いが起きている。勝つためには金がいる、なので今まで以上に上納金を要求する。払《はら》えなければ家や土地を奪《うば》う。それだけならまだしも、若い娘《むすめ》などは身売りまでさせられている始末。救いがない」

「最悪ですね。ですが、付け入る隙《すき》は多そうですね。場所の特定はできているのですか？」

「町の中の拠点《きょてん》なら調べはついている。が、本拠地は私一人では無理だ。この町の義賊《ぎぞく》ギルドに手を借りるしかないだろうな」

「借りればいいのでは？」

「いいか少年。王都の義賊ギルドなら私の顔も利《き》くが、この町では無理だぞ。この町の義賊ギルドを動かすつもりなら、女帝《じょてい》の命令書か金が必要になる」

金ですか……義賊なのに世知辛《せちがら》い。命令書もミストレティシアさんに借りを作るのはどうかなぁ。後腐《あとくさ》れがないように金で雇《やと》うのが一番か。

「金で義賊ギルドを動かしてください。ついでに闇ギルド殲滅戦《せんめつせん》にも参加してもらうので、それを含《ふく》めたうえで雇ってくださいね。ブロッケン男爵の名を出しても構いませんし、協力しないならお前らも潰すぞと言ってやってください」

「強気だな。承知した」

この町の領主として舐《な》められては困るからね。ビシッと言っておかないと。

「殲滅戦にはこの町のハンターも雇いますし、俺も参加します」

「本気か？　少年」

「義賊ギルドに、闇ギルドの資金を奪われたくないですからね。俺がすべてを収納しますよ」

ほとんどは、ミーちゃんバッグだけどね。

「み～」

レティさんと別れた後、ヴィルヘルム支店に行って、売上の状《じょう》況確認《きょうかくにん》をする。あのお祭り以降、たまに冷えたエールを売っているそうだ。お客さんが煩《うるさ》いらしいので仕方なくやっているとか。ほどほどにね。ほかのお店の恨《うら》みは買いたくないから。

商業ギルドにも顔を出すと、担当者さんがやって来て、人材を集めましたがどうします？　と聞いてきた。早いね。人は石垣、喉《のど》から手が出るほど欲《ほ》しかったので、大変ありがたい。

「み～」

集めてくれたのは十人、全員二十代前後の若い人たちばかりだ。全員の資料を見せてもらったけど、問題のありそうな人はいない。中には自らうちで働きたいと立候補された方もいるらしい。その中から経歴を見て二名をベルーナの神猫商会で働いてもらい、残り八名はフォルテの役所で働いてもらう。神猫商会も人が足りないけどフォルテの役所のほうは深刻な状況だからね。

「ベルーナとフォルテですか……」

これはルーカスさんと話して決めていた。ヴィルヘルムの商業ギルドで集めてくれた人材はベルーナとフォルテで、ベルーナの商業ギルドで集めてくれた人材はヴィルヘルムとニクセに派遣《はけん》する。そうすることで、各商業ギルドと、人材との距離《きより》を置け情報がやり取りし難《にく》くなる。

「だいぶ、時間がかかってしまいますが？」

「構いません。まずは、ニクセまで来てもらってください。馬車を二台借りて、ハンターの護衛も付けてください。宿代も含め、かかる費用はこちらで全《すべ》て負担しますので」

「承《うけたまわ》りました。さっそく、手配致《いた》します。ですが、なぜニクセまでなのですか？」

「そこで優秀《ゆうしゅう》な護衛と合流してもらうためです」

「優秀ですか？」

「み〜！」

そう、優秀な護衛だ。その優秀な護衛がいれば、ブロッケン山の街道《かいどう》は安全に通行できる。

これで、フォルテの人不足が解消される。ベルーナに店を作る時の人材も確保した。ベルーナの商業ギルドのほうも早めに人材を集めてくれると助かるのだけどね。

ミーちゃん、作戦開始です。

何事もない日が数日過ぎる。何事もないとはいっても、やることはたくさんある。ルーカスさんとカティアさんと書類とにらめっこだ。疲《つか》れたらミーちゃんと雷《かみなり》スキルの練習を繰《く》り返す日々。

そんな何事もない日に、ルーカスさんの末の弟夫婦《ふうふ》と従弟妹《いとこ》がやって来た。弟さんは十歳《さい》年下でベルティさん、奥《おく》さんはエフさん。従弟妹たちも十代後半でフランツさんにテレサさん。当面はルーカスさんとカティアさんの元で学ぶことになる。エフさんは実家が食堂を営んでいるそうで料理が得意らしいので、うちの台所を任せる。

それから、カティアさんにおめでたが発覚した。無理はしないように言ってある。ミーちゃんがとても嬉《うれ》しそうに、カティアさんのお腹《なか》にスリスリしていた。見た目はまだ変わりがないけど、そのうちにわかるようになるだろう。

そんなこんなで、いつの間にかフォルテにグレンハルトさんたちが到着《とうちゃく》していた。

「なんで〜、ネロくんがいるわけ？」

「ちょっとばかし、伝《つて》がありまして」

「騎竜隊《きりゅうたい》か」

適当に誤魔化《ごまか》したけど、旨《うま》い具合に勝手に納得《なっとく》してくれた。役所の者たちに新しい代官のグレンハルトさんを紹介《しょうかい》。更《さら》に、もう少しすると新しく雇《やと》った人たちが来るのも伝えておいた。

グレンハルトさんたちは疲れているだろうから、今日は顔合わせだけ。これからグレンハルトさんにはバリバリ働いてもらわなければならない。今日くらいゆっくり休んでもらうため、これから住むことになる屋敷《やしき》に案内した。

「立派ね～」

「凄《すご》い屋敷だな」

「前の役所の長が住んでいた屋敷です」

「「……」」

ちょっと複雑そうな顔をする二人。気にしないで中に案内する。メイドさん四人とパロくんが並んでお出迎《でむか》え。そんな並んでいるみなさんの前を悠然《ゆうぜん》と横切って歩くコルネ……何様だよ。

「この子は？」

グレンハルトさんがコルネをヒョイッと持ち上げた。さすが、グレンハルトさんクラスになると造作もなく掴《つか》まえられるようだ。

「この屋敷で飼っている猫《ねこ》で、コルネと言います」

「そうか、これから一緒《いっしょ》に住むグレンハルトだ。よろしく頼《たの》む」

「みゃ～」

な、なんですとー。俺《おれ》やミーちゃんには触《さわ》らせないどころか、鳴きさえしなかったコルネが、デレるだと！　この町の領主より、この屋敷の主人のほうが上だというのか⁉　現実主義者《リアリスト》め、納得がいかない。

「みぃ……」

外でグレンハルトさんが連れてきた白狼《はくろう》がガウガウ言っている。外に出てみるとレティさんが狼《おおかみ》をモフっていた……この、モフラーめ、遊んでないで早く来なさい。今日からレティさんも宿を引き払《はら》ってここを拠点《きよてん》にしてもらう。

グレンハルトさんとローザリンデさんに旅の荷を下ろしてもらい、リビングでお茶にする。

「それで、レティさん。状況《じようきよう》はどうです？」

「ほとんどの闇《やみ》ギルドの場所はおおよそ掴《つか》んでいる。今はその確認《かくにん》中だな」

「闇ギルドの構成は？」

「盗賊《とうぞく》ギルド三十人、暗殺ギルド十人、闇金融《きんゆう》ギルド二十人、マフィアが二組織、合わせて百人といったところだな。ほかにも細々とした組織があるが、潰《つぶ》す価値のある奴《やつ》らではない」

ほかの町のことを知らないけど、多いような気がする。それだけ旨味《うまみ》がある町ってことか。

「結構多いですね。義賊ギルドからは何人呼べますか？」

「二十人がいいところだろう」

「ハンターを入れて百人といったところですね」

「み～」

なかなか厳しいね。セッティモからもハンターを呼ぼうか？　うーん、駄目《だめ》だな。時間がかかり過ぎる。今ある戦力でなんとかするしかないだろう。

「私とローザとで二手に分かれるか？」

「グレンハルトさん、ローザリンデさん、そして俺とレティさんの三つに分けましょう。最初に潰すのは、盗賊ギルド、暗殺ギルド、闇金融ギルド。その後にマフィアと対峙《たいじ》。決行は夜。門以外に外に出られる場所には人を配置。レティさん、この町にどのくらい抜《ぬ》け道はありますか？」

「三つある」

「そのうち塞《ふさ》いでも影響《えいきょう》がないのはありますか？」

「一つは下水道だから、塞ぐのは不味《まず》い。スラムの者が出入りしている道と、その昔この町からの逃走《とうそう》用に作られた今では忘れられた道なら問題はないな」

どうやら、忘れられた逃走路が役所の地下に続いているらしい。

「では、その二つは作戦決行前に俺が塞ぎます」

「それで、決行日は何時にするね？」

「確認は二日もあれば終わる」

「なら、三日後の夜ですね」

「了解《りょうかい》だ」

ハンターギルドに向かい、ヘルダギルド長に面会を求めると、すぐにギルド長室に案内された。

「今日は何の用さね？　ブロッケン男爵《だんしゃく》様」

「三日後の夜に、この町にいる戦闘《せんとう》可能なハンターを総動員して下さい。秘密裏《ひみつり》にです」

「み～」

「ホッホッホッ！　今度は何の悪だくみさね？」

ヘルダギルド長、悪い顔していますよ……。情報収集が終わり新しい代官であるグレンハルトさんも到着したので、三日後の夜に闇ギルド壊滅《かいめつ》作戦を決行すると伝える。

「そりゃ大事さね……」

「ですので、できる限り多くのハンターを集めて下さい」

「集めるといってもねぇ。この町じゃあ百五十がいいとこさ」

「こちらの予想より多いですね。問題ありません。増援《ぞうえん》として義賊ギルドに人を出すように依頼《いらい》しています。グレンハルトさんとローザリンデさんもいますから、戦力は十分でしょう。あっ、治療士《ちりょうし》の方の手配もお願いしますね」

「ローザリンデ……あのババァも来るさね？」

ヘルダギルド長、急に顔色が悪くなり、震《ふる》えてる？

「お知り合いですか？」

「師匠《ししょう》さね……」

はぁ～？　師匠なの？　エルフは長寿《ちょうじゅ》じゃないけど、ハイエルフは長寿だったらしい。ローザリンデさん、いくつなのだろう？　せ、背筋に悪寒《おかん》が……。

「み、みぃ……」

極秘裏《ごくひり》にハンターを集めてくれる約束をしてくれ、前回の分の報酬額《ほうしゅうがく》が提示された。ヘルダギルド長、ニヤニヤしているね。提示された金額は予想していた額より多少多めだが、今後のハンターギルドとの関係を考えれば安いもの。俺が出し渋《しぶ》るとでも思ったか？　そしらぬ顔で即金《そっきん》払い。へルダギルド長の顔が今度は驚《おどろ》きに変わる。値切ったほうがよかったかな？

そこで、意趣返《いしゅがえ》しでちょっとした嫌《いや》がらせを思いつく。

「明日、顔合わせの時、代官のグレンハルトさんと、助《すけ》っ人《と》のローザリンデさんも一緒に連れて来ますね。師匠との積もる話もあるでしょうから」

ヘルダギルド長、凄く嫌な顔をしている。ざまぁ。

「み～」


翌日、約束通りグレンハルトさんとローザリンデさんを連れ、ハンターギルドを訪ねる。

ヘルダギルド長は、グレンハルトさんとは終始穏《おだ》やかな話だったのに、ローザリンデさんが話に入ってくると一変苦虫を噛《か》み潰したような嫌な表情に変わる。

「ヘルダちゃん～、つれないなぁ」

「……帰れ」

「え～、それが久しぶりに会う～師匠に言う言葉？」

「煩いさね。妖怪《ようかい》ババァ」

「ヘルダちゃん♪　ちょっとお外に行って秘密の特訓しようか～。ちょっと太りすぎ」

「ヒィー！」

なんなのだろう、この二人。結構仲良さそうじゃん。そんな二人を放《ほう》っておいて、グレンハルトさんと商業ギルドに行き、ギルド長と顔合わせを済ませておく。ついでに、役所の内装のリフォームをお願いした。リフォームの間は敷地内《しきち》に仮設小屋を作ってもらい、そこで業務を行えるようにする。住民の皆様《みなさま》には大変ご迷惑《めいわく》をおかけします、ペコリ。

「み～」

屋敷に戻《もど》って、ローザリンデさんが戻るのを待ち、レティさんが作った地図を基《もと》に作戦会議。悪い知らせが一つ、ほとんどの闇ギルドの拠点は町の中にあるのに対して、盗賊ギルドの本拠地だけは町から離《はな》れた森の中にあった。敵兵力も三十人ほどと見込《みこ》んでいたのが百人以上に増えている。

どうやら、王都を追われた盗賊ギルドがこのフォルテに集まり、資金集めのためゴブリンキングの戦いに傭兵《ようへい》として参加するようだ。これは困ったね。ここで盗賊ギルドを潰すと、ゴブリンキング戦の貴重な捨て駒《ごま》にできる戦力が減ってしまう。

作戦を少し変更《へんこう》して、暗殺ギルドと闇金融ギルドを最初に襲撃《しゅうげき》、制圧後にマフィア二つを潰しに行く。その後に各ギルドに所属している店や場所を一斉《いっせい》検挙。最後に町の中の盗賊ギルドの拠点のみ襲撃。町の外の拠点は少しの間、見逃《みのが》す。後日、ゴブリンキング戦に出て行った後に、残りを潰しに行けばいい。さてさて、なかなかハードな夜になりそうだ。

「み～」

グレンハルトさんと、闇ギルド関係者を捕《と》らえた後のことも話をしておく。

「罪人はどうするのだね？」

「代官である、グレンハルトさんにお任せします」

「王都に～連れて行かなくてもいいの？」

「役人ならいざ知らず、ただの罪人は極刑《きょっけい》以外は鉱山送りでいいですよ」

「君は恨《うら》まれるぞ」

「それこそ、覚悟《かくご》の上。ここで手を抜けば悪党共に舐《な》められます」

そりゃあ、闇ギルドの恨みを買うだろうね。でもね、それは仕方がない。彼《かれ》らは相容《あいい》れない存在であり、ここの領主になった以上逃れられない運命。己《おのれ》のため、領民のためにも必要だ。

「安心しろ、少年。私がそばにいる限りその手の者は近寄らせない。モフモフたちに危害を加えさせることなどあってはならない！」

「ありがとうございます。と言えばいいのかな？」

「当然だな、少年」

どう考えても、モフモフたちのついでに守ってやるとしか聞こえない……。まあ、レティさんはやる時はやる人だから信頼《しんらい》できる。できるよね？

「み、み～？」


決行当日の夜、ハンターギルドの裏の訓練場にハンターさんたちが続々集まってくる。町の門が閉まるのは九の鐘《かね》が鳴ってから。普通《ふつう》は大きな門の横には人が出入り可能な扉《とびら》もあり、門が閉じた後でも出入りはできる。しかし、今日は領主権限で明日の朝までは町に入ることも、出ることも禁止と警備隊に指示してある。

「お前たち、準備は済んでるだろうね！」

「「おぉー！」」

「静かにおし！」

「「へぃ……」」

「今回もブロッケン男爵様からの依頼さね。今回の相手は闇ギルドの奴らだよ。わかってると思うが襲撃した時、奴らの持ち物に手を出すんじゃないよ！　いったん、すべてブロッケン男爵様にお渡《わた》しするんだからね。私に恥《はじ》をかかせるんじゃないよ！　ブロッケン男爵様はその辺のケチなお貴族様とは違《ちが》い、依頼料《いらいりょう》はたんまりくださるさ。さあ、みんな。きっちり稼《かせ》ぎな！」

「「おぉー！」」

「静かにおしっていってるさね！」

「「へぃ……」」

こ、この人たちで、本当に大丈夫《だいじょうぶ》なのだろうか？　不安になってきた。

「みぃ……」

ハンターさんたちをグレンハルトさん組とローザリンデさん組に分ける。グレンハルトさんの組は暗殺ギルドに、ローザリンデさんの組は闇金融ギルドに向かう。

俺は闇金融ギルドの組について行く。義賊ギルドにレティさんが付き、現地での出入りの封鎖《ふうさ》と、襲撃中に逃走した者の捕縛《ほばく》を頼んだ。Ｄｅａｄ　ｏｒ　Ａｌｉｖｅ　生死を問わずだ。

それじゃあ、作戦開始と行きますか。

「み～！」

ミーちゃん、勝利の雄叫《おたけ》びを上げる。

闇金融《やみきんゆう》ギルドの拠点《きょてん》に着くと、義賊《ぎぞく》ギルドの者が近寄って来て現状報告をしてくれる。ほとんどの者はここにいて、数名がこの場所にいない。今現在、義賊ギルドの者がここにいない者に張り付いているので、ここを襲撃《しゅうげき》した後でそいつらも捕《つか》まえに行く。幹部連中の住んでいる場所も把握《はあく》しているので、一緒《いっしょ》に押《お》さえる。

門以外で町の外に出られる抜《ぬ》け道は、土スキルを使って完全に塞《ふさ》いだ。同じ土スキル持ちならいざ知らず、人力で短時間に掘《ほ》ることはまず無理。そのくらいがっちりと固めてきた。

準備が整ったので建物の出入り口を数人のハンターさんに、ほかの抜け道を義賊ギルドの者が押さえた状態で残りのハンターさんたちが突入《とつにゅう》。闇金融ギルドの者は人数は多かったが、すべての出入り口が押さえられたと知ると、ほぼ抵抗《ていこう》なく投降してきた。

俺《おれ》とミーちゃんは屋敷《やしき》の中を歩き回り全《すべ》てを収納。マップスキルに映る怪《あや》しい場所も確認《かくにん》して、金庫があれば金庫ごと収納。まだ、次があるので開けている暇《ひま》はないというのに、結局、隠《かく》し金庫が四つに隠し部屋を二つも発見。闇金融ギルド恐《おそ》るべし。中身は期待ができるんじゃないかな？

「み～」

捕《と》らえた者は警備隊に引き渡《わた》し、幹部連中の屋敷に向かう者と、ここにいなかった者を捕らえに行く組に分け、ローザリンデに任せた。俺はグレンハルトさんの組と暗殺ギルドの拠点に向かう。

暗殺ギルドは最後の一人まで抵抗し、全員死亡。ハンターさんに怪我人《けがにん》と毒にやられた人が出たが、即効性《そっこうせい》のある毒ではなかったのでミーちゃんのミネラルウォーターを飲ませて回復。

暗殺ギルドの拠点は拠点自体が隠し部屋。それほど広くないので収納はすぐに終わった。今度は闇金融ギルドの幹部の屋敷に行き、同じようにすべてを収納してからハンターギルドに戻《もど》った。

いったん、ハンターギルドで休憩《きゅうけい》をはさみ、今日のメインイベントに移る。今度の相手は人数も多い武闘《ぶとう》集団。戦闘は必至。一筋縄《ひとすじなわ》ではいかないだろう。雑魚《ざこ》の下っ端《ぱ》は正直、烏合《うごう》の衆。どうにでもなる。しかし、幹部連中は腕《うで》のいい手下を連れているらしく、数にもよるが苦戦は必至。なれど、幹部連中だけは絶対に、生死を問わず見逃《みのが》してはならない。

ハンターさんたちは先ほどまでの動きやすい服装から、完全武装に変えている。マフィア連中はお互《たが》いに抗争《こうそう》中ということもあり。どちらの拠点もほぼすべての者が集まっていると報告があった。抜け道は義賊ギルドに任せ、正面から堂々と襲撃を仕掛《しか》ける。小細工無用だ。

俺も装備を整え準備万端《ばんたん》。ミーちゃんもフンスと鼻息を荒《あら》くして俺の肩《かた》に乗っている。ミーちゃんは無理に戦わなくていいんだからね？

「み～！」

なぜかミーちゃん、やる気満々のご様子。

「お前ら、何もんだ！」

門の前にいた見張りの男二人をハンターさんが容赦《ようしゃ》なくぶっ飛ばす。うわぁ～、痛そう。

「て、敵襲《てきしゅう》！」

窓の近くにいた男がこちらの騒《さわ》ぎに気づいて声を上げる。元々、屋敷の中で戦う気はなかったから、出て来てくれて逆に助かる。ハンターさんたちが屋敷の広い庭に雪崩《なだれ》込《こ》むと同時に、マフィアの連中も武器を片手に屋敷から飛び出して来た。

「てめぇら何もんだ!」

「誰《だれ》でもいいじゃないい〜。さぁやっちゃって!」

ローザリンデさんの気の抜けるような掛け声で戦闘が開始。さすがに暴力で町の住民をねじ伏《ふ》せてきた連中、人によってはハンターさんを凌駕《りょうが》するパワーの持ち主もいる。後方からローザリンデさんが弓で援護《えんご》しているけど、なかなかどうして侮《あなど》れない奴《やつ》らが多い。

マフィアの下っ端はパワーはあれど、戦術などない無謀《むぼう》な特攻《とっこう》で突《つ》っ込んできて、ハンターさんたちに怪我人が続出。日頃《ひごろ》戦っているモンスターには百戦錬磨《ひゃくせんれんま》でも、対人戦は場数が少ない。その差が出てしまった結果だ。

俺も援護に回る。銃《じゅう》でマフィア連中の脚《あし》を撃《う》ち抜いていく。シリンダーを交換《こうかん》する時はどうしても、防御《ぼうぎょ》がおろそかになる。いつもはペロがいるけど、今日はいない。レティさんを残しておけばよかったな。

注意はしていたつもりだけど、動きが止まったところをマフィアに狙《ねら》われた。不味《まず》いと思いシリンダー交換を諦《あきら》めて逃《に》げようとした時、俺を狙っていたマフィアが数歩手前で崩《くず》れ落ちた……。

「み〜!」

ミーちゃん、俺の肩の上で片手を俺の頭に載《の》せ器用に立ち、反対の手で猫《ねこ》パンチ……もとい神雷《しんらい》を放って俺を守ってくれたようだ。ミーちゃん、殺《や》っちゃったの？

「み〜？」

ミーちゃん、やってないよ〜？　と言った後、フンスと鼻息を荒らげて周りに神雷肉球型を撒《ま》き散らす。バッタバッタとマフィアが倒《たお》れていく。ミーちゃん無双《むそう》ですな……。

「み〜！」

よく見えないけど、俺の肩でドヤ顔して勝利の雄叫びを上げているミーちゃん。ミーちゃんってそんなキャラだったっけ？

「み〜？　み〜！」

ミーちゃんに美味《おい》しいところを持っていかれたハンターさんたち、唖然《あぜん》……。

「ネロく〜ん、凄《すご》い技《わざ》持ってたのねぇ」

ローザリンデさんは俺がやったと思っている。

「えっ！　子猫じゃねぇの？」

「馬鹿《ばか》かお前。子猫にそんなことできるわきゃねぇだろ！」

「「でもよぅ……」」

「みぃ……」

しょうがないよ、ミーちゃん。でも、俺は知っている、ミーちゃんがみんなを守ったってね。みんなに変わって感謝のチュッチュッをしてあげる。

「み〜♪」

ミーちゃんにチュッチュッしていると、レティさんが合流。

「この状況《じょうきょう》はなんなのだ？　少年」

「ふふふ……ちょっとばかし、俺とミーちゃんの実力を見せてやりました！　みたいな？」

「み〜！」

「そ、そうか。ミーちゃんも頑張《がんば》ったんでちゅね〜」

チュッチュッしていたミーちゃんを奪《うば》われ、レティさんが代わりにチュッチュッする。

そんなことをしていると、屋敷の玄関《げんかん》からガタイのいい男五人と、幹部らしき男たちが出てきた。

「ようよう！　やってくれたじゃねぇか。おめぇらどこのもんだ！」

「ゴミに〜語る言葉は必要ないわ」

「吐《は》いた唾《つば》のまんとけよ！　おい、お前ら遊んでやれや！」

ガタイのいい男五人は幹部の用心棒なのかも、見るからに強そう。俺とミーちゃん、ローザリンデさん、レティさん、ハンターさんの中から二人が前に出る。

せっかく遊んでくれるところ悪いけど、一撃で決めさせてもらう。俺の前にいる男、俺より遥《はる》かに強く、そしてこの五人の中で一番強そう。いいスキルまで持っている。まあ、俺より強い人なんていくらでもいるけどね……自分で思って、悲しくなる。

「みぃ……」

開始の合図はないようなので先手必勝！　ミーちゃんの神雷をもらい俺の雷《かみなり》を重ね、相手に人差し指を向ける。人に指差しちゃいけませんっていうけど、悪い奴には問答無用。なんといっても命がかかっているからね。命、大事。これ大事。

指先から青白い光を放ち、雷の鞭《むち》が相手を襲《おそ》う。生き物に放ったのはこれが初めて。相手は痙攣《けいれん》して体全体が青白い光に包まれる。感覚的にこれ以上やると、爆発《ばくはつ》した木のようになるとわかったので放電を止める。相手は白目を剥《む》き地面に倒れてプスプスと煙《けむり》なのか水蒸気なのか、白いものが体全体から立ち上っている。殺《や》っちゃったかな？

「おい、やっぱり子猫じゃねぇよ！」

「な、なんなんだよ。あのスキル……」

「なんて禍々《まがまが》しい……」

「あれがこの町の領主様かよ。ありゃ、やべぇよ……」

「魔王《まおう》じゃねぇよな？　ちゃんとした人族だよな？」

「みぃ……」

凄い言われようだ。まして、魔王だなんて失礼な！　今、わざとこのスキルを使ったのは、さっきの出来事がミーちゃんではなく、俺がやったと思わせるため。このインパクトの強さで、完全に俺だと思ったはず。残念なことに悪役にしか見えないのが玉に瑕《きず》。まあ、悪役の技《わざ》を真似《まね》しているから仕方がないといえば仕方がない。それでも、魔王は酷《ひど》い。せめて暗黒卿《きょう》と言ってくれ！

「み、み～？」

俺の戦いが合図となり、ほかの四組の戦いも始まる。レティさんとローザリンデさんはまったく問題がない。レティさんの相手が剣《けん》を振《ふ》るうが、見当違《けんとうちが》いな場所を攻撃《こうげき》している。あれって前にも見たけどレティさんのスキルかな？　今度、教えてくれないかなぁ。便利そう。

ローザリンデさんは弓使いとは思えないほどの剣捌《さば》き、素手《すで》でも強いとは聞いていたけど、恐るべし廃ぇ……ハイエルフ。せ、背筋に悪寒《おかん》が……。

「みっ⁉」

ハンターさん二人はちょっとばかし実力不足かな。この中のハンターさんたちの中では腕が立つのかもしれないけどちょっと厳しそう。そこではたと気づく。そういえばヘルダギルド長のお薦《すす》めのハンターＰＴ《パーティー》は、護送の依頼《いらい》を受けてこの町にいないのだった……。

ハンターさん、相手のフェイントに引っ掛かり、体勢を崩して相手の剣が容赦なくハンターさんに襲いかかる。ヒヤッとし、とっさに土スキルでハンターさんの横に石柱を作る。ガッキーンと音がして相手の男の剣が弾《はじ》かれる。

「き、汚ねぇぞ！　タイマンだろうが！」

「そうなの？　マフィアがそれを言っちゃう？」

「み〜？」

「チッ。くそ野郎《やろう》が」

マフィアに汚《きたな》いとか言われてもねぇ。相手が動揺《どうよう》している隙《すき》にハンターさんが相手の腕を斬《き》り裂《さ》き戦闘不能にさせる。分が悪いと見た幹部三人が逃げ出したけど、残りのハンターさんたちに回り込まれボコボコに。ギャーギャー騒いでいたけど、まだこっち終わってないからね。

そうはいっても、レティさんとローザリンデさんは圧勝、残りの一人はハンターさんに勝ったとしても後がないと悟《さと》り、武器を捨てて投降した。

まあ完勝かな。それより、ここのマフィアのボスはどこ行った？　まったく顔を見せない。まさか、俺たちの知らない逃げ道から逃げられたとか？

「み～？」

ハンターさんたちが屋敷の中の捜索《そうさく》に入り、しばらくすると一人のハンターさんが報告に来た。

マフィアのボスが部屋で死んでいるそうだ。自殺か？　と思ったら違《ちが》うらしい。さっきの幹部三人を連れて来させて尋問《じんもん》すると、この三人がこの騒ぎに乗じて殺したそうだ。王都から流れて来た別のマフィアとの抗争の中、女に現《うつつ》を抜かしていたボスに愛想《あいそ》を尽《つ》かしたらしい。憐《あわ》れだ。

屋敷の中にいた者も全て捕らえ、幹部三人の屋敷も押さえるよう向かってもらう。それ以外のハンターさんたちには、捕らえた者を縛《しば》って牢《ろう》まで連行してもらう。中には女性やお子ちゃまもいたけど、一度牢に入れることにした。お子ちゃまに罪はないけど、これぱかりは仕方がない。そんな縛られた姿を見るのは、なかなかに辛《つら》いものがある。

「みぃ……」

屋敷の中に入り、また全て収納。この屋敷は土地もそうだけど、代官屋敷より広い。マフィアの兼《けん》拠点だけはある。なので、金品、武器、酒、食糧《しょくりょう》などがたんまり。どれだけ悪どいことをしてきたんだよ。こんな組織潰《つぶ》して当然。必要悪？　そんなものゴブリンに食わせちまえ！

「み～！」

ミーちゃん、過払《かばら》い金は返却《へんきゃく》します。

グレンハルトさんのほうは苛烈《かれつ》を極《きわ》めた戦闘《せんとう》になったと聞いている。グレンハルトさんたちが相手にしたのは、王都から追われたマフィアの集団。もうここが駄目《だめ》なら後がない、背水の陣《じん》だったせいで死に物狂《ものぐる》いで抵抗《ていこう》。敵味方、大勢が死傷した。

「味方にこんなに被害《ひがい》が出るなんて……」

「みぃ……」

「気にすることはないさね。この依頼《いらい》を受ける受けないは己《おのれ》の判断。それに、この町を少しでもよくしようと戦い死んだのさ。本望《ほんもう》さね。ご領主様は死んだ奴《やつ》らのためにも、この町をよりよい町にしてくれればいいのさね」

ヘルダギルド長はそう言ってはいるけど、辛《つら》い表情に変わりはない。

夜が明ける前に、レティさんと義賊《ぎぞく》ギルドが調べた、小さな悪徳金融《きんゆう》や悪徳商会なども潰《つぶ》して回る。中には町の地区長までいたのには唖然《あぜん》。この町はどこまで悪が蔓延《はびこ》っているのだろうか。

「みぃ……」

全《すべ》てが終わり、怪我人《けがにん》の治療《ちりょう》を終えた後、悲しい気持ちを吹《ふ》き飛ばすため、盛大《せいだい》に打ち上げを行う。こんな時だからこそ祝いごとは盛大にして、笑顔《えがお》で死者への弔《とむら》いにしたい。

マフィアから押収《おうしゅう》した酒と食 糧《しょくりょう》の一部を提供。亡《な》くなったハンターさんにはヘルダギルド長が責任を持って対応すると言っている。養っている家族がいる場合には俺《おれ》からも見舞《みま》い金《きん》を渡《わた》し、今後の生活についても相談に乗ることを伝えてもらう。

夜が明けると町は騒然《そうぜん》とした雰囲気《ふんいき》に包まれた。寝《ね》ている間に、闇《やみ》ギルドが一掃《いっそう》されたのだ。驚《おどろ》くのも無理はない。どうやら、酔《よ》っぱらったハンターさんたちが、起きてきた町の住民に今回の件を触《ふ》れ回ったらしい。

今回の件でブロッケン男爵《だんしゃく》は悪を許さないと領民に知ってもらい、腐《くさ》り切った支配階級と人を人と思わない闇ギルド連中を一掃して、人が人としての基本的人権を侵害《しんがい》されない生活を送れるようになったと理解してもらいたいね。

「み～」


俺とみんなは少しの間仮眠《かみん》をとり、捕《と》らえた者の後始末を行う。領主となった以上、人に任せて目を背《そむ》けることは許されない。

闇ギルドの幹部はすべて死罪。その日のうち俺が立ち会いのもと刑《けい》を執行《しっこう》。残りの下っ端《ぱ》連中は、ニクセの鉱山での強制労働という名の島流し。島流しとは聞こえがいいけど、罪人の家族以外は生きて人生をまっとうするのは稀《まれ》。鉱山内の最も危険な場所の作業になる。ただし、仕事以外の待遇《たいぐう》は普通《ふつう》の作業員よりいい。常時、死と隣《とな》り合わせだから、簡単に死なれても困るからだ。

それと、今回捕《つか》まえた女性と罪人の家族で十四歳《さい》以上の少年少女も、罪人として鉱山送りになる。鉱山の町で五年間の期限付きの下働きになり、その後は放免《ほうめん》。すべての罪人たちは鉱山を仕切っているドワーフ族に預けられることになる。

それより小さいお子ちゃまたちは、マフィアの拠点《きょてん》の館《やかた》を改装して孤児院《こじいん》を作り、そこに入ってもらう。早急に改装を行い、人の手配をしないといけない。レティさんとの約束でもある。

あとの細々としたことはグレンハルトさんに任せた。品行方正なグレンハルトさんなら任せても安心だろう。盗賊《とうぞく》ギルドのほうも傭兵《ようへい》として出て行った後に、アジトを襲撃《しゅうげき》する計画である。ヘルダギルド長と義賊ギルドにも要請《ようせい》はしてあるので問題はないと思う。

🐾

レティさんを連れてうちに戻《もど》り、翌日うちの白狼《はくろう》一頭を連れてニクセに向かった。

ニクセの役所に行くと、リンガードさんからヴィルヘルムの商業ギルドから人が来ていますよ、と言われたので会いに行く。リンガードさんが用意した宿に泊《と》まっていたみなさんに挨拶《あいさつ》してから、ブロッケン山経由でフォルテに向かうよう指示したら驚かれた。

「我々に死んでこいと言われるのですか？」

「なにを言ってるんですか！　勘違《かんちが》いしてるようですが、ブロッケン山の街道《かいどう》は安全安心！　一応、より安全のためにこの白狼を一緒《いっしょ》に行かせますので、一切《いっさい》心配には及《およ》びません」

全員が怪訝《けげん》な顔をしているので、この白狼はブロッケン山の主の配下でこの狼と一緒にいればほとんどのモンスターから襲《おそ》われないと説明。まあ、襲われてもこの白狼が撃退《げきたい》するだろうしね。

「それを信用しろと？」

「信用してもらう以外ないですね。わざわざ集めてもらった人材を、無駄《むだ》に死なせると思いますか？

無駄に死なせるくらいなら、過労死で死んでもらいたいです！」

「み～！」

「「「……」」」

うん。みんな納得《なっとく》してくれたね。

妖精族《ようせい》のみなさんも街道の整備をしているはずだから、そうそうモンスターに襲われることはない。ハンターさんたちも、それなりの腕《うで》の持ち主のようだし問題なさそう。フォルテに着いたらグレンハルトさんを訪ねるように言っておく。

神猫商会《かみねこ》で働く二人はそのままハンターさんの一PT《パーティー》護衛の下《もと》、馬車でベルーナに向かってもらう。もう一台の馬車と残りのハンターさんたちはフォルテで依頼終了《しゅうりょう》となる。

「よろしく頼《たの》むよ」

「み～」

「ウォン！」

ベルーナの屋敷《やしき》に戻って今回集めたものを、ルーカスさんとカティアさんとで検品。部屋に入り切らないので、外の馬屋の横の倉庫で行った。ミーちゃんに少しずつ出していってもらう。

「凄《すご》いの一言ですね」

「お金だけでも、今回王国から頂いた金額に匹敵《ひってき》します」

確かにお金だけで倉庫の一画を占《し》めている。でも、このお金のほとんどがフォルテの町やその周辺の村々から不当に上納させたお金。返せる分は返そうと思う。今回、押収した書類関係はグレンハルトさんに渡してきた。役所の人たちと内容の裏を取る作業をしている。寝る暇《ひま》もなくね。

まあ、数日後に応援《おうえん》が行くからそれまで頑張《がんば》れ！

そこで確認《かくにん》が取れたものから、お金を返却していく予定。身売りされた者もいるので、そういった人たちは最優先で助けるように指示はしてきた。

闇金融などの借金はすべて帳消しにしようかと思ったけど、グレンハルトさんから待ったがかかる。金を借りた者の中には自業自得《じごうじとく》の者も多くいるので、そんな者を助ける必要はないとのこと。なので、そういった者の債権《さいけん》は優良な金融業者に売ることになった。やっぱり、いい意味でも悪い意味でも、借りたものは返さないといけない。ご利用は計画的にだ。

逆に、多く利子を支払《しはら》った者には返却もする。過払い金は返却です！

「み〜！」

収納してきた家具などの家財道具は、いい物らしく高く売れるそうだ。衣類はさすがに売れないだろうと思ったけど、意外と中古の衣類を専門に扱《あつか》う商会があるそうだ。武器防具類は売る当てがあるので保留。酒も同じ。食料品はほとんどが保存食なので使い道はいくらでもある。干し肉などは牙王《がおう》さんが喜ぶ。ほかにも塩漬《しおづ》けのお肉や魚、小麦粉などがある。

絵画などの美術品や宝石などのアクセサリーはウイラー道具店行きかな。シュバルツさんなら高く売ってくれるだろう。美術品などはニーアさんにも見せたほうがいいのだろうか？　後で何か言われそうだから先に見せておこう。そういえばシュバルツさんに、男爵になったことを伝えてないね。シュバルツさんも隠《かく》しているけど元は男爵、何か言われるかな？

そして、孤児院はこのベルーナにも作る予定。王都中心部には孤児院に適した土地建物が余っているとは思えない。あったとしてもおそらく高すぎて買えない。となると、大きな屋敷は北区の貴族街になる。現実的ではないな。

それなら思い切って、うちの敷地内《しきち》に作ればいいのではと思った。問題は建物、現在うちの屋敷の隣《となり》に商隊の護衛をしてくれる妖精族さん用の宿泊施設《しゆくはくしせつ》が建設中。ついでにうちのお風呂《ふろ》も男女別に改装中。これに孤児院の建物までとなると大工さんたちもお手上げか？

そこで、屋敷を移築することを考えた。うちの屋敷は王族の別荘《べつそう》をここに移築した。それを専門にやっている業者がいる。屋敷はフォルテの闇ギルドから没収《ぼっしゆう》した屋敷を使えばいい。手頃《てごろ》な屋敷はいくらでもある。そうと決まれば、さっそく商業ギルドで聞いてみよう。

「これはブロッケン男爵様。ご依頼の人材は間もなく揃《そろ》いますので、もうしばらくお待ちください」

「そうですか。それは助かります」

「み～」

「それで、今日はどのようなご用件ですか？　神猫商会様の店舗《てんぽ》でしたら今少しお時間をいただきたいと思います。今、よい物件があり持ち主との交渉《こうしよう》中でして、決まり次第《しだい》見ていただければと思っております。必ずや気に入っていただける物件ですので」

「いい報告を期待しています。今日、ここに来たのは建物を移築する業者を紹介《しようかい》してほしいのです」

「新築ではなく、移築でございますか？」

「新築でも構わないのですが、急ぎなので移築のほうが早く終わると思いまして」

「確かに時間は新しく建てるよりは早く済みますが、決してお安くはないですよ？」

「構いません。屋敷はフォルテにありますのでお願いしたいと思います」

「み～」

ちょうど、移築の専門業者が王都に来ていてすぐに話が付いた。屋敷を移築した後の改装をしてくれる業者も一緒に紹介してもらえた。今回は即金《そっきん》でお金を払《はら》うので商業ギルドは各業者への仲介《ちゅうかい》手数料で、俺とのｗｉｎ－ｗｉｎの関係にニコニコ顔だったね。

あとはそこでお子ちゃまたちの世話をしてくれる人を探さないと。これも商業ギルドに頼もうかと思ったけどやめた。孤児院の運営に利権の絡《から》んだ者は入れたくない。孤児院は純粋《じゅんすい》な慈善《じぜん》事業でなければならない。じゃないとそこで育つお子ちゃまたちは、真《ま》っ直《す》ぐ育たないと思う。お金というだけの繋《つな》がりで働く人では、お子ちゃまたちに注ぐ愛情に限界がある。本当の我が子のように愛情を注いでくれる人っていないかなぁ。

うちに帰り、ルーカスさんに相談してみると、

「そうですね。子を亡くした方や夫を亡くした方なら働いてくれると思いますが……」

「責任者、ですか？」

「はい。多くの孤児を集めるとなれば、周りに目を配れる方でないと問題が生じかねないかと」

孤児院の院長が必要か。働いてくれている方を統括《とうかつ》し近隣《きんりん》の住民とも上手《うま》くやれ、尚且《なおか》つお子ちゃまたちにまで目を配れる。そんな人、神猫商会に欲《ほ》しいくらいだよ。

「あのぅ。教会にお願いしてみては如何《いかが》でしょうか？」

「教会？」

「フローラ神は愛と慈悲《じひ》の神です。教会でも孤児院を持っていますので、我々の孤児院にも手を貸していただけるのではないでしょうか」

カティアさんの言うフローラ神……ポンコツ神様のお姉さんだよね？

「み～」

教会ってあんまり馴染《なじ》みがないんだよね。神社だってお正月ぐらいしか行かなかった。一応、この世界の神様については調べてある。この世界を造った神様は別にいるが、主神はフローラ神でその下に色々な神様が従属神としている。

教会として崇《あが》めているのはフローラ神だけど、場所によっては従属神も一緒に祭っている。例えば、フォルテだとフローラ神と豊穣《ほうじょう》を司《つかさど》る神様を祭っているね。まあ、日本と同じ多神教だ。

「頼んで来てくれるものなのでしょうか？」

「み～？」

「お願いする価値はあると思います。教会が孤児院に手を貸してくだされば、近隣の方々も安心するでしょうから」

どうなのだろう？　宗教って正直怖《こわ》いイメージがある、向こうの世界がそうだった。それこそ利権が絡んできそう。できるなら、近寄りたくなかったのだけど……彩音《あやね》さんがいてくれたらなぁ。ポンコツ神様のお姉さんだし、一度も挨拶なしってのもなんだから挨拶がてらに行ってみようか？

「み～」

ミーちゃん、ポンコツ神様のお姉さんに神託《しんたく》をもらい、忠実なる信徒を得る。

思ったが吉日《きちじつ》。さっそく教会に行ってみる。ルーくんとラルくんはお散歩だと嬉《うれ》しそうについて来た。人気者のルーくんとラルくんがうちの敷地《しきち》から出ると、お子ちゃまたちが寄ってきて、さあ大変。なんとか、お菓子《かし》を配って見逃《みのが》してもらう。お子ちゃまたちの中にはスラムの子たちもチラホラ交じっている。この子たちのためにも早くなんとかしないとね。

「み～」

教会は町の中央広場の前にでーんと構えていた。いや、知っていたよ？　いつも見ているから。でも、中に入る気はまったくなかった。意を決して教会の入り口をくぐる。ルーくんとラルくんも中に入って来たけど大丈夫《だいじょうぶ》かな？

教会の中は重厚《じゅうこう》感と清澄さを漂《ただよ》わせているのに、どこか安心感にも包まれる。どこでお祈《いの》りをすればいいのかとキョロキョロしていると、白いローブに身を包んだ女性が話し掛《か》けてきた。

「教会は初めてですか？」

「はい。初めてです。この子たちも中に入れてよかったですか？」

「ええ、神は如何《いか》なる生き物にも、分け隔《へだ》てることなく慈悲《じひ》をくださります」

「それは魔王《まおう》もですか？」

「はい。魔王であってもです。かの者もこの現世に生まれ苦しんでいる一人。その苦しみも祈り信じれば、神のご慈悲により救われます」

凄《すご》い博愛主義だね。

「み～」

女性の神官にお祈りをしたいのでどこですればいいか聞くと、個室があると言って案内してくれた。案内された部屋は畳《たたみ》二畳《じよう》分くらいの部屋で、小さな祭壇《さいだん》に神様の像が飾《かざ》られているけど、顔はのっぺらぼうだ。偶像崇拝《ぐうぞうすうはい》禁止みたいなのがあるのかな？

ミーちゃん、ルーくん、ラルくんも厳《おごそ》かにお祈り……していると思う。俺《おれ》もお祈りというか現状のご報告と、ミーちゃんが地球の神様の所に帰れるのか、それと彩音《あやね》さんが神様の元に行けたのかを心の中で問いかけてみた。

すると、ミーちゃんバッグの中に収納されていたはずのハウツーブックが、光に包まれ宙に浮《う》かんでいる。これは、あれかな？　神託ってやつなのかな？　ハウツーブックの後ろのほうに何か書かれているのかもしれない。ミーちゃんたちもびっくりした顔で、宙に浮いているハウツーブックを見ている。しばらくすると、光が収まりハウツーブックが落下した。

手に取り中を確認《かくにん》すると、やはり書かれていた。前にポンコツ神様の愚痴《ぐち》が書かれていた場所が一切合切《いっさいがっさい》消えていて、新しくフ、ロ、ー、ラ、神、の、愚、痴がつらつらと書かれている……間違《まちが》いなく姉妹《しまい》だ。

内容は、もともと地球の神は自分で、途中《とちゆう》から創造神である父からの命令で妹に譲《ゆず》った。せっかく育てた地球を妹に取られて面白《おもしろ》くない。理由は今の地球は娯楽《ごらく》にあふれているのに対して、こちらの世界には娯楽が少ないと嘆《なげ》いている。神様って結構フリーダム？

そして、案の定最後のページに虫眼鏡で見ないと読めないような小さい文字で、大事なことが書かれていた。ポンコツ神様の姉はやっぱりポンコツ神様だったか……。

「みぃ……」

ミーちゃん、お恥《は》ずかしい限りですって、前脚《まえあし》で顔を隠《かく》してウネウネ。か、可愛《かわい》いです！

それはさておき、書かれていた内容は、孤児院《こじいん》に関しては良い考えなので教会に手伝いをさせる。その際にこの教会にいる次席神官長に話をするようにとある。

なぜに次席神官長？

「み～？」

読み進めると、今の神官長は既《すで》に信仰心《しんこうしん》がなく、近々神罰《しんばつ》が下ると書いてある……怖《こわ》いわぁー。なので、信仰心MAXの次席神官長に個人的に神託を出すとも書かれていた。

彩音さんに関しては、神の眷属《けんぞく》として向かい入れようとしたそうだけど、彩音さん自身が断ったそうで、この世界で輪廻《りんね》を繰《く》り返すことを望んだそうだ。来世は少し恵《めぐ》まれた環境《かんきょう》の所に生を受けるように細工するとも書かれている。今度は、辛《つら》く苦しい思いをしない生涯《しょうがい》を送ってほしい。

そして、最後にミーちゃんのことが書かれている。

「み～？」

結論、地球のポンコツ神様の下に戻《もど》るのは現状難しい。たとえ神であっても別の世界に行くには創造神の許可が必要になり、そうそう簡単には許可がおりない。もちろん、スキルによって道を開けば大罪。神罰の対象になり、神猫《かみねこ》といえどもアウト。

それでは神界に戻るのは無理なのか？　いや、いくつかの方法がある。この世界のどこかにこの世界の神界へ繋《つな》がる場所があり、そこから戻る方法。もう一つがミーちゃん自身の力でこの世界の神界に戻る方法。ミーちゃんは神猫なので修行《しゅぎょう》をすればそういう力を使えるようになるらしい。

しかし、ここで一つの問題がある。この世界の神界は地球の神界とは別。つまり、この世界の神界に行けたとしても、向こうの世界の神界には行けないのだ。向こうの神界に行くには、結局、創造神の許可がないと駄目《だめ》らしいね。

でも、最後の行に創造神《おとうさん》は大の猫好きだから、なんとかなるんじゃない？　と書かれていた。神様、軽いね……。

ということで、まずはこの世界の神界に行くのが目標となった。創造神様がモフラーなら、ミーちゃんを見て撫《な》でればイチコロなのは間違いない。意外と簡単に落とせるかも。それにモフラーなら仲良くなれそうな気もするしね。

「み～♪」

部屋を出ると白いローブを着た初老の男性が立って待っていた。

「ネロ様ですね。フローラ神様より話は聞いております。どうぞこちらへ」

どうやら、この人が次席神官長のようだ。おとなしくみんなを連れてついて行く。質素というより、機能美というような部屋に案内された。

「ちゃんとした部屋に案内したかったのですが、なにぶん神官長の目がありまして……。フローラ神様のお使いの方を、私の部屋などに案内しましたこと、お許しください」

フローラ神様のお使い？　誰《だれ》それ？

「フローラ神はなんて言ってたんですか？」

「我が眷属に連なる者を遣《つか》わす。便宜《べんぎ》を図《はか》れ。との神託を頂きました」

ふむ。確かに間違いではない……間違いではないが、何かが違う。説明が足らんだろう！　やはり、ポンコツ神様なのか！　ポンコツなんだな！

かといって、ミーちゃんが神猫だとは、間違っても言えない。

「いやだなぁー。ちょっとだけ、知り合いだからって眷属に連なる者だなんて。フローラ神も大袈《おおげ》裟《さ》ですよねぇ」

「フローラ神様を知り合いと呼べること自体、畏《おそ》れ多いのですが……」

あっ、やっちまった。その場を沈黙《ちんもく》が支配する。

「と、取りあえず、眷属に連なる者は置いといて。お願いがあります」

「何なりとお申し出ください。我が命に代えてでも使命をまっとうする所存です！」

「み～！」

重い……そして濃《こ》ゆいよ～この人。もっと軽く、フレンドリーにいこうよ。疲《つか》れるからさぁ。

ミーちゃん、目をキラキラさせ、忠実なる我が信徒よ！　ってドヤ顔で胸を張っているし。

次席神官長の名はヨハネスさん、話をしていてわかるけど真面目《まじめ》な方だ。だいぶ熱心な信徒みたい。そんなヨハネスさんに孤児院の件を話すと泣き出す始末。さすがは神の眷属様～、一生ついていきますってね。ついて来なくていいです。面倒事《めんどうごと》は勘弁《かんべん》して下さい。

孤児院の件は快く引き受けてくれた。問題は神官長だ。完全なる俗物《ぞくぶつ》でお金のことしか頭になく、最近では酒や女性に現《うつつ》を抜《ぬ》かしている。クズだゴミだカスだ。なので、ヨハネスさんに近々その神官長に神罰が下ると伝え、その後の準備をしておくように言っておく。

よくわかっていない顔をしているので、次の神官長はあなたですよと言うと、その場でひれ伏された。俺にされても意味ないです。ほら、さっさと立ってください。こんなところ誰かに見られたとしたら、厄介《やっかい》ごとが増えるだけだ。それでなくとも、最近魔王呼ばわりされているのに、神官それも次席神官長をひれ伏させたなんて知れたら、魔王どころか邪神《じゃしん》認定されかねない。それだけは勘弁してほしい……神猫の保護者として。

さて、中央広場に来たついでにゼストギルド長に挨拶《あいさつ》していこう。ユーリさんの件もある。ハンターギルドに入るとカイとテラが可愛い笑顔《えがお》でご挨拶をしてお出迎《でむか》え。ミーちゃんとルーくん、ラルくんもちゃんとご挨拶を返す。ルーくんとラルくんはカイとテラとお鼻をくっつけ合い、ミーちゃんはペロペロしてあげている。

「ハァ……。ネロくんが来ると、仕事が滞《とどこお》るのよねぇ。それで、今日は何の用？」

パミルさん、酷《ひど》い言い方、失礼ですよ。仕事が滞るのは俺のせいではありません。ミーちゃんたちが可愛いからです。モフモフに罪はないです。悪いのはモフモフの誘惑《ゆうわく》に負ける自制心の弱いギルドのお姉さんたちです。言葉に出して言う勇気はないですけど。

そして、パミルさんの仕事が滞る原因がこいつだ。

「猫さま〜」

「み〜」

ハンターギルドきってのさぼり魔。プルミ、仕事しろ！

「本日の用件は、ゼストギルド長にいろいろとご挨拶をと」

「わかりました。ブロッケン男爵《だんしゃく》様のお願いでは断れません。ご案内致《いた》します。それにしても、ネロくんが男爵様ねぇ……。こないだ会ったばかりの、子猫を連れたひ弱な少年がねぇ」

感傷に浸《ひた》るのは構いませんが、ギルドのお姉さんたちの目が殺気立っている。早く行けって、手をワキワキさせている。その様子にプルミがビビっている。ミーちゃん、ちょっと行ってくるね。

「み〜」

パミルさんに案内されギルド長室に入ると、ゼストギルド長は書類に埋《う》もれている。死んでないよね？　ゼストギルド長？

「生きてますか？　ギルド長。ブロッケン男爵様がお越《こ》しですよ」

「パミル君、いっそ殺してくれ……。ブロッケン男爵様？　なんじゃ、ネロくんではないか」

「そのネロくんが男爵位を授《さず》かったって、こないだお話ししましたよ」

「そんなこともあったかのう？」

そんな漫才《まんざい》を眺《なが》めつつ、ソファーの上の書類を片付ける。座《すわ》る場所がない。なんとか三人で座る場所を確保し一息つく。パミルさんがお湯を沸《わ》かし、ゼストギルド長がお茶を淹《い》れてくれる。

「ネロくんが貴族とはのう。何とも珍妙《ちんみょう》じゃな」

「俺もそう思います」

「ブロッケン男爵ということは、ブロッケン山が領地かのう？　名ばかりの貴族ではなかろう？」

ゼストギルド長にしては珍《めずら》しく全然情報を持っていないようだ。それだけ忙《いそが》しかったのかな？　なので、簡単にこれまでの経緯《けいい》を説明する。

「時代は進んでおるのじゃな……。グレンの奴《やつ》が代官とはのう」

「もともと、ハンターを引退すると言っていました。俺としては願ってもない人材でした」

「グレンは気性《きしょう》も穏《おだ》やか、性格も真面目《まじめ》だから、宮仕えには合っておるからのう」

ユーリさんの件もお礼を言っておく。

「なに、寿 退社《ことぶきたいしゃ》では仕方あるまい。ユーリくんにあそこまで慕《した》われておるネロくんが羨《うらや》ましいのう。式には呼んでくれるのじゃろう？」

えっ？　ユーリさんが寿退社？　寿退社って結婚《けっこん》するの？　誰と？

「ユーリさん、ハンターの独身男性の憧《あこが》れの的だったからねぇ。ネロくん恨《うら》まれるわよ～」

「俺が恨まれる。なぜ？」

「なぜって、ユーリさんと結婚するからじゃないのよ～。もう、ネロくんわざわざ言わせるなんて、私に対する嫌味《いやみ》にしか聞こえないぞ！　こいつぅ～♪」

頭を小突《こづ》かないでください。痛いです。ん？　おや？　そうなの？　俺と結婚するの？　いつの間に決まっていたんだ？　ユーリさんほどの美人で才女が俺と結婚？　そりゃあ、凄い。

って、えぇー!?　どうなっているのよ！　誰か説明プリーズ！

ミーちゃん、ネロの婚約《こんやく》を祝福します。

なにがなんだかよくわからないが、ゼストギルド長たちに笑って誤魔化《ごまか》す。

なので、強引《ごういん》に話を変えて、ゼストギルド長がこんなに忙《いそが》しい理由を聞いた。

「ロタリンギアのせいじゃよ」

「何かあったんですか？」

「ネロくんもどうせ知るじゃろうが、ロタリンギアがルミエールに対し国交を断絶したんじゃ」

ほう。それは由々《ゆゆ》しき事態。完全に国境が封鎖《ふうさ》されれば、いろいろ困ったことになる。

というより、あんなことがあったのに、まだ国交があったそちらのほうが不思議だ。

「儂《わし》がロタリンギアに潜《もぐ》り込《こ》ませとるハンターと連絡《れんらく》が取れんのじゃ。本部も斥候《せっこう》のハンターを潜り込ませとるので大騒《おおさわ》ぎじゃ」

「戦争ですか？」

「わからん。情報がなさすぎる」

「そんな状態の時になんですが、ゼストギルド長にお願いがありまして……」

「これ以上は体がもたんて……まあ、言うてみい」

目の下に隈《くま》ができているゼストギルド長には申し訳ない。だがしかし、立っている者は親でも使えっていうからね。親じゃないけど利用させていただきます。

「私兵団を作るので、その兵士になってくれる人たちの斡旋《あっせん》をお願いしたいなぁ。なんて？」

「領地持ちの貴族になった以上、私兵団を持つのは仕方がないじゃろう。しかし、ハンターを雇《やと》いたいということじゃろうが使いづらいぞ？」

「急なので仕方ありません。徐々《じょじょ》に兵の募集《ぼしゅう》はしていきます。それに、私兵団の長はグレンハルトさんにお任せしますので問題ないでしょう」

グレンハルトさんは、ハンターで知らない者はいない五闘招雷《ごとうしょうらい》の一人。その人の下《もと》で働けるなら意外と文句も出ないのではとも考えている。

「グレンも大変じゃのう。ブロッケン男爵殿《だんしゃくどの》の頼《たの》みでは断れん。だが、儂一人では集められる数はたかが知れとるぞ？」

「フォルテのヘルダギルド長にも頼みます。それに、クイントに用事があるのでセリオンギルド長にもお願いしてくるつもりです」

「セリオンはまだしも、ヘルダのひねくれババァはどうなんじゃ？」

「うだうだ言うようなら、ローザリンデさんに賄賂《わいろ》を送って、ＯＨＡＮＡＳＨＩしてもらいますよ」

「ネロくん……おぬしも悪よのう～」

「いえいえ、ゼストギルド長に比べれば、俺《おれ》などまだまだ未熟者」

「「ハッハッハッ！」」

パミルさんが俺とゼストギルド長を、馬鹿《ばか》を見るように呆《あき》れている。ノリが悪いですよ？

あまり長居してもご迷惑《めいわく》なので、人材提供のお礼も兼《か》ねて、ミーちゃんのミネラルウォーターを一本ゼストギルド長に進呈《しんてい》してお暇《いとま》する。パミルさんがそれを見て、ギョッとした顔を見せていたけど、そ知らぬふりをしてハンターギルドを出て来た。ギルドのお姉さんたちの恨《うら》めしい目線を巧《たく》みに交《か》わして、みんなを連れ出す技《わざ》は我ながら称賛《しょうさん》に値《あたい》する。

せっかくなので、ウイラー道具店にも寄って行こう。

お店の中にはお金持ち風のお客さんが何人かいて、マルコさんとフィオリーナさんが接客し、それをシュバルツさんが見ている。試験を採点している教官のようだ。

「これはミー様、ネロさん。それに白白ちゃん、ようこそおいでくださいました。どうぞ中へ」

シュバルツさんはマルコさんに目配せしてから、カウンターの裏の部屋に案内してくれた。俺にはお茶を、ルーくんとラルくんには牛乳を、ミーちゃんは俺が出すミネラルウォーターしか飲まないのを知っているので皿だけを出してくれる。ミーちゃんにお皿にミネラルウォーターを出してあげると、ペロペロと勢いよく飲む。にしても、シュバルツさん白白ちゃんって……。

「おや？　皆様《みなさま》少々お疲《つか》れのご様子。如何《いかが》なさいました？」

「ハンターギルドのお姉さんたちに癒《い》やしを提供していたので、ちょっと疲れたのかな？」

「確かに皆様であれば最高の癒やしでございますね」

「み～」

「がう」「きゅ～」

ミーちゃんたちも自分たちが癒やしを与《あた》えることに誇《ほこ》りに思っているからね。シュバルツさん、ミネラルウォーターを飲み終えたミーちゃんを抱《だ》っこして撫《な》で始める。どうやら、シュバルツさんも癒やしが必要なようだ。

「王都には知り合いが多いもので……仲のよい者ばかりとは限りませんから、致《いた》し方ありません」

なるほど、男爵時代の繋《つな》がりがあるのだろうね。良い意味でも、悪い意味でも。

「先日はペロさんが多くのお客様をお連れになり、買い物をしていってくださいました。いろいろ買っていただいて大変恐縮《きょうしゅく》でございます」

「ははは……ウイラー道具店は良い品が多いですから、迷宮探索《めいきゅうたんさく》に行く彼《かれ》らにはいい買い物ができたと思いますよ」

ペロには遠慮《えんりょ》という言葉を必ず覚えさせる！　請求書《せいきゅうしょ》が届いて金額を見た時には、乾《かわ》いた笑いしかでなかったね……。

「ほう。迷宮探索ですか？　白亜《はくあ》の迷宮は現状入れないと伺《うかが》っておりますが？」

「クイントの町の近くに流れ迷宮ができたんです。ゴブリンキングのせいで迷宮探索に出るハンターがいないようなので、王都のハンターギルドにも迷宮探索の依頼《いらい》が出たみたいですね」

「流れ迷宮であれば階層の地図は既《すで》にあるでしょうから、探索しやすいでしょうね」

「いえ、それが未発見の流れ迷宮なので地図がありません」

「それはそれは、大変な探索になりますな。マッパーを雇うのは大変お金がかかります」

「メンバーにマップスキル持ちがいますので、お金はかかりません。ははは……」

そのマッパーは俺なのだけどね。

「み～」

　さて、シュバルツさんほどの人なら、俺が男爵になったのは知っているはず。このまま黙《だま》っているわけにもいかないので、こちらから切り出して話してみる。さりげなくね。

「そういえばですねぇ。今度、男爵位をもらいました」

「そうですか……。やはり、ネロさんのことでしたか。友人などから子猫《こねこ》を連れた若者が、新興の貴族に拝命されたと聞いてはおりましたが……」

「ブロッケン山とフォルテかニクセに、ウイラー道具店の支店を出しませんか？」

「そ、そうですね。考えておきます。ですが、貴族となった以上気を付けなければいけませんよ。貴族は相手を蹴落《けお》とすことしか考えず、足の引っ張り合いが常ですから」

「そんな人ばかりなんですか？　まだ少しの貴族としか会ったことがないので」

　ルーくんを攫《さら》った馬鹿貴族に東辺境伯《へんきょうはく》とその道化師《どうけし》。そんな人ばかりだな。

「そのうち、嫌《いや》でも会うようになります。近時ではレーネ姫様《ひめさま》のお誕生日祝賀会でしょうか。ネロさんも出席しなければならないでしょう」

「面倒《めんどう》ですねぇ」

「仕方ありません。それが貴族の仕事の一つですから」

「話し相手がいないのもなんですから、シュバルツさんのお知り合いを紹介《しょうかい》してくださいませんか？　なにぶん貴族に知り合いがいないもので」

「ネロさんは派閥《はばつ》的にはどの派閥になるのでしょうか？」

「派閥？」

何それ？　大きく分ければ派閥は国王派と貴族派。国王派の中にも宰相《さいしょう》派、北辺境伯派などに分かれ、貴族派も今はほぼ壊滅《かいめつ》したが東辺境伯派、西辺境伯派などに分かれる。小さい派閥もいくつかあるらしいけど、間違《まちが》ってもそれらの派閥には入ってはいけないとも釘《くぎ》を刺《さ》された。

「国王派の宰相派ですかね。北、西ともに辺境伯には会ったことすらないので」

「わかりました。何人かに声を掛《か》けておきましょう。ですが、紹介されたからと言って信用してはいけませんよ。自分の目で見て信頼《しんらい》できる者を見つけなければならないのが貴族社会です」

「ご教授、感謝します」

うちに戻《もど》るとキッチンでみんながお茶を飲んでいたので、あの疑問を投げかけてみた。

「俺とユーリさんって結婚《けっこん》するって知ってた？」

「何を当たり前のことを言っているんですか！　私たちはユーリ様をちゃんと将来の奥方様《おくがたさま》として接していいます！　旦那様《だんなさま》とはいえ、失礼なこと言わないでください！」

ヤナさんがプンプンしながら言ってきた。ほかの面々も何を今更《いまさら》言っているんですか？　って顔をしている。ミーちゃんたちを連れてリビングのソファーに座《すわ》って考える。

「当然なの？」

「み～」

「え!?　そうなの？」

「み～」

「ミーちゃんもそう思ってたの？」

「み～」

「がう」「きゅ～」

「……」

みんなそう思っていたのだね……。心当たりはあるようなないような。でも、俺ってプロポーズをしたのかな？　記憶《きおく》にないのだけど……。

「みぃ……」

そうかぁ、俺結婚するんだぁ。向こうの世界で彼女《かのじょ》いない歴十八年の俺が、異世界に来て彼女を飛ばして奥《おく》さんができちゃうなんて、わからないものだねぇ。それもユーリさんみたいな才女で美人でボンキュッボーンな女性と結婚できるなんて、それだけでこの世界に来た甲斐《かい》があったというものだよ。向こうのポンコツ神様に感謝すべきなのだろうか？

「ミーちゃんは俺とユーリさんが結婚しても、いいと思ってる？」

「み～」

「そっかぁ、じゃあ今はまだやることが多いから、婚約ってことでいいかな？　結婚はもっと落ち着いてからだよね？」

「み～」

ミーちゃんは俺とユーリさんの結婚を祝福してくれている。ミーちゃんが嫌《いや》って言ったらどうしようかと思っちゃったよ。

となると婚約指輪が必要だよねぇ。烈王《レオ》さんからもらった宝石の原石から作ってもらおうか？　シユバルツさんに頼んで見繕《みつくろ》ってもらうのもありかなぁ。

ん？　ミーちゃんが何か咥《くわ》えているね。ミーちゃんが咥えている物をもらうと、指輪？

「み～」

幻影《げんえい》の指輪　AF《アーティファクト》　自分の姿を映した幻影を自由に出せる。時間は三十秒。ミーちゃん、いつの間にこんなAF、手に入れたの？

「み～」

前から持っていた？　指輪にはピンクの宝石が嵌《はま》っている。どこかで見た記憶が……これってまさか、烈王さんからもらった使えないAFシリーズ!?

「み～」

マジで～！　ということは俺が立てた仮説どおりなのか？　ほかにも変化した物ってある？　ミーちゃんまたなんか出してきた。フローラ神の加護の腕輪《うでわ》　フローラ神の加護が得られる。おぉー、確かに変化している。ちょっと微妙《びみょう》だけど……ポンコツ神様だからね。ほかにはないようだ。

俺の仮説どおり、AFとは神様の力を集め封《ふう》じて作られたもの。だけど、年月が経《た》ちその力が弱まってきている。そこで神猫であるミーちゃんが手元に置いておくと、神気みたいなものが溜《たま》り元のAFに戻るのではないのか。

あながち間違ってないような気がする。ほかのAFもあるから要検証だ。

それはさておき、幻影の指輪はピンクの宝石が綺麗《きれい》でデザインも可愛《かわい》らしい。ミーちゃんお薦《すす》めの指輪だから、ユーリさんに渡《わた》す婚約指輪には申し分ない。ユーリさん、喜んでくれるかな？

「み～」

みんながいないから夕飯時はとても静か。一緒《いっしょ》に食べているのはミーちゃんにレティさん、ルーくんとラルくんだけ。夕食後にレティさんと今後の孤児院《こじいん》について話しながらお茶を飲んでいると、ルーくんとラルくんが窓の近くに寄って外を気にしている。ユーリさんが帰って来たようだね。

しばらくして、ユーリさんがリビングに入ってくるとユーリさんのその豊かなお胸からカイが顔を出して、ミーちゃんに向かってピョンと飛んで来る。

「カイの飼い主としての自信が揺《ゆ》らぎます……」

「ははは……ミーちゃんはお姉ちゃんだから、仕方ないですよ」

「み～」

カティアさんがユーリさんにお茶を淹《い》れてくれる。

「今日、ゼストギルド長に会って来ました」

「え⁉」

「寿退社《ことぶきたいしゃ》だから仕方ないって」

「あ、あの、退社理由に困ってぇ……はうぅ」

「俺でいいんですか？」

「え⁉」

「俺の奥さんになると大変ですよ？」

なんか貴族になっちゃったし、偽勇者《にせ》やゴブリンキングの件もある。

「……覚えていますか？　ネロくんが迷宮で私を助けてくれた時のこと。凄《すご》く嬉《うれ》しかったんです。その後のプロポーズの言葉で心が決まりました。ネロくんについて行こうと。ネロくんこそ私のような女でいいのですか？」

あれ？　俺、ユーリさんにプロポーズしているのか？

「ユーリさん美人で頭もいい。何より優《やさ》しい。俺にはもったいないくらいです」

「ですが、私はエルフ族です。ネロくんが貴族となった今、私では不都合があるのでは……」

「そうだとしても、もともとアウトローですからねぇ。言わせておけばいいのですよ」

ユーリさんの目に涙《なみだ》があふれている。

「不束者《ふつつかもの》ですが、よろしくお願いします」

「み～」

なぜ、そこでミーちゃんが俺より先に返事をするのかな？　小姑《こじゅうと》ですか？

「ちょっと待ったー！」

あぁ、また、ややこしい人が手を挙げてきた……。

「私という者がありながら、その女と結婚とはこれ如何《いか》に？　少年！」

「な、なんだとぉー！　身も心も全《すべ》て捧《ささ》げ、お風呂《ふろ》にも一緒に入る仲なのに、そんな関係じゃないって……少年は鬼畜《きちく》かぁ！」

「私という者がありながら、」

「お風呂に入る仲……確かに入りましたが、レティさんが札を掛けるのを忘れるのが悪い！」

「ん？　そうだったかな？　まあそれはしょうがないとしてだ、私の立場はどうなる？　よしんばその女が正妻になるなら、私は愛妾で三食昼寝《ひるね》付きを要求するぞ！　少年」

こ、この人、さりげなく本音が出たよ。そこなのか？　いや、そこなんだろうな。今でもほとんど三食昼寝付きだろうが！　迷宮探索では扱《こ》き使ってやるからなぁ！

涙を拭《ふ》き笑っているユーリさんに指輪を渡す。

「これは？」

「結婚は今の状況《じょうきょう》が落ち着かないと難しいので、今は婚約ってことで待って欲《ほ》しいです」

「わかりました。私も一度故郷に戻るようにローザリンデ様に言われていますので、ネロくんの考えで問題ありません」

「なので婚約指輪です。選んでくれたのはミーちゃんですけど」

「み～」

「!?」

ユーリさんが指輪を見て驚《おどろ》く。指輪がＡＦだからか？　ミーちゃんが選んだからだろうか？

「ネロくん……これって」

「内緒《ないしょ》ですよ？」

「はい。一生大事にします」

「少年。愛妾の私には何もないのか？」

誰《だれ》が愛妾だ！　ってミーちゃん、なに勝手に渡しているのですか⁉

ポンコツ神様の加護の腕輪？　まあ、それならいいか。

「ミーちゃんは少年よりわかっているじゃないか。見習えよ、少年」

きぃー、ムカつくぅ。レティさん、ミーちゃんに感謝しなさいよ！　それ、ポンコツ神様の加護とはいえ、れっきとしたAFですからね。レティさんにAFを渡すの二個目なのですからね。

なぜか、ソファーに座った俺の両脇《わき》にユーリさんとレティさんが座る。うーん、これは両手に花なのかな？　二人とも豊かなお胸の持ち主なので、腕《うで》に当たる感触《かんしょく》がこりゃまたなんとも。膝《ひざ》の上にはミーちゃんが乗っているので、これはまさしくハーレム！　まあ、ミーちゃんと一緒に男の子のカイも乗っているけどね。足元にはルーくんとラルくんもいるし。

さあ、覚悟《かくご》を決めた一世一代の大仕事が終わったから、お風呂に入って寝《ね》ますかぁ。

「お風呂に入られるなら、ご、ご一緒しますぅ……」

「それは愛妾である私の役目だぞ」

「そ、そんなの関係ありません！」

「前にも言ったが、エルフのお嬢様《じょうさま》に『ピー』や『ピーピー』なことができるのか？」

「私はネロくんの妻になるんです！　『ピー』や『ピーピー』なことくらいできます！」

「ほう。聞いたか、少年。エルフのお嬢様が『ピー』や『ピーピー』なことをしてくれるそうだぞ」

「え⁉　あ、あなた、嵌《は》めましたね！」

うーん。お風呂を男女別に改装する必要はなかったかな？

「み～」

ユーリさんと婚約したからといって日常はたいして変わることなく、ちょっとスキンシップが多くなったのと、朝の挨拶《あいさつ》と夜寝る前にキスをしてくれるようになったくらいかな。レティさんもだけど。あー、お風呂は二人と一緒に入っている。『ピー』や『ピーピー』なこともされちゃいました。ミーちゃんも一緒に入っているのでちょっと恥《は》ずかしいかな。

夜は今までどおり別々の部屋。エルフ族は貞操《ていそう》観念が強いそうで、結婚するまでは一緒の布団《ふとん》では寝ないそうだ。風呂に一緒に入るのはいいのか？　逆にレティさんの種族はそういうことがないので、俺と一緒に寝ようとしたレティさんをユーリさんが自分の部屋に連れて行った……。

最初はエルフ族と魔族は相容《あいい》れない同士なんて言っていたから、どうなるかと思っていたけどなんやかんや言い合えるくらいに仲がいいようで安心したね。

「み～」

そうした中、商業ギルドから人材が集まったと使いが来たので、商業ギルドに来ている。ヴィルヘルムの時と同じように取りあえず全員フォルテに行ってもらい、そこで白狼《はくろう》をつけてブロッケン山を越《こ》えてニクセに行ってもらう。

「ニクセですか？　フォルテではないのですか？」

「フォルテには、ヴィルヘルムの商業ギルドから派遣《はけん》された人たちが既に向かっています。もうそろそろ着いている頃《ころ》でしょう」

「フォルテからニクセまでは如何するおつもりですか？」

「ブロッケン山越《やまご》えで向かってもらいます。ヴィルヘルムからの人たちも、ブロッケン山を越えてフォルテに向かいました。なんら問題はありません。安全安心ですよ」

「はぁ……」

ヴィルヘルムからベルーナに向かっている馬車とハンターさんたちに、帰りもヴィルヘルムまで護衛の依頼をするつもり。最初は一組の馬車とハンターさんはフォルテで依頼完了《かんりょう》にするつもりだったけど、全員ベルーナに来てもらう。それのほうが効率がいいからね。あとでフォルテに行ってグレンハルトさんに話をしてこよう。

レティさんと一緒にフォルテのグレンハルトさんに会いに行くと、孤児院で働いてくれる人を数人雇ったそうだ。雇った人はこの前のマフィア襲撃《しゅうげき》の際に亡くなったハンターさんの家族。問題は孤児の中にはそのマフィアの子も含《ふく》まれている。だけど、それも理解したうえで子に罪はないと言ってくれたらしい。孤児院の院長も、教会から派遣されることになっている。人も揃《そろ》ったのでスラムなどから孤児を集め始めたほうがいいのかも。レティさんにお任せしよう。

ニクセからフォルテに向かっている人たちも、もう着く頃。少しは仕事量が減るはずですと言っておく。ベルーナでも人材が揃ったと伝え、ヴィルヘルムから護衛して来たハンターさんたちと馬車をそのまま依頼を延期して王都に来てもらうように頼んでおいた。

やっと一段落ついたね。

「み～」

ミーちゃん、お宝を鑑定《かんてい》してもらう。

「よく来たな。眷属殿《けんぞくどの》。ネロ、エール！」

「み〜」

はぁ……。俺《おれ》への挨拶《あいさつ》はなしですか？　まあ、エールは出しますけどね。

冷えたエールとこの間烈王《レオ》さんが気に入った枝豆を出す。ミーちゃんが目をキラキラさせてフミフミを始める。本当に気に入っちゃったみたいだね。しょうがない、テーブルを用意しよう。

「み〜！」

「そんなもの出して、何をするつもりだ？　ネロ」

キッラッキッラの目をしたミーちゃんをテーブルの上に乗せて、エール片手の烈王さんを引っ張って来てミーちゃんの前に座らせる。

枝豆をミーちゃんの足元に置き、

「ミーちゃんに近づいて口を開けてください」

と烈王さんに指示を出す。嫌《いや》だと言われればそれまで。

「こうか？　あ〜ん」

「み〜！」

そんな軽い烈王さん、大好きです〜！　とミーちゃんが申しております。

ミーちゃんの目がキラリン☆と光り、左肉球で枝豆のさやを押《お》さえ右肉球で豆部分を押し出す。

ミーちゃん、やる気が出すぎて力が入りすぎたせいか、枝豆がだいぶ右側に飛んでいく。

「みっ⁉　みぃ……」

ミーちゃんも押し出した瞬間《しゅんかん》に失敗に気づき、悲嘆《ひたん》の声を上げる。

「よっと！　パックン。うん、こりゃいける」

烈王さん、目にも止まらぬ動きで、顔の横を飛んでいく枝豆をパクっとＧＥＴ。

「み〜！」

ミーちゃん、嬉《うれ》しさのあまり烈王さんに飛び付き、お顔をペロペロ。

ミーちゃん、よかったね。さすがドラゴン。人間業じゃない。

「こうやって、眷属殿に食わせてもらうのも乙《おつ》だな」

「み〜！」

烈王さんも気に入ったようで、ミーちゃんもがんばるよ〜！　とやる気をみせていますけど、ミーちゃんの足元に枝豆を置くのは俺なのですけど……。

「それで、パク、今日は、パク、なんか、パク、あったのか？　パク」

ねぇ、ミーちゃん、そろそろ止めません？　話が進みません。

「みっ⁉　みぃ……」

ミーちゃん、ショックでガーンとなり、枝豆の入っていないさやを、悲しそうにフミフミ。

そこまでか⁉　話が進まないので、見なかったことにしよう。

「実はですねぇ……」

烈王さんに王都ベルーナの東の古戦場で遺跡《いせき》が発見され、俺たちがその遺跡の調査をした時の話をした。東の魔王《まおう》の手下に襲《おそ》われたこと。壊《こわ》れた人形や完全体だけど動かない人形、A F《アーティファクト》などのお宝のこと。そして、丸ごとその設備をミーちゃんバッグに収納してきたことだ。

「砦《とりで》の遺跡なぁ……そういやぁ、神人の砦があったなぁ」

魔王と神人が戦っていた時の砦だそうだ。神人って魔王と戦っていたんだ。初めて聞く話だ。その辺を詳《くわ》しく聞きたいと思ったけど、烈王さんに奴《やつ》らのことなど知らん！　と言われてしまった。そういえば、列王さん神人のこと嫌《きら》いっぽかったよね。

壊れた人形を見せたら、やはり神人が作った兵器なのだそうだ。

「壊れていない人形があるのですが、エナジーゲイン不足で動かないんですけど、どうすれば動かせるのでしょうか？」

「み～？」

「そんなこと、俺が知っていると思うか？」

「みぃ……」

ですよねー。さすがに烈王さんでも無理だったか。じゃあ、ほかのお宝を見せてみる。

「ほう。こいつはいいものだな。弱っちぃネロにもってこいの装備じゃないか」

「みぃ……」

弱っちぃ……。いやね、ドラゴンから見たら誰《だれ》だって弱っちぃけどさ、本人目の前にしてはっきりそれを言われると、凹《へこ》むよ？　俺。

　まあ、防具は確かにすごい性能だ。なんていったって防刃《ぼうじん》、衝撃《しょうげき》吸収付きだからね。烈王さんの見立てでは飛竜《ひりゅう》レベルの攻撃《こうげき》なら問題なく防げるそうだ。それって、ほぼ無敵じゃね？　でも、しょせん服なので、服から出ている部分を攻撃されれば意味がない。そういえば、壊れていた人形は、すべて顔が破壊《はかい》されていた。そういうことね。

　でもこの服、執事《しつじ》服なんだよねぇ。

「意匠《いしょう》が気に入らないのか？　全部着る必要はないぞ？」

「み～？」

　そうなの？　どうやら、シャツとズボンだけでも問題ないらしい。じゃあ、上着やベスト、それにネクタイってなんなの？

「作った奴の趣味《しゅみ》じゃね？」

「み、み～」

　な、なるほど。そういえば、メイド服のカチューシャに猫耳《ねこみみ》や狐耳《きつねみみ》が付いたものもあったな。あれは、いい趣味だ。間違《まちが》いない。シャツとズボンだけでいいなら執事には見えない。上着は別のものを着ればいいね。

　趣味といえば銃《じゅう》だ。オートガンはロマンだ。使い方を知りたい。

「知らん。だがこの剣《けん》はネロ向きだ。こいつを使えるのは神力を持つ者だけみたいだからな」

「神力？　神力ってなんです？　勇者の力は関係ない？」

「み〜？」

「何言ってんだ？　ネロ。勇者の力が神力だろうが」

そうなの？　初めて聞いた。前に勇者の定義は神界を通り、肉体と魂《たましい》の改変が行われた者と聞いている。ただ肉体と魂の改変が行われただけなら勇者にはならない？　その改変時に神界に溢《あふ》れている神力を肉体と魂に宿すことで、勇者の資格を得るのですか。なるほどー。

勇者が鍵《かぎ》じゃなくて、神力が鍵なんだね。しかし、オートガン……格好いいのに。

「じゃあ、ミーちゃんも勇者？」

「み〜！」

「アホか！　眷属殿を勇者如《ごと》きと一緒《いっしょ》にするな！　勇者なんぞより遥《はる》か上の存在に決まっているだろう！　馬鹿者《ばかもの》！」

「みぃ……」

あ〜、ミーちゃん、落ち込《こ》んじゃったよ。

「な、なぜ、眷属殿が落ち込む⁉」

ミーちゃん、実は勇者に憧《あこが》れていました。勇者猫《ねこ》ミーちゃん、なんか強そうで格好いいからね。

「み〜」

「そ、そんな……馬鹿な」

まあ、それはいいとして、じゃあ、ミーちゃんもこの剣を光らせられるわけだ。やってみる？

「み〜！」

俺の剣を抜《ぬ》いてテーブルの上に置く。ミーちゃんが剣の柄《つか》に肉球を押し付けると青白く……あれ？色が変わっていくぞ。青から紫《むらさき》に変わっていき、赤に変わり今はピンクに輝《かがや》いている。

「あー、眷属殿。その辺でやめておいたほうがいいぞ。その剣では眷属殿の神力には耐《た》えきれん。そのうち白く輝き……ボンッ！」

「みっ⁉」

ミーちゃん、烈王のボンッ！　でびっくりして肉球を離《はな》すと光が消える。消えたのだけど、元の剣と何かが違うような？　鑑定すると何も出ない。あれ？　なんでだ？　壊れた？　そして、なぜか柄の意匠が猫いっぱいに変わっている。可愛《かわい》い。

「こりゃまた……剣の格が上がっちまってるぞ」

「剣の格が上がる？」

「み～？」

「ネロはこいつを鑑定できるか？」

「できませんでした」

さっきまでオートソードと見えていたのに、今は何も見えない。

ん？　そういうこと？　この剣、レベルが上がった？

「神猫剣ニャンダーソードと出てるな。神速剣、次元断まで付いてやがる……それに、運が良くなるだぁ⁉　おいおい、こいつは神器かよ！」

「み～！」

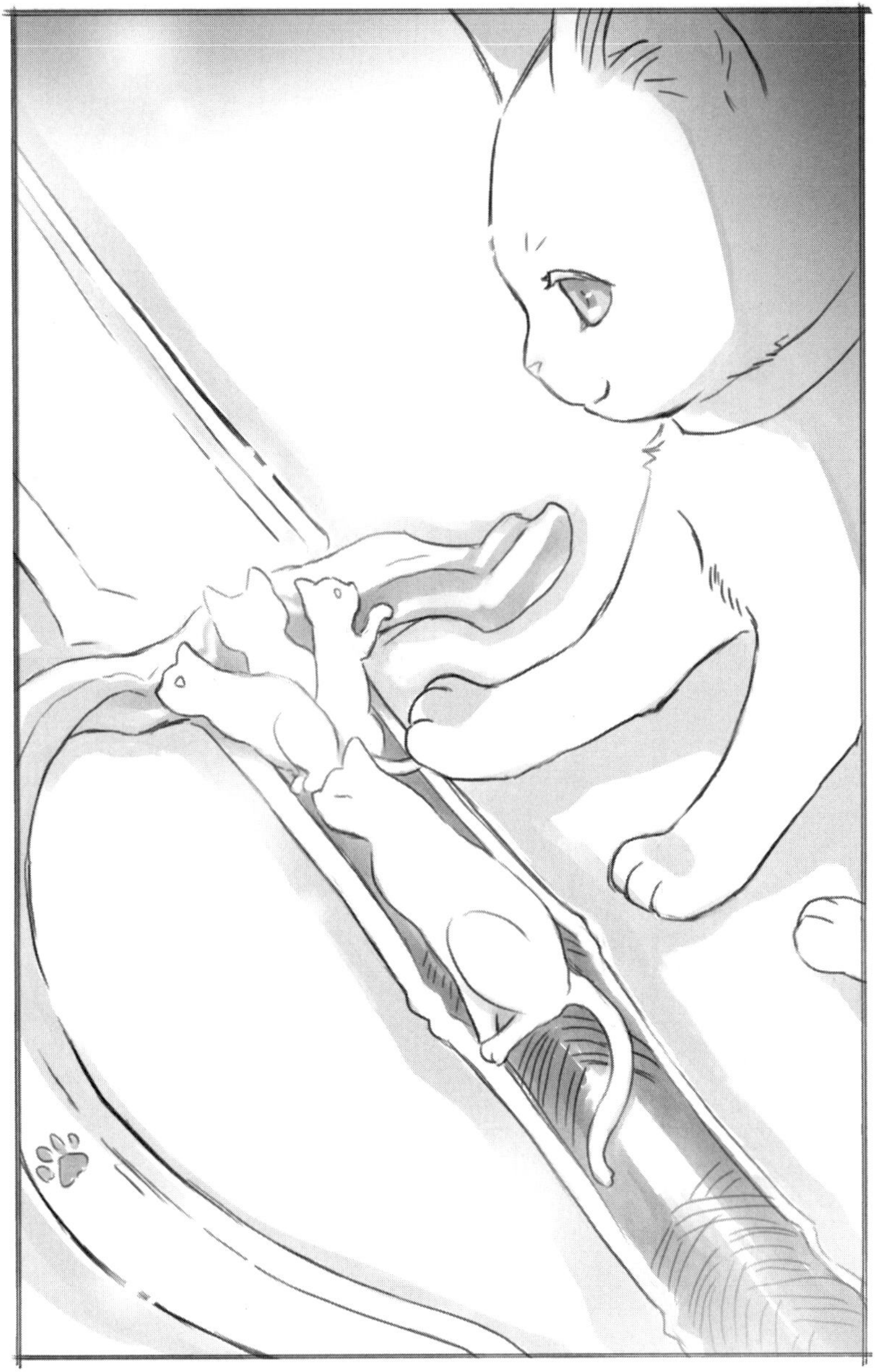

ええー、格好いいかなぁ。ニャンダーソード……。

「こいつは人族に持たせるには危険すぎる。下手をするとこの世界が滅《ほろ》びかねん。悪いが、少しばかり俺が手を加えるが。構わないよな？　眷属殿」

「み～」

「よし。こいつはネロ以外使えなくしたぞ」

はぁ？　なんで俺？

「こいつはネロと相性《あいしょう》がいい。使い方さえ間違えなければ、大いなる力となる。あの魔王だって倒《たお》せるぜ。なんせこいつは神器だ」

「使い方を間違えると、どうなるんですか？」

「み～？」

「そうだな、ネロが死ぬだけで済めば御《おん》の字。さっき言ったが、最悪は世界の破滅《はめつ》だな。神速剣は問題ない。問題なのは次元断のほうだ。こいつは時空間スキルの技《わざ》でな、ネロがまじめに修行《しゅぎょう》をすれば五十年くらいで覚えられる技だ。それが訓練なしで使える。まあ、使えるだけな」

「み、み～」

人間五十年下天の内を比ぶれば、夢幻《むげん》の如くなり……まさしく、ドラゴンだね。

「ちなみにどんな技なんですか？　神速剣も知りたいです」

「使いこなせれば、魔王など瞬殺だ。神速剣は剣技高速剣の上、光速剣のそのまた上位の究極剣技だな。人族では勇者が光速剣を使っているのを見たことがあるが、神速剣は神人でもほんの一握《ひとにぎ》りの者しか会得《えとく》できなかった技だ。ネロが使いこなせるようになるには苦労するぞ」

なんだ、結局宝の持ち腐《ぐさ》れか。

「神速剣は次元断と違って危険性は少ないからな、訓練すればネロには使い勝手のいい技だぞ」

「どうやって訓練すればいいんですか？」

「知らん。使って慣れろ。みたいな？」

「みぃ……」

みーちゃん、なんでやねん……って言っているけど、俺は予想していたよ。剣を使わないドラゴンに聞いたのが間違いだったって。どこかで一度使ってみて、それから対策を考えよう。

「まあいいです。それからこれは何ですかね？」

手のひらに収まる、黒い物体とアクセサリー類を出して見せる。

「増幅《ぞうふく》装置じゃねぇの？　こっちはＡＦの器《うつわ》だな」

「み～？」

説明ぷりーず！　わけわからん。

「増幅装置はな……知らん」

「みっ⁉」

ミーちゃん、どこかの新喜劇並みの見事なずっこけ方。どこで覚えた⁉

「このＡＦの器は……器だな」

「みっ⁉」

狙《ねら》ったような二度目のずっこけ。お約束のボケツッコミ！　いつの間に打ち合わせをしていた⁉

「冗談《じょうだん》はもういいので説明をお願いします！」

「ネロはノリが悪いな。なあ、眷属殿」

「み〜」

いいから説明しろや！

「まあ、簡単に言えば、こいつに好きなスキルや技を付けることができる。付与《ふよ》できるのは付与する者が使えるスキルや技だけな。言わば、AFの素だ」

ほう。自分でAFが作れるのか、面白《おもしろ》い。

「だがな、付与する時に神力も一緒に込めなければならないから、簡単ではない」

こ、これも結局宝の持ち腐れか……。

「そういえば、設備ごと持って来たんだろう？　見せてみろ」

「見せろと言われても、大きいのでどこに出せば？」

「み〜？」

俺たちのいる神殿《しんでん》の周りは森。広い開けた場所などない。なんて思った瞬間、目の前の景色が変わる。これは転移した時の感覚だ。だけど、周りは何もない真っ白な果てが見えないほどの空間。すべてが白いせいで、平衡感覚がおかしい。左右上下の区別がつかず、目の前に烈王さんがいなければ、立っているのかさえわからなくなりそう。

「ここは俺が作った空間だから問題ない。出していいぞ。眷属殿」

「み～」

なるほど、時空間スキルか。今初めて凄《すご》いスキルなのだと実感が湧《わ》いた。ミーちゃんが何かの円形の一部を切り取ったような、馬鹿でかいものをこの空間に出した。

「こいつは神人の船の一部だな」

「船？」

「み～？」

「地中船とか言ってたな。地中を走る船だな」

ほう。凄い技術力だ。そんな凄い技術力を持った神人はどこに行ってしまったのだろう？　その技術力ゆえ、戦争でも起こして自滅《じめつ》？　ハルマゲドンでも起きたかな？

「神人？　知らん。興味がない」

神人を以《もっ》てしても、絶対強者に興味を引けないようだ。

「動くんですか？」

「神力の残痕《ざんこん》は感じる。さっきも言ったが船の一部だから船としては使えんが、設備としては壊れてねぇから使えんじゃねぇ？」

エナジーゲイン＝《イコール》神力と考えるべきだろうね。ミーちゃん動かせる？

「み～？」

「眷属殿の収納の中に入れとけば勝手に溜《た》まるんじゃね？　眷属殿は神力の塊《かたまり》だし？」

軽い、軽いなぁ。まあ、烈王さんだからねぇ。

ミーちゃん、アイドルに返り咲《ざ》く。

烈王《レオ》さんの所から戻《もど》り十日以上経《た》つ。ペロたちも、そろそろクイントに着いている頃《ころ》だろう。着いているよね？　今夜一度、クイントに様子を見に行ってみよう。クイントでもやることはいろいろある。それを終えてから迷宮探索《めいきゅうたんさく》になるのかな。

みんなには夕食時に、今夜出掛《でか》けると伝えておく。今日はクイントの宿に泊《と》まるつもり。なので、夕食後にクイントに移動。転移してみると、どこかの家の裏庭の倉庫の横にいるようだ。おそらくここが、蒼竜《そうりゅう》の咆哮《ほうこう》のみなさんのホーム。今日は声を掛《か》けずにおく。行きたい場所があるんだよ。目的地途中《とちゅう》の宿で一泊《ぱく》お願いしておく。勝手知ったる町だから、方向音痴《おんち》の俺《おれ》でも迷わない……はず。まあ、迷ったらマップスキルを見ればいいだけ、言い訳じゃないからな！

「ミーちゃんじゃないか！」

「み～」

俺はどうした？　ミーちゃん、俺の腕《うで》の中からジャンプして番台のおばさんの所に行ってご挨拶《あいさつ》。おばさん、顔がニヤケきってミーちゃんを抱《だ》っこする。そこで、やっと俺に気づいたのか、

「なんだいネロ、いたのかい。いつものでいいんだろう。さっさとお行き」

有無《うむ》を言わせず札を渡《わた》してきて俺を追い払《はら》い、ミーちゃんを満足そうに撫《な》で始める。

「はぁ……ミーちゃんの毛並みは上等な布でさえ目じゃないねぇ」

完全に俺はアウトオブ眼中⁉　ひどい扱《あつか》いだ。ミーちゃん、お風呂《ふろ》行ってきますね……。

「み～」

大きいお風呂サイコー。三助さんもマッサージのお姉さんも気持ちよかったよ。まあ、うちのお風呂でユーリさんとレティさんにあれこれしてもらっているから、ちょっと物足りない気はするけど、これはこれでいいものだ。

風呂を出て、腰《こし》に手をあて、自家製フルーツ牛乳をグビグビと飲む。

「プハー。風呂上がりの一杯《ぱい》は最高だね！」

周りのお客さんから変な目で見られるけど気にしない。この至福を味わわないみなさんが、逆におかしい。結構な時間お風呂に入っていた。おそらく、一の鐘《かね》以上は入っていたはず。番台のおばさんも満足してくれたかなぁ。

「もう帰っちゃうのかい？　ネロ、もう一回入っておいで、ただにしたげるから」

「いやいや、もうのぼせていますから。それに、当分の間この町にいますので、また来ますよ」

「約束だよ。ほかの子たちも連れといで」

番台のおばさんにお礼を言って宿に戻った。また来ようね。

「み～」

ベッドは硬《かた》く寝心地《ねごこち》はよくなかった。でも、グッスリ眠《ねむ》れたのでたまにはいいかなって感じ。最近まではこんなベッドが当たり前だったのに、我ながら贅沢《ぜいたく》になったものだよ。

ハンターさんが混《こ》みあう時間を避《さ》けて、ミーちゃんとハンターギルドに向かった。中に入ると美《び》猫《ねこ》親子のフェルママとパルちゃんがお出迎《でむか》え。ミーちゃん、嬉《うれ》しそうに寄って行ってスリスリ。何やら黄色い悲鳴が、あちらこちらで聞こえているのですが？

「ネロくん！　あなたって子は……どうしていつも、こう……」

エバさんが困った顔で俺を見ているけど、俺が何かしましたかねぇ？

「お久しぶりです。エバさん」

「ネロくん、貴族になったのって、本当なのかしら？」

「まあ、成り行き上断れない状況《じようきよう》で」

「本当にあなたって子は……心配だわ。あなたたち、仕事に戻りなさい！」

いつの間にか、ミーちゃんと美猫親子が乗ったテーブルの周りに、ハンターさんとギルドのお姉さんたちが大勢群がっている。どこから湧《わ》いた⁉　ゾンビか！

「ルーとネロくんのお友達《ともだち》のペロちゃんたちが、先日ここに来て流れ迷宮に挑戦《ちようせん》すると言った時にはびっくりしたわ」

「王都のハンターギルドに依頼《いらい》があって、流れ迷宮の探索に挑戦しようということになりまして」

「凄《すご》いメンバーみたいね。五闘招雷《ごとうしようらい》のジン殿《どの》を見た時には、ゴブリンキングとの戦いに参戦してくれるのかと思っていたのに……。まあ、代わりにザムエル殿が参戦してくれるそうだけど」

「ははは……それで、セリオンギルド長には会えますか？」

「貴族になったネロくんになら絶対会ってくれるわよ。会わせなかったら、逆になんで会わせなかったんだって怒《おこ》られてしまうわ」

エバさんがセリオンギルド長の所に、アポを取り行っている間に酒場に行く。

「よう。ネロ、久しぶりだな。なんか食うか？」

「いいですねって言いたいところですが、セリオンギルド長と会うのでその後にします」

「そうかぁ、じゃあ後のお楽しみってことで」

「サイクスさん、だいぶ自信ありげですねぇ」

「俺だってあれから腕を上げたんだ。店も作ったし結婚《けっこん》もした。今、俺の人生アゲアゲ状態だぜ！」

サイクスさん、あの猫獣人のウエイトレスさんと結婚して、プリン屋さんを開いたそうだ。

おぉー、やるじゃないですか。それは楽しみだね。


エバさんがセリオンギルド長が会うというので迎《むか》えに来た。

「貴族とは面倒《めんどう》なものになったな」

「断れない状況になりまして。お久しぶりです。セリオンギルド長」

「うむ。流れ迷宮に挑戦するそうだな」

「まあ、そっちはついでです」

「本命があるということか？」

「偽《にせ》ですが勇者の経験積みに」

セリオンギルド長とエバさんが驚《おどろ》いた表情になる。まさか、偽勇者がＰＴ《パーティ》にいるとは思いもしなかっただろう。

「ロタリンギアか……」

「二人ほど引き抜《ぬ》けました」

「なるほど、貴族になるわけだな。ゴブリンキングにぶつける気か？」

「魔王《まおう》を真に倒《たお》せるのは、勇者の素質を持った者だけと聞きました」

「ほう。誰《だれ》から聞いた？」

「ヒルデンブルグの守護竜《りゅう》に」

「会ったのか⁉」

会ったというか、呼び出されたって感じ？　セリオンギルド長が凄い喰《く》いつきなので、話を脱線《だっせん》させて烈王さんの話をして聞かせる。

「私は昔、一度会いに行ったが、会ってもらえなかった……ネロくん、君が羨《うらや》ましい」

「俺と一緒《いっしょ》に行けば会ってくれると思いますよ？」

「いや……よそう。あの頃の私は血気盛《さか》んで、ドラゴンと闘《たたか》ってみたいと思っていた。老いた今では話にならんだろう……」

ドラゴンと闘う気だったんだ……。英雄《えいゆう》セリオンと言われる人だから、若い頃は凄かったのだろうね。今でも十分に凄そうだけど。それでもドラゴンには手も足も出ないだろうな。

「話は戻りますが、二人には経験を積んでもらい、強くなってもらいます。今はまだ、ジンさんの足元にも及《およ》ばない実力なので」

「ジンが教師役か？　できるのか、あいつに？」

「グレンハルトさんとローザリンデさんにも教わっていましたから基礎《きそ》はできてると思います」

「五闘招雷の三人が師匠《ししょう》か、普通《ふつう》なら考えられんな」

もしかしたら、移動中にザムエルさんからも修行《しゅぎょう》をつけてもらっているかもしれない。

五闘招雷の最後の一人には会ってないけど、凄い人なのだろうなぁ。

「そういえばジークの奴《やつ》が、グレンがハンターを引退したと言ってたな」

「四闘招雷になってしまいましたわ。ヘルティアスさんが寂《さび》しがりますわね。せっかくこちらに来てらっしゃるのに。あの二人は仲がよかったですから」

「ヘルティアス？」

「なんだ、ネロくんは知らんのか？　凶人《きょうじん》と言ったほうがわかりやすいかな」

物騒《ぶっそう》な二つ名の五闘招雷の一人だね……会いたいような会いたくないような？

「彼《かれ》はゴブリンキング戦に参加しているのよ。白亜《はくあ》の迷宮で傭兵《ようへい》をまとめているのは彼なの」

凶人ヘルティアスさんはその戦いぶりから、傭兵に人気がある。凶人さんが傭兵を統率しているので、被害《ひがい》が少なく済んでいるそうだ。今回、参戦する筋肉だるまことザムエルさんはハンターさんたちに絶大なる人気があるので、ハンターさんたちのまとめ役になると言っている。問題は王国軍。予想どおり第二騎士《きし》団と第三騎士団との間に溝《みぞ》があり上手く共闘《きょうとう》できていないみたいだね。

「ゴブリンキングとの決戦に間に合うようにしたいと思いますが、そもそも今の状態で決戦まで持ち込《こ》めるのですか？」

「今はまだ、準備段階といったところだ。王国軍とて馬鹿《ばか》ではないからな、考えてはいるだろう」

「ゴブリンキングは街道《かいどう》の西の魔王とも戦端《せんたん》を開いたと聞いています。戦禍が広がりすぎると収拾がつかなくなるのではないのですか？」

「「……」」

ギルド長室を重い沈黙《ちんもく》が支配する。たいして、下からは黄色い歓声《かんせい》がいまだに聞こえてくる。たまにミーちゃんの鳴き声が聞こえてくるのは、気のせいかな？

「み～」

エバさんの雷《かみなり》が落ちないといいのだけど。

「切り札があっても、使う場所がなければ意味はないか……」

「ゴブリンキングと西の魔王との戦いに呼応するように、ヒルデンブルグの南にいる準魔王も、不《ふ》穏《おん》な動きを見せているそうです」

「それは、どこかの魔王によるものか？」

「わかりません。ですが、大公様たちは魔王たちの動きに触《しょく》発《はつ》されて、動き出したと見ています」

「ヒルデンブルグの力は当てにできんか……」

「厳しくなりますね……」

だからこその偽勇者強化計画なのだ。

「ロタリンギアの動きも怪《あや》しいですから、騎竜隊も簡単に動けなくなりました」

「やはり、全土に非常事態宣言を出さねばならんか。本部もゼストギルド長も眠れん日が続くな」

非常事態宣言とは、今までは中堅《ちゅうけん》ハンターさんにしか招集が掛けられていなかったゴブリンキング戦に、見習い以上と熟練ハンターさんたちにも招集が掛かるということ。これにより、おそらく各ハンターギルドの依頼が滞《とどこお》るが、背に腹は代えられないということだ。あとはほかの国のハンターギルドが追従するかが鍵《かぎ》になってくる。それによって戦力が大きく変わる。

「決戦場所は必ず作る。それまで勇者殿たちを鍛《きた》えておくように、ジンに言っておいてくれ」

「了解《りょうかい》です。他人事《ひとごと》ではないので、俺も付き合う予定です」

「ふむ。鍛えておくことに損はない。精進《しょうじん》しろ」

エバさんが淹《い》れてくれたお茶を飲みながら大気スキルについて話を振《ふ》ると、何人かはだいぶ上達したらしく銃《じゅう》の購入《こうにゅう》をした者もいるそうだ。それは、それは。

「そういえば、俺も訓練して土スキルを身につけましたよ。凄く使い勝手がいいですね」

「なにっ！　どうやって身につけた！」

「ドラゴンに教わりました」

「ド、ドラゴンか……」

「ドラゴンが師匠って、ネロくん凄いわね」

二人の反応は真逆。セリオンギルド長は苦々しい表情、エバさんは素直《すなお》に感嘆《かんたん》の表情。雷スキルも覚えたのだけど、あれは見栄《みば》えが悪いので、人前では見せたくないから黙《だま》っておく。

「それで、今日来たのは顔を見せに来ただけではなかろう？」

「さすが、セリオンギルド長。実はお願いがあって来ました」

私設兵団について話をして兵の斡旋《あっせん》をお願いした。

「うちの領地はゴブリンキング、ロタリンギアにも、ことによっては対応しなければなりません。早急に私兵団を作る必要があると思っています」

「しかし、ハンターはまとめづらいぞ」

「私兵団の長はグレンハルトさんです。みんな従うと思いますよ」

「なにぃ⁉　グレンだと！　引退したのはそのせいか！」

「逆ですからね！　引退するからやってもらうんです！」

「ネロくんは、またハンターギルド本部に恨《うら》まれますわ」

「だろうな」

Ｗｈｙ？　と思ったら、グレンハルトさん、実力もあるし性格も気性《きしょう》も申し分ないので、ハンターギルド本部はゆくゆくはギルド長に抜擢《ばってき》するつもりだったらしい。そんなの俺は知らない。グレンハルトさんが雇《やと》って欲《ほ》しいって言ってきたのだからね。最初に雇ったもの勝ちだよ。

「いいだろう。何人か送ってやろう。フォルテでいいのか？」

「はい。今、グレンハルトさんが代官をやってますので」

「さっそく、扱《こ》き使ってるようだな」

ソンナコトナイヨー。

当分、クイントにいる予定なのでと話すと、セリオンギルド長が『グラン・フィル』に今度みんなを連れて来るよう約束をさせられた。もちろん、喜んで承諾《しょうだく》したよ。

ミーちゃん、子猫《こねこ》が可愛《かわい》くて仕方がありません。


下に下りて行くと見知った顔がいる。

「ネロにゃ！」

「にゃ！」

「おいおい、どうやって来たんだよ！」

「それは、ミーちゃんの深～い愛情の賜物《たまもの》なんです！」

「み～」

冗談《じょうだん》だけど、ミーちゃんノリノリです。

「ミーちゃん凄《すご》いね」

「ミーちゃん、私にも愛情ぷりーず！」

「あの姫っ子猫、凄《すげ》ぇ力を持ってんだな」

「ネロの子猫も普通《ふつう》じゃなかった……」

若干《じゃっかん》四名、本気にしている奴《やつ》らがいるけどスルー。

「準備はできてますか？」

「まあ、粗方《あらかた》はできてるぜ。ネロはどうなんだ？」

「俺《おれ》もほぼ準備はできてます。用事が一件残ってるのと、迷宮《めいきゅう》内で食べるご飯の調達ですかね。この後、サイクスさんに頑張《がんば》ってもらいます」

「おぉー。サイクスにゃんの作る料理は旨《うま》いにゃ。ペロの知ってる料理人の中では六、七番目くらいの腕《うで》の持ち主にゃ！」

「「微妙《びみょう》……」」

確かに気持ちはわかる。言い方がねぇ……。

「六、七番目くらいって誉《ほ》め言葉か？　息子《むすこ》よ？」

「もちろん、褒《ほ》め言葉にゃよ？　パパにゃん」

「ペロは舌が肥えてるけど猫頭ですから、覚えられているだけで凄いですよ」

「クイントに着いてから飯食う時は、いつもここだからな」

「懐《なつ》かしい味だよね」

「お袋《ふくろ》の味だよ～」

ということで昼にはちょっと早いけど、早めの昼食にする。ミーちゃんが美猫《びねこ》親子も昼食にご招待して来た。母猫《ははねこ》フェルママとパルちゃんはみんなから可愛がられているようで、毛艶《けづや》がとてもよい。元野良《のら》猫とは思えないくらいだ。お姉さんたちの貢物《みつぎもの》もあるようで、フェルさんは黄色いスカーフを巻いている。パルちゃんも元気一杯《いっぱい》で、ミーちゃんに構って攻撃《こうげき》を何度も仕掛《しか》けている。

ミーちゃんと美猫親子には猫缶《かん》を、そのほかのメンバーは各々《おのおの》ランチを注文。俺はAランチを頼《たの》んだ。ペロとセラはAランチとBランチ両方を頼む、腹ペコ魔人《まじん》ここにありだ。

Aランチはピラフの上にグラタンが載《の》っている。ドリア風だね。サイクスさんやるじゃないか。ちなみにドリアって料理はイタリアにない。よくライスグラタンって呼ばれているけど、ライスは英語、グラタンはフランス語、いったいどこの食べ物やねん！

Bランチをペロから少しもらう。クリームシチューのスープスパだ。シチューなのにスープ？　美《お》味《い》しいからもうどうでもいいや！　サイクスさん、相当腕を上げたね。

「どうだ？」

「とても美味しく頂きました。発想も素晴《すば》らしく味のまとまりも申し分ないです」

「そうかぁ……実は師匠《ししょう》が考えたものなんだ。俺はそのレシピをもらって作っただけ……。自信ありげに見せたが、本当は唯《ただ》の張りぼてよ」

「確かにこのレシピを考えたのはサイクスさんの師匠かもしれませんが、ここで実際に調理したのはサイクスさんです。俺はお世辞で美味しいなんて言いませんよ。ペロだって美味しくなかったら食べになんて来ません。自信を持っていいと思います」

「そうにゃ。サイクスにゃんは旨いものをいっぱい作ってるにゃ！」

「そ、そうか。なんか自信が湧《わ》いてきたぜ。俺にできることがあったら何でも言ってくれ」

待っていました、その言葉！　では、お言葉に甘《あま》えてランチタイムが終わったら、俺と一緒《いっしょ》に迷宮に持っていくご飯を作ってもらおう。ラッキーです。

「ピラフおにぎりとから揚《あ》げにゃ！」

「にゃ！」

「さすが、にゃんこ先生！　私も～！」

「呆《あき》れる食い意地……。誰《だれ》に似やがった？　ペラだな」

「いや、間違《まちが》いなくお前だと思うぞ。相棒」

君たちは幼稚園児《ようちえんじ》か！　まあ、作るけどね。ピラフおにぎりとから揚げは、鉄板の組み合わせだからね。でも、材料を集めてこないと……君たち、今から外に行って鶏肉《とりにく》取って来なさい！

それから、俺もレインに一票だ。間違いなくポロの遺伝だな。

「「ええー、またぁ」」

「「にゃんですとー！」」

「み～！」

ほら、そっくりだ。ミーちゃんも間違いなし～！　って言っている。

ミーちゃんと美猫親子は猫缶を食べ終わり、デザートの餡子《あんこ》タイムに突入《とつにゅう》。餡子食べているのはミーちゃんだけなのだけどね。フェルママもパルちゃんも餡子に見向きもしない。代わりに猫缶の美味しさの余韻《よいん》を味わっている。フェルママとパルちゃんにミネラルウォーターを出してあげると仲良くチロチロ飲む。これで美猫親子は益々《ますます》健康だ。ミーちゃん、餡子満足した？

「み～」

昼食後、ペロたちは外に狩《か》りに、俺はジンさんを護衛に町に柴刈《しばか》りに……もとい、とある人物に会いに行く。ミーちゃんはハンターギルドに残るそうだよ。子猫のパルちゃんが可愛くて仕方ないらしい。ミーちゃんがお姉ちゃんなのだけど、体型は同じくらいなんだよね。ミーちゃんフェルママと一緒にパルちゃんをペロペロ。パルちゃんはミーちゃんにじゃれついている。和《なご》むわぁー。


「なんだ、ネロじゃねぇか。銃《じゅう》、壊《こわ》れでもしたか？」

「いえ、まったく問題ありません」

「弾《たま》、作るか？」

「それはお願いしたいです。残弾《ざんだん》ゼロなので」

「明日、また来な。五十ずつでいいか」

「はい、お願いしますって⁉　そんなことどうでもいいんですよ！」

「なんだ急に大声出して、更年期《こうねんき》か？」

誰が更年期じゃ！　おたくと違って、まだピチピチの若者だよ！　ゼルガドさん！

「それにしても、お客っているんですか？」

「ぐっ。い、いるに決まってんだろう。あれから、銃が二つも売れたぜ！」

「ほとんど採算度外視ですよね？」

「ぐぬぬぅ。そ、そのうち大量に注文がくりゃあ、生産性も上がって利益は出る……はずだ」

事前に用意していた液体の入ったコップを二つ出し、ゼルガドさんとジンさんに渡《わた》す。

「なんだこりゃ？」

「俺にもか？」

「毒じゃありませんから、どうぞご安心を」

二人は怪訝《けげん》そうにコップを見てから匂《にお》いを確認《かくにん》すると、ニンマリ顔に変わり一気にコップを呷《あお》る。

「う、うめぇ！　こりゃあ、フォルテの蒸留酒なんか目じゃねぇ旨さだぜ！　ネロ！」

「てめぇ！　これをどうやって手に入れた！　これはドワーフ族門外不出の酒のはず！」

「やっぱり、ドワーフ族はこのお酒の造り方を知ってるんですね」

「どういう意味だ、ネロ。ことと次第《しだい》によっちゃあドワーフ族全てを敵に回すぜ」

「俺はこのお酒の造り方を知っています。そして、これからこのお酒を量産して世間に流通させるつもりです。すぐには無理ですけどね」

「ドワーフ族でさえ一部の限られた者しか知らねぇ最重要機密を、おめぇが知ってるって言うのかよ？　けっ、信じられるかよ」

新たにもう二つコップを出して二人に渡す。ジンさんはニンマリ、対照的にゼルガドさんは苦虫を噛《か》み潰《つぶ》したような顔になる。

「おいおい、なんだよこれは⁉」

「これは……まさか……御神酒《おみき》！」

御神酒？　違いますよ、フォルテの役所の地下にあった年代物の蒸留酒です。あれから調べてみたら、なんのことはない廃棄《はいき》された蒸留酒だと判明した。

歴代の代官が個人で楽しむために、毎年蒸留酒を造っている村から収奪《しゅうだつ》して役所の地下に隠《かく》していたのだけど、一人が飲む量なんて限られている。なのに、毎年強欲に取り上げていたから、飲みきれない蒸留酒がどんどん貯《た》まっていった結果、最高の蒸留酒へと変わっていった。代官たちはそんなことは知らないから、古くなった酒なんて飲めるかと放置。古い樽《たる》を処分するのも面倒《めんどう》なのでそのまま貯まり続けたわけだ。俺にとっては超《ちょう》が付くラッキー。

歴代の代官から脈々と受け継《つ》がれて来た悪癖《あくへき》のおかげと、温度に湿度《しつど》などの最好条件が相まって最高の蒸留酒が手に入ったのだ。歴代の代官様々と言ったら怒《おこ》られるかな？

ドワーフ族の御神酒と同等の物、売ればウハウハ、献上品《けんじょうひん》としても最高級品。なによりこれがあればドワーフ族と仲良くなれ、人材を引き抜《ぬ》き放題じゃね？

ゼルガドさんは固まって動かない。ジンさんは最後の一滴《てき》まで逃《のが》さないとばかりにコップを逆さまにして舌まで突《つ》き出している。

「さすがにここまでのお酒を造るのは時間がかかりますが、最初に飲んだ物だと二、三年で市場に出せると思います。手伝ってくれませんか？」

「手伝えることなんてあるのかよ？」

俺の言葉で我に返るゼルガドさんだが、俺を懐疑《かいぎ》的な目で見てくる。

「蒸留させる装置の設計や製造、組立、調整、やることは山のようにあります。ほかにも頼みたいことがありますしね。楽しい仕事をしたくないですか？」

「好きなこともさせてくれるってのか？」

「やることをやってくれれば、好きなだけどうぞ」

「た、待遇《たいぐう》はどうなんだ……？」

まあ、そこは重要だから気になるだろうね。でも、今の状態は儲《もう》かっているようには見えない。見えないどころかおそらく火の車、借金地獄《じごく》かも。

「神猫商会の者として働いてもらいます。給料は今と比べれば雲泥《うんでい》の差になるでしょう」

「家族を呼んでも構わないか？」

ゼルガドさんに家族っていたんだ。ちょっと不思議。

「神猫商会の店は現状、ヒルデンブルグ大公国の公都ヴィルヘルムにしかありませんが、本店はルミエール王国の王都ベールルナに構える予定です。ゼルガドさんはあっちこっちに行くと思いますが、それでよければ王都に家族が住む場所を用意します」

「息子たちに店を持たせたい」

息子もいるのね。イカレ頭の息子はどうなのよ？

「まあ、腕が確かなら援助《えんじょ》しましょう。神猫商会で働いてもらい、後に独立でも構いません」

「本当にそこまでしてくれるのか？」

「この方は五闘招雷《ごとうしょうらい》のジクムントさんです。証人になってもらうにはもってこいの方だと思いませんか？　それでも、信用できないと言うなら、ハンターギルドのセリオンギルド長に証人になってもらっても構いません」

「五闘招雷に英雄《えいゆう》セリオンって……ネロ、おめぇ何者だ？」

「俺が何者かなんてどうでもいいです。俺はね、ゼルガドさんのそのイカレ頭と腕をこんな所に埋《う》もれさせておくのは、もったいないと思っている。俺の考えたもの、欲《ほ》しいものを作れるのは、ゼルガドさんだけだと思ってる」

「このままの燻《くすぶ》っているだけの一生を終えますか？　それとも、この俺と新しい道を切り開き、ゼルガドさんを理解しなかったこの世界を見返してやりませんか？」

「本気か……」

「ネ、ネロ……お前は魔王《まおう》かよ⁉」

ジンさんまでそれを言いますか！　それミーちゃんに対して失礼ですよ！　神猫の横に魔王がいるわけがないでしょう！

「ぐっ……そこまで言ってくれるのかよ。わかった！　ネロが魔王でも悪魔でも構やしねぇ！　世話になる。よろしく頼む！」

なに気にディスってません？

まあいい、イカレ頭のドワーフ、ゲットだぜ！

ゼルガドさんと話を詰《つ》めていくと、やはり借金地獄……。首を吊《つ》ってもおかしくない額だ。クイントの職人ギルドから借りているらしく、返さないとこの町を出ていけない。そのうえ、この工房《こうぼう》も職人ギルドから借りているから、家賃代も毎月上乗せされている。この店の維持費《いじひ》、生活費も合わせれば、相当稼《かせ》がないと借金が減るどころか、増える一方だったろう。正直、天を仰《あお》いだね。天は二物を与《あた》えずとはよくいったものだ。

「なあ、ネロ。本当にこいつを雇《やと》うのか？」

「ゼルガドさんに経営能力なんて求めません。俺が欲しいのはその頭脳と腕です。借金は俺が払《はら》います。今後の投資だと思えば安いものですよ」

「す、すまねぇ……」

王都に来るにあたって、持って行くものは厳選してもらう。ゼルガドさん本人の物はたいしてなく、必要な物だけ集めたら、トランクケース二つ分に大きめのリュック一つだけだった。王都への移動に必要な分以外は、俺が預かり収納。鍛冶《かじ》の道具も思い入れのあるものは俺が収納し、それ以外は職人ギルドで処分してもらう。

ゼルガドさんを連れ職人ギルドに行き、借金の返済と借家の解約を済ませて宿に行く。昨夜泊《と》まっていた部屋をそのまま明け渡し二、三日泊まってもらいこの町での用事を済ませてから、王都に向かってもらう。

「セリオンギルド長に頼んで、信用できる護衛のハンターを付けます。間違っても節約とかいって、一人で向かわないように。

「何から何まで、すまねぇ……」

「その分、働きに期待してます」

「おうよ！」

ゼルガドさんと別れてジンさんと一緒に市場で買い物をしながらハンターギルドに戻《もど》っている時、ジンさんにずっとさっき飲ませたお酒のことを執拗《しつよう》に聞かれる。あれは特別なお酒なんですって言っても引き下がらず、金ならいくらでも出すなんて言ってきた。ケツの毛までむしり取ってやろうかなんて思ったけど、あのお酒は本当に貴重なお酒なので、もう少し若いお酒なら譲《ゆず》ってあげてもいいと言ってあげた。ジンさん、涙《なみだ》を流して喜んでいたね。

ミーちゃん、レーネ様の誕生会に出席する約束する。

ハンターギルドに入ると、ミーちゃんと美猫《びねこ》親子のファッションショーが行われていた。エバさん、あなたまで何やってるんですか⁉

ミーちゃんがポージングをとる度《たび》に黄色い歓声《かんせい》が上がる。ミーちゃんがそんなこと、どこで覚えたのよ……。む、向こうはスルーしよう。そうしよう。

「み～」

ランチタイムが終わったサイクスさんと料理を作っていく。いったん、俺《おれ》が収納して後でミーちゃんバッグに移す予定。ミーちゃんバッグのほうが性能がいいからね。

サイクスさんに料理を作りながら新しく作ったお店について聞くと、商店街の一画に小さなお店を借り奥《おく》さんが販売《はんばい》。餡子《あんこ》は作り置きできるけど、プリンは作り置きできないのが難点。なので、プリンは個数限定として売っているせいで、店を開けるとすぐに売り切れになるそうだ。お客さんからもっと数を増やして欲《ほ》しいという要望が殺到《さっとう》しているらしい。

近々、ここの厨房《ちゆうぼう》に新人の料理人が入ることに決まったので、プリンの個数を増やす計画なのだとか。プリンの値段を聞くと結構いいお値段。それでもすぐに売り切れるということは、いいものにはお金を出すということだ。これは神猫商会の今後の経営戦略を考えるうえでも役に立つ情報だ。

夕方前にペロたちが鶏肉《とりにく》を持って戻《もど》ったので、から揚《あ》げを作りに入る。今回は生姜《しようが》風味を強くして衣《ころも》を片栗粉《かたくりこ》に変えて揚げ、竜田揚《たつたあ》げ風にしてみた。

「これはにゃんとも言えぬ風味にゃ。生姜と醤油《しょうゆ》が決めてだにゃ。それにこの衣、パリパリサクサクにゃ！　にゃかから肉汁《にくじゅう》ジュワァー、外はパリパリサクサク。ネロ、天才にゃ！」

俺が考えたわけではないだけど、賛美は素直《すなお》に受け取ろう。宗方姉弟《むなかたきょうだい》はパンに竜田揚げと野菜、マヨを挟《はさ》んで食べている。旨《うま》そうだね。俺もやってみよう。

「揚げ立てだから最高～」

「これは……ＭＣの限定品より美味《おい》しいね」

「旨いにゃー！」

「自分で作ってなんだけど、俺って天才料理人？」

「「「うんうん」」」

酒場のテーブルでエールを飲んでいるジンさんたちにもおすそ分け。酒が進むと喜んでいる。

ミーちゃんバッグの中にも、実はまだまだ料理はいっぱい入っている。今回作った分も合わせれば数か月なら余裕《よゆう》で迷宮《めいきゅう》に潜《もぐ》っていられる。食が豊かだと、心も豊かになるから大事。特に迷宮のような閉塞《へいそく》感を感じてしまう場所だと、心を病《や》むこともありそう、食事くらいは楽しくしないとね。

さて、準備も整ったし迷宮探索《たんさく》に乗り出しますか。今まで突《つ》っ走ってきた分、ちょっとくらい楽しんでも罰《ばち》は当たらないよね？

よし、ミーちゃん迷宮探索に出発だぁ！

てっ、ミーちゃんいないし……。

そろそろ、お姉さんたち満足したでしょうか？　ミーちゃん、カムバ〜ック。

「み〜」

出発だ、なんて言ったけど、実際に迷宮探索に行くのは三日後。レティさんを迎《むか》えに行かないと駄目《だめ》だし、迷宮に入れば何日かは出て来れないから、みんなに説明しておかないとね。

いったん、みんなと別れてうちに戻る。もちろん、ミーちゃんも一緒《いっしょ》。お姉さんたちがなかなかミーちゃんを離《はな》してくれず難儀《なんぎ》した。あなたたちにはパルちゃんたちがいるでしょう！

翌日にスミレに乗ってブロッケン山で妖精《ようせい》族さんたちの作業状況《じょうきょう》を確認《かくにん》して、伐《き》り倒《たお》した木を回収。作業現場の責任者さんは狐《きつね》の姿の妖精族さんだった。あのふさふさの尻尾《しっぽ》、モフりたい。フォルテ側からちょうど全体の半分ほどの場所まで、街道《かいどう》の拡張と整備が終わっていた。

今はブロッケン山の街道の折り返し地点に休憩所《きゅうけいしょ》を造っているところだ。馬車が二十台は停《と》められる広さを切り開き整地して、土スキルで二メルの壁《かべ》を造って囲っている。入り口は木材で門を造るそうだ。これなら安心して休めるだろう。

妖精族さんにエールの樽《たる》を十樽、慰労《いろう》のために置いていくと妖精族さんから歓喜の声が上がった。ついでに干し肉と干し魚も置いていこうか？

「み〜」

スミレを走らせフォルテに着くと、孤児院《こじいん》に既《すで》に何人かスラムの子が収容されていた。レティさんは、病気の子と小さい子たちを優先的に連れて来ている。孤児院で働いてくれる人たちも既に来てくれているので安心。

　連れて来たスラムのお子ちゃまたちに、ミーちゃんのミネラルウォーターを飲ませて回る。小さい子たちはみんな栄養失調気味、病気の子の中には結構重病の子もいる。お世話してくれている人に、よくなるまで毎日飲ませるように頼《たの》んだ。

　まだまだ収容できるので、孤児の子やスラムの子たちを連れて来るように、レティさんから義賊《ぎぞく》ギルドに依頼《いらい》もしてある。

　グレンハルトさんにも少しの間、来れなくなると話し、ゼストギルド長とセリオンギルド長の紹《しょう》介《かい》で、私兵団に入ってくれる人がくるかもしれないとも伝えておいた。

　ベルーナに戻ってからは、うちの敷地《しきち》に建てる孤児院のことはルーカスさんとベン爺《じい》さんにお願いしておく。そのうちのフォルテから牧場側に孤児院用の屋敷《やしき》が移築される。その際の監督役《かんとくやく》だね。内装も改装されるのでそちらもお願いしておいた。

　そして、みんなには少しの間迷宮に挑戦《ちょうせん》すると話した。あとは行くだけだなって思ったらルーカスさんに、王妃《おうひ》様に迷宮に行く旨《むね》を伝えたほうがいいのでは？　と言われ、そのとおりなので明日王宮に出掛《でか》けて話をして来ようと思う。


「迷宮って白亜《はくあ》の迷宮？　今、入れなかったんじゃない？」

「エレナさん、俺が行くのは流れ迷宮のほうです」

「み〜」

久しぶりにエレナさんに会ったね。魔王《まおう》や準魔王たちのせいで忙《いそが》しいのかも。

「迷宮かぁ。バロンが入れないからなぁ。残念だけど私はパスかなぁ」

「みぃ……」

誰《だれ》も連れて行くなんて、一言も言ってないのですけど？　それと、ミーちゃんなんで残念がる？

「ご予定はどの程度見込《みこ》んでおいでなのでしょうか？」

珍《めずら》しくニーアさんが聞いてきたね。

「ひと月ぐらいかな？　迷宮の最下層まで行ってみたいので」

「何もないと聞いてるけど、ネロくんは何か目的でもあるのかしら？」

なんですとー。王妃様、俺のやる気を削《そ》ぐようなことを言わないで下さい。

「最下層って何もないんですか？」

「み～？」

「白亜の迷宮などはまだ最下層まで行った者はおりませんが、流れ迷宮に関しては過去にいくつかの流れ迷宮で最下層に到達《とうたつ》した者がいます。その者は何もなかったと証言されているそうです」

「じゃあ、それを確かめてきましょうかね」

「レーネの誕生日が近いので、余り長居は駄目よ。ミーちゃんは必ず出席ですからね」

「み～」

ミーちゃんかい！　俺は出なくていいのか？　レーネ様が潤《うる》んだ目で見上げてくる。うっ、こういう目に弱いんだよねぇ。まあ、レーネ様が待っているのはペロたち、モフモフ隊なのだろうけど。

用件も済んだので帰ろうとすると、ニーアさんがクリスタルのケースに入った剣《けん》を渡《わた》してきた。この前、献上《けんじょう》した護国の剣だ。いらないのかな？

「ユリウス様がね。いったん、ネロくんに返せって仰《おっしゃ》ったの」

「み〜？」

ん？　いったんってどういうこと？

どうやら、俺の授爵《じゅしゃく》が波紋《はもん》を広げているらしい。西辺境伯《へんきょうはく》派の貴族派に限らず、国王派の宰相《さいしょう》派や北辺境伯派まで俺が貴族になったことを問題視しているそうだ。そこで、レーネ様の誕生会の時に、改めて護国の剣を王様に献上する場を作って、全員に文句を言わせないよう納得《なっとく》させるそうだ。

伝説にまでなっている護国の剣を献上すれば誰も文句が言えないし、多少はこの騒《さわ》ぎが収まると見ているらしい。本当にそんなことで収まるのだろうか？

「宰相派に限れば収まるわ。ほかは微妙《びみょう》ね」

「ですが、表立って批判はできなくなるでしょう」

「まあ、そういうことならお任せします」

後日、式典の際の打ち合わせと、フォルテで手に入れた美術品の鑑定《かんてい》と買い取りしてもらう約束をしてうちに帰る。

これで、本当にやることは済ませた。明日は朝一クイントに出発。そして迷宮探索だよ！

「み〜！」

ミーちゃん、迷宮探索《めいきゅうたんさく》を始める。

陽《ひ》も出ないうちにレティさんを連れてクイントに飛び、ハンターギルドでみんなを待つ。

「スミレにゃんはどうしたにゃ？」

「ルーくんとラルくんもいないね？」

「あー、私の癒《い》やしが～」

「み～」

スミレもルーくんもラルくんもお留守番。一度迷宮に入れば二、三日は出てこないからスミレは連れていけない。ルーくんの魅了眼《みりょうめ》は使えそうだけど、ラルくんのブレスはこの迷宮では危険すぎて使えない。使うと迷宮が壊《こわ》れて俺《おれ》たちが生き埋《う》めになってしまう。ラルくんだけ、お留守番だと寂《さび》しいだろうから、必然的に仲のよいルーくんもお留守番。説得するのが大変だったよ。

「ペロとポロで我慢《がまん》しなさい」

「み～」

「勘弁《かんべん》してにゃ～」

「女《おんにゃ》は許すが、男はパスな」

「雌猫《めすねこ》にも甘《あま》いけどな」

「レイン、男として当然だろう？」

「み〜？」

さいですか。そんな俺たちをよそに、ジンさんが受付でパーティー申請《しんせい》とギルド証の提示、依頼《いらい》内容の確認《かくにん》をしてくれている。俺はミーちゃんと一緒《いっしょ》に美猫《びねこ》親子にご挨拶《あいさつ》。パルちゃんはまだウトウトしていて眠《ねむ》たげ。なでなでしてあげると眠ってしまった。

ジンさんのほうが完了《かんりょう》したので出発。歩いて行っても一時間かからない場所だ。町の近くだから、たいしたモンスターも出てこないので、みんなピクニック気分。

「マップ作成はネロに任せていいんだな？」

「はい、問題ないです」

「斥候《せっこう》はルーとレティでいいな？」

「当然だな」

「にゃ」

「セラにゃんもやるって言ってるにゃ」

「それなら後ろは任せたぜ」

「にゃ！」

元々斥候役のルーさんに義賊《ぎぞく》ギルドのレティさん、気配察知の能力に長《た》けたセラ、ペロとポロも気配察知を持っているから、よほどのことがないと不意打ちはないだろう。盾《たて》役はジンさん、攻撃《こうげき》はトシとレイン、後方から弓のカオリンにスキルで援護《えんご》の俺、ペロとポロは遊撃隊《ゆうげきたい》。斥候役のルーさん、レティさん、セラは適宜《てきぎ》攻撃に参加。とてもバランスのとれたパーティーだ。回復役がいない？　いや、いるでしょう、最高の癒やしがね！

「み～！」

暢気《のんき》に駄《だ》べりながら歩き、迷宮に着くと何組かのパーティーが簡易の受付所で手続きをしていた。

二階層にいるロックリザードはいい防具の素材になるし、買い取り額も高いので中堅《ちゅうけん》ハンターにとってはいい狩場《かりば》。ゴブリンキングがいなければ、もっと賑《にぎ》わっていたに違《ちが》いない。

ジンさんが受け付けを済ませ、みんな装備を整える。迷宮の中は涼《すず》しいのでコートを羽織る。レティさんもピチピチの服の上から、俺と同じようなコートを羽織っている。

「ネロさんとレティさん、サングラスかけたら電脳世界で銃《じゅう》の弾避《たまよ》けちゃいそうですね」

「名前も一文字違いだね。まったりックス！」

カオリン、恐《おそ》ろしいほどのボケっぷり。天然なのかがわからないところが更《さら》に恐ろしい。

「あれ？　ネロさんの剣《けん》の意匠《いしょう》、変わってません？」

「本当だ～。可愛《かわい》い猫ちゃんがいっぱいだよ～。それ欲《ほ》しい～」

「み～」

いいでしょう？　でもあげないよ？　神器だからね。

「なあ、今回の迷宮探索の目的はマップ作成でいいのか？」

「それはついでです。本来の目的は宗方姉弟《むなかたきょうだい》のレベルアップ！　そして、迷宮層破です！」

「レベルアップってのはよくわからねぇが、要はこいつらを鍛《きた》えればいいんだろう？　ついでにレインの奴《やつ》も鍛えるか。しかしよ、最下層には何もねぇって聞いてるぜ？」

「えぇー、ラスボスいないんですか？」

「ダンジョンマスターとの邂逅《かいこう》はない～？」

「最下層は浪漫《ロマン》です！　行ってみたいのです！」

「み～！」

と、ミーちゃんも申しております。はい。

「お、おう。な、なら頑張《がんば》ってみるか？」

「「おぉー！」」

「み～！」

ペロたちは我関せずとばかりにみんなでお菓子《かし》を食べている。これから迷宮探索だってのに緊張《きんちょう》感の欠片《かけら》もないな……。レインとレティさんもだよ！

「えっ、俺も⁉」

「最初から気を張ってどうする？　少年」

「レティさんの言うことはごもっとも。だけどな、その後ろに隠《かく》した袋《ふくろ》はなんだ！」

二人とも俺から目を逸《そ》らす。隠した袋は、ペロからもらったお菓子だろう？　なんか言えよ！

「「な、なんのことかな？」」

「みぃ……」

二人ともハモったな……。

さて、そんな二人はほっといて、ジンさん、ルーさんと打ち合わせしてから出発。

一階層はゴブリン、二階層はロックリザード、三階層はロングテイルエイプ。三階層はルーさんと暗闇《くらやみ》の牙《きば》のパーティーが探索したけど、ロングテイルエイプの猛攻《もうこう》を受けて安全地帯を見つけられず、途中《とちゅう》で撤退《てったい》した経緯《けいい》がある。マップがないと探索は相当に大変だ。

それに比べてうちのパーティーは、さくっと最短距離《きょり》を通って三階層に続く道まで来た。一階層のゴブリンは会えば瞬殺《しゅんさつ》、二階層のロックリザードはスルー。狩《か》りに来ているハンターさんたちの、獲物《えもの》を横取りしてまで狩る理由がない。

「さてと、ここ三階層からが本番だぜ。俺は盾役に徹《てっ》するからな、お前たち三人がメインで戦えよ」

「「らじゃー」」

「任せろ！」

「ロングテイルエイプは動きが速《はえ》ぇし力もある。ただし、頭は良くないからな、動きは単純だ。落ち着いて戦えばお前らなら問題ないぜ」

ではなぜ、ルーさんたちが探索した時に途中で撤退したのか？　それは、ルーさんも暗闇の牙のパーティーもみんな斥候タイプのハンターだったから……。盾役になれる人がいなかったのだって。盾役って頭が良くて冷静な判断ができる人が向いている。虎耳《とらみみ》のラウラさんは体格的に向いてそうだけど脳筋だからねぇ。

それでは出発。前にルーさんたちが進んだ道とは別の道を行くと、すぐにロングテイルエイプ二匹《ひき》が索敵《さくてき》に引っ掛《か》かった。こちらに気づいた様子はなく不意打ちを仕掛ける。

では、最初は俺とミーちゃんで一発かましてみますか。一歩前に出て俺がやると自己主張。レティさん以外のパーティーメンバーには初お披露目《ひろめ》。行くぜミーちゃん、神雷準備《しんらい》だ！

「み〜！」

痺《しび》れひれ伏せ！　雷光鞭《らいこうべん》 神雷バージョン！

通路の角からこちらに気づいていないロングテイルエイプに向け、人差し指と中指を向ける。肩《かた》に乗るミーちゃんから、神雷が俺に流れて来るのが心地《ここち》良い。雷《かみなり》スキルを持ってなかったら、俺がアババババ……ってなっているところだけどね。

突《つ》き出した二本の指から青白い二本の雷の鞭がロングテイルエイプに向かって伸《の》び、ロングテイルエイプに触《ふ》れると体全体から青白く光を発し痙攣《けいれん》する。なぜか、感覚的にこれ以上やると不味《まず》いという感覚がわかるので、そこでやめるとシューシュー煙《けむり》を出して気絶している。

「にゃ、にゃんにゃー！　格好いいにゃ〜！」

「な、なんだよ。今の……」

「雷スキル？　まさかな」

「何度見てもシュールな光景だな。少年」

レティさん、フォルテで見ているから驚《おどろ》きはない。ジンさんは気づいたかな？

「うわぁー。まさに魔王《まおう》ですねぇ」

「み〜」

「格好いい〜。私もやりた〜い」

「や、やべぇよ、レイン。益々《ますます》ネロに逆らえねぇ」

「ネロは人族やめたのか？」

やめてねぇよ！　俺は魔王でもないし、一般《いっぱん》ぴーぽーだよ！

横たわるロングテイルエイプにジンさんが止《とど》めを刺《さ》し、ミーちゃんバッグに収納。みんな説明を聞きたくてウズウズしている。

それでは、ご説明しますかね。

「み～」

みんなには雷スキルであると教えるけど、ミーちゃんの神雷スキルは内緒《ないしょ》。

「おいおい、マジで伝説のスキルかよ……」

「ネロ、お前が勇者でいいんじゃねぇ？」

「み～」

いいえ、遠慮《えんりょ》しときます。勇者役は宗方姉弟にお任せする。

「「やっぱり勇者は雷だよねぇ」」

「ネロが勇者で貴族……ま、負けた」

「レインよう。だから、最初から相手になってねぇって」

宗方姉弟はやっぱり覚えたいよねぇ。いいだろう、覚えてもらおう。あの方法でね。あの苦しみ、のたうち回った経験を味わってもらおうではないか。クックックッ……。

「この探索が終わったら習得させてあげよう！」

「「お願いします。ネロ教官！」」

「『マジかよ……』」

「ペロも覚えられるにゃ？」

「にゃ？」

ペロとセラが目をキラキラさせて俺を見上げる。

「ペロもセラも覚えることは可能だと思うけど、使いこなすのは難しいかなぁ？」

科学の知識が必要になるからね。高等教育を受けていないと使いこなせないと思う。だから雷スキルを使うのは勇者＝《イコール》異世界人だけなのだろう。

「残念にゃ……」

「にゃ……」

勉強する気があるなら教えるけど、ペロもセラも勉強嫌《ぎら》いだからねぇ。

「なあ、ネロ。俺も覚えてみたい」

「だから～使いこなせないんだって」

「でも、ネロは使いこなせているんだろう？　頼《たの》む。俺にも教えてくれ！」

「使いこなすのは大変だよ？　実技より勉強がだけど。それでも覚える？」

「べ、勉強……。くっ、やるよ。やってやるよ！」

レインがそれでいいなら、まあいいか。勉強は宗方姉弟に任せよう。

その後も探索を続け何度もロングテイルエイプに遭遇《そうぐう》し、ジンさんが盾役になり宗方姉弟とレインが攻撃して倒《たお》して行く。ロングテイルエイプの毛皮は良質の防具になるそうだけど、二階層でそれ以上の防具になるロックリザードがいるので売れるのはコアくらい。この階層は旨味《うまみ》がないね。

それにしても、三階層は二階層より相当に広い。この分でいくと、下層に降りれば降りるほど広くなっていくのかも知れない。まずは三階層の安全地帯を探さないと。安全に寝《ね》る場所の確保のためには必須《ひっす》だ。

隠し部屋はまだ見つかってない。でも、少しのお金と武器防具は多少見つけている。宝箱に入っているわけではなく、突き当りなどに落ちているだけなので、よく見ないとわからない。特にお金は散らばっているので、見逃《みのが》してきた物も少なからずあると思う。

迷宮に入っておよそ八時間。安全地帯が見つからなければ一度二階層の安全地帯に戻《もど》って休もうかと話をした時、後方の見張りをしていたセラが唸《うな》り声をあげる。モンスターがこっちに向かっているようだ。態勢を整えようとした時、前方のルーさんとレティさんからもモンスターが接近して来ると警告される。挟《はさ》み撃《う》ちにあってしまった。

ジンさんとレイン、ポロを前方組に、ルーさんとトシ、ペロ、セラを後方組にして、俺とカオリン、レティさんはその間で両方の援護。前後からほぼ同時にモンスターが現れる。両方とも三体のロングテイルエイプ……と思ったら一体違うのが交ざっている。

ロングファングエイプ　ロングテイルエイプの亜種《あしゅ》で群れのリーダーと鑑定《かんてい》できた。

「ジンさんのほうにロングファングエイプってのがいますので注意です！」

「ちっ、亜種かよ」

群れのリーダーというくらいだから強いのは当たり前。迷宮以外で遭遇するロングテイルエイプは集団で襲《おそ》ってくるモンスターで、単独や少数だけで行動することはまずない。森の中でロングテイルエイプに襲われたら、屈強《くっきょう》なハンターでさえ逃《に》げるしかないそうだ。数の暴力だね。

迷宮ではそういうことはないけど、亜種は別格。それに、今回のように迷宮の構造上挟み撃ちになってしまったり、袋小路《ふくろこうじ》に追い詰《つ》められたりすると苦戦は必至。どんな熟練のパーティーでもそんな状況《じょうきょう》に陥《おちい》ると冷静さを失いがちになる。

ロングテイルエイプは脳筋だけど、動きが素早《すばや》く攻撃を躱《かわ》すのが上手《うま》い。そのうえパワーで押《お》してくる攻撃力《こうげきりょく》まである。確かに動きは単調だけど、一度に六体も相手をするとなると厳しい。冷静さを欠けば尚更《なおさら》だ。

まずは、ロングテイルエイプの動きを邪魔《じゃま》する。ルーさんの前に土スキルで壁《かべ》を作ってみる。はい、一撃で砕《くだ》け散りましたね。迷宮の中だと土スキルが思うように使えない。土が少ないせいなのか、薄《うす》い壁にしかならない。

ならば大気スキルで空気砲《ほう》はというと、後衛にいるので前衛が邪魔になり、打てばフレンドリーファイアーかな？　水スキルは水がもったいない。となると銃か雷スキルになる。

じゃあ、銃で援護……って、ミーちゃん神雷猫パンチを連打⁉

「み、み、み〜！」

あっという間に三体が沈《しず》んだ。俺っていらない子か？　いやいや、床《ゆか》に沈んだ奴らはルーさんたちに任せて、ジンさんたちの援護に回ろう。ロングテイルエイプをレインとポロが相手して、ロングファングエイプはジンさんが相手をしている。

カオリンがロングテイルエイプ二体に弓で攻撃して援護しているので、俺はジンさんの援護をしよう。ミーちゃん、張り切りすぎて疲《つか》れたのか肩の上でだらけ気味。レーザーポインターでロングファングエイプの顔を狙《ねら》うと嫌《いや》がる仕草をみせる。ジンさんではなく俺にヘイトが向いたところで、ジンさんがロングファングファングエイプの手足を斬《き》りつけるが、お構いなしに俺に向かって来る。ひぃー！

銃を撃って攻撃、それでも止まらない。なんてタフガイ！　ジンさんが俺とロングファングエイプの間に割って入ってくれたけど、強烈《きょうれつ》な蹴《け》りを受けてたたらを踏《ふ》む。おぉー、目の前まで来ちゃったよぉー、それに銃は弾切れだ……なんてね、俺は冷静だよ。目の前に障害物はない。一発ぶちかましてやった。さすがに至近距離からの空気砲を受けたので転がりながら吹《ふ》っ飛んで行く。

ジンさん、すかさず近寄り渾身《こんしん》の一撃。ロングファングエイプは天に帰りましたとさ。レインとポロもカオリンの援護のおかげで、ロングテイルエイプに止めを刺した。終わって見れば圧勝？　まあ、半分ミーちゃんが倒したようなものだけどね。

「み～」

いやぁ、モンスターの亜種は普通《ふつう》の種より格段に強いね。その分自然界では滅多《めった》に遭遇することはないそうだけど。これが迷宮の醍醐味《だいごみ》ってジンさんが言っている。こんなのがわんさかいたら、たまったものじゃない。人族滅亡《めつぼう》まっしぐらだよ。

モンスターの死骸《しがい》を回収して探索を続けると、ほどなくして探していた安全地帯を見つけることができた。これで、ゆっくりできる。

「み～」

ミーちゃん、迷宮《めいきゅう》でお風呂《ふろ》に入る。

「やっと着いたのね～」

「さすがに疲《つか》れましたね」

「ご飯にゃ！」

「にゃ！」

三階層の安全地帯は袋小路《ふくろこうじ》にあった。入り口は一つ、安全地帯だからモンスターが入って来られないとはいえ、用心は必要。入り口に土スキルで壁《かべ》を造り、こちらが見えないように擬装《ぎそう》する。ほかのハンターさんたちが来ることはないので問題ない。

まずは、寝床《ねどこ》作りから。みんなの荷物はミーちゃんバッグに収納しているので、各々《おのおの》に荷物を渡《わた》す。二つのテントをペロと宗方姉弟《むなかたきょうだい》と張り、中に毛布を敷《し》いてミーちゃんを下ろしてあげる。コロンと仰向《あおむ》けになって背筋を伸《の》ばしている。セラの脚《あし》を拭《ふ》いてあげるとセラも毛布にコロンと横になる。レティさんも横になっている……なってセラに抱《だ》きついている。早っ！　今のセラは豹《ひょう》の姿なので抱き心地《ごこち》はいいだろうけど、レティさんだらしないですよ。

「疲れた後のモフモフは最高だな。なんだ？　少年」

「……いえ、なんでもありません。一息ついたら食事にしましょう」

宗方姉弟はテントを張るのに悪戦苦闘《あくせんくとう》。ペロ、手伝ってやったら？

「仕方のにゃい子分共にゃ。手伝ってやるにゃ！」

「「にゃんこ先生！」」

宗方姉弟はいつからペロの子分になったのだろう？ 俺《おれ》の知らない所で何かあったのか？ ペロの子分になるなんてプライドはないのか！ まあ、にゃんこ先生って呼んでいる時点で駄目《だめ》か。

俺たち以外はシートの上に毛布を敷いただけでいいそうだ。ゆっくり休まないと疲れが取れないよ？ まだまだ、迷宮探索《たんさく》は始まったばかりだからね。

安全地帯には水が湧《わ》いている。どこから流れてきて、どこに流れて行くのかは疑問だけど鑑定《かんてい》で見ると清水と出ているので飲んでも安心。手と顔を洗い食事の準備を開始。準備といってもミーちゃんバッグから大きなシートを出して、その上に脚の短いテーブルを置いて座布団《ざぶとん》を並べる。そして、作り置きしてある料理を並べて行くだけ。靴《くつ》を脱《ぬ》いでシートに上がり、各々座布団に座《すわ》る。

「「「「頂きます（にゃ）！」」」」

「にゃ！」

「み〜」

いっぱいあるから好きなだけ食べて。デザートの分のお腹《なか》をちゃんと空けておくように。腹ペコ魔人《まじん》にはそんなこと言っても無駄《むだ》かな。

「なあ、ルーよ。迷宮探索ってよう。こぅなんか、違《ちが》うような気がするんだけどよぅ？」

「ジンさん、ネロたちですから深く考えたら駄目っす！」

なんか、ディスられているような？

「から揚《あ》げ最高にゃ〜！」

「にゃ〜！」

「ミートボールの入ったスパゲティ、夢のコラボだね〜」

「このマンガ肉ってどうやって作ったんですか⁉」

「……でしょう？」

「……だな」

失礼な。美味《おい》しい料理を食べられるのに、何が不満なのですか！　美味しい食事は荒《すさ》んだ心の活力となるのですよ！

あー、それからマンガ肉はサイクスさんと冗談半分《じょうだんはんぶん》で作ってみた。結構、イケてない？

「なあ、レイン。前も思ったけどよう。俺たちが普段《ふだん》食ってるものってなんなのだろうな……」

「言うな、ポロ！　虚《むな》しくなってくる……」

楽しく夕飯を食べ終わり、デザートも堪能《たんのう》したから後は寝《ね》るだけ。正直、寝るにはまだ早い気もする。トランプでもする？　そう思っていた時、カオリンがミーちゃんをモフりながら、意外なことを口走った。

「お風呂に入りたいねぇ。ミーちゃん」

「み〜」

ミーちゃん、お風呂に入りたいの？　ならば簡単、桶《おけ》に水を汲《く》んできて水スキルで温めれば、ミーちゃん専用風呂の完成。

「ああ、ミーちゃんいいなぁ」

「み～」

セラも猫《ねこ》の姿になってミーちゃん風呂に入って来た。

「セラもず～る～い～」

「にゃ」

洗濯《せんたく》用の大きな桶はあるから入るか？　深さ三十センもないけど。

「ネロさん！　私にもお風呂作って～！」

また無茶な要求をしてきたな。う～ん、土スキルで湯船を作り、壁を四面造って下を固めればできなくはないか？

やってみるか。水が湧いている近くに土スキルで長方形の湯船を作製。迷宮の中って土スキルが効きにくいんだよね。あとは水スキルを使って水場から水を湯船に移す。うん、漏《も》れはないな。なんとか強度も問題なく出来た。水スキルで水を温めれば、立派なお風呂の完成！

「さすが、ネロさん！　無駄に器用貧乏《びんぼう》～！」

う、煩《うるさ》い！　誉《ほ》め言葉になってない！　人が気にしていること言いやがって……。取りあえず、先に女性陣《じょせいじん》に入ってもらうので、湯船の周りに土スキルで囲いを作り、足の裏も汚《よご》れないように、すのこも作った。こういうところが無駄に器用貧乏なのかも……。

「わ～い！」

カオリンとレティさんだけでなく、ミーちゃんとセラも、もう一度お風呂に入るそうだ。キャッキャッウフフと声が聞こえ楽しそう。

「なあ、ルーよ。俺たちって、今どこにいるんだぁ？」

「ジンさん、迷宮の中に決まってるっす。自信がなくなってきてるっすけど……」

「いいのか？　これ」

「ネロですから……」

だから、何か文句でもあるんですか？　快適にすごせることの、どこに問題があると？　もう、プンプンだよ。

カオリンとレティさんが上がってから俺とペロとトシ、次にレインとポロ、最後にルーさんとジンさんが入った。温かポカポカでグッスリ眠《ねむ》れそう。寝相《ねぞう》の悪い奴《やつ》が若干《じゃっかん》一名いるのが不安。なんて思ったらペロは宗方姉弟のテントで寝るそうだ。これで安心。


翌朝、グッスリ眠れたので疲れもスッキリ。朝食の準備をしていると、やつれ顔のトシがいた。

「カオリン博士だけでなく、にゃんこ先生まで寝相が悪いにゃんて……」

「うちの息子《むすこ》は小さい頃《ころ》は寝相が悪くてよう。大変だったぜ」

カオリンも寝相悪いんだ。それからポロ、ペロは今でも寝相が悪いよ？　まったく直っていません。まあ、トシはご愁傷《しゅうしょう》さまだな。当の二人は元気ハツラツ状態だ。

「今日も頑張《がんば》るにゃ！」

「おぉー！」

「み〜」

朝食を食べてお茶を飲み一服してから探索開始。すぐに四階層に降りる道を見つけた。安全地帯のすぐ近くだったので、何かあってもすぐに戻《もど》れる安心仕様。毎回こうならいいのにね。

「降りますか？」

「三階層は、どのくらい調べられたんだ？」

「三分の一くらいですかね」

「安全地帯と下に降りる道は見つけたからな、下りていいんじゃねぇか？」

「えぇー！　隠《かく》し部屋は〜？」

「隠し部屋？」

レインとポロは貸し部屋のことは知らないようなので教えてあげる。

「レイン！　そいつを見つければ、俺たちもウハウハか⁉」

「騎士《きし》への道が開けるかも⁉」

「いやいや、まずは各階層の安全地帯の場所の確定が先決だぜ。ほかの探索はその後だってできる」

ということで、優先順位どおり四階層に降りる。道を下って行くと今までの通路より三倍近く広くなっている。歩きやすくていい感じ。

「気を引き締《し》めろ！　広くなったってことは、それだけの大きさのモンスターがいるはずだ！」

「み〜！」

な、なるほど。だけど、この幅《はば》だと相当に大きいモンスターなんじゃねぇ？

「一体とは限らねぇからな。集団戦ってこともあり得る。迷宮ってのはそういう所だ」

大きさじゃなくて、数か。いや、その両方も考えられる。迷宮って厄介《やっかい》だな。

ルーさんとレティさんが索敵《さくてき》しながら進んでいく。今の所、分かれ道はなく一本道だ。先行していたルーさんが戻って来た。

「この先に広い空間があって、オークが五体いる。一本道で迂回《うかい》はできねぇ」

「オークか……旨《うま》い肉にありつけるぜ！」

あれ？　ジンさん凄《すご》いやる気になっているのですけど？　オークといえば一階層の隠し部屋にいた奴だよね。ロタリンギアで暴れているのもオークで、魔王《まおう》がオークキング。美味しいお肉って、オークってどんなモンスターなんだ？

「み〜？」

「なんだ、ネロは知らねぇのか？　オークの肉はな、高級肉として取り引きされるんだぜ」

オークは体も大きく力も強く、頭もそこそこ賢《かしこ》い。だけど、ゴブリンほどの繁殖《はんしょく》力はなく、量より質って感じで、一体一体は強いけど、その高級肉としての価値があるので見つけられるとハンターさんたちが嬉々《きき》として狩《か》りに行く。この辺では、なかなかお目にかかれないモンスターなのだそうだ。じゃあ、ロタリンギアは美味しいお肉で溢《あふ》れかえっているのか⁉　羨《うらや》ましい……のかな？

「み〜？」

「しかし、四階層でオークってよう。この迷宮は本当におかしいぜ」

「でも、ルーさん。一階層の隠し部屋にいましたよね？」

「みぃ……」

「あれは特別だろう？　異常に強かったからな」

確かに凶気《きょうき》状態だったよね。ミーちゃん、あの時の失敗を思い出したようで、凹《へこ》んでいます。同じ過《あやま》ちを繰《く》り返さなければいいんだよ。

「み〜！」

ジンさんはニヤリとして、宗方姉弟とレインを見る。

「五体ならこのメンバーで問題ねぇ。訓練にもってこいのモンスターだぜ」

この先にいるオークは武器を持っている。対人戦の訓練にもなりそうだ。

「一体を残すからな。お前ら三人で倒《たお》せ」

「「「はい」」」

じゃあ行ってみますか。近づいたらレティさんが投擲《とうてき》のダガー、カオリンが弓で、俺が銃《じゅう》で先制攻撃《こうげき》を仕掛《しか》ける。その後は前衛と交代して援護《えんご》に回る作戦。

そっと近寄り先制攻撃を仕掛ける。レティさんの投擲のダガーも、俺の銃もたいしたダメージは与《あた》えていない。ゴブリンと違って硬《かた》いなぁ。ブモーって変な声をあげて襲《おそ》ってくる姿はなかなかの迫力《はくりょく》。体長は二メル以上あり、ゴブリンリーダーと同じくらい強そう。

全弾《ぜんだん》撃《う》ち尽《つ》くしたので前衛の後ろに後退。オークたちの武器はお世辞にもいい武器とは言えないけど、その巨体《きょたい》から振《ふ》り下ろされる武器は脅威《きょうい》だ。錆《さ》びついた大剣《たいけん》や斧《おの》、斬《き》るというより殴《なぐ》る鈍器《どんき》と化している。あれを前に戦うのは勇気がいりそうだ。

ジンさんがその鈍器を危なげなく捌《さば》き、ペロ、ポロ、セラ、ルーさん、トシ、レインがダメージを与えて行く。レティさんはダガーでカオリンは弓でオークをけん制し、俺は土スキルで地面に突《とっ》起物《きぶつ》を作ってオークの動きを乱す。

最初は落とし穴を作ろうとしたけど、迷宮の地面に穴を開けられなかった。土床《つちゆか》のように見えるけど、表面は土でもその下は違う物質なのかも知れない。俺の落とし穴最強伝説が脆《もろ》くも崩《くず》れ去ってしまった。残念。

「み〜！」

ミーちゃんはみんなの応援《おうえん》。この戦いは訓練だからミーちゃんが手を貸す必要はない。なので、代わりに可愛《かわい》い声で応援に回っている。士気が上がること間違《まちが》いなし！

さて、俺はどうしよう？　銃は効きづらい、土スキルは使えない。ライフルによる精密射撃《しゃげき》か雷《かみなり》スキル、あとは薬ぐらいしか残ってない。薬はもったいないし、雷スキルはミーちゃんの協力がないと結構疲れる。ライフルでの精密射撃でいってみよう。

この距離《きょり》でスコープを覗《のぞ》くとオークの顔のドアップ。いや、はみ出しているね。ジンさんから一番離《はな》れているオークの眉間《みけん》に狙《ねら》いを定めて撃つ！　ヒット！　オークの頭がのけ反る……た、倒れないのですけど⁉　オークの頭が元の位置に戻ると顔面血だらけ、スコープ越《ご》しに目をギラギラさせたオークと目が合う……。あれ？　俺がやったのが気づかれている？

それにしても、なんという石頭。この至近距離のライフル弾《だん》で貫通《かんつう》できないなんて想定外。

やばい、完全に俺に狙いを定めたようだ。みんな頑張れぇ、俺にそいつを近づけるなよ〜。俺、死んじゃうぞ〜。

「みぃ……」

しかし、あの石頭を貫通できないとなると、柔《やわ》らかい部分を狙《ねら》うしかないな。口は漫画みたいに歯で防がれそうだし、大きな鼻も意外と頑丈《がんじょう》そう。となれば、目と喉《のど》を狙ってみようか。

ペロとポロが俺にオークを近づけまいと、その体の小ささを活《い》かし縦横無尽《じゅうおうむじん》に剣を振るう。

おかげで余裕《よゆう》を持って銃を構え、オークの血走った目を狙い撃つ！　ヒット！　今度は間違いなくダメージを与えた。でも、致命傷《ちめいしょう》にはなっていない。どんだけタフなんだよ！　今度は喉を狙って撃つ！　ヒット！　まあ、この距離で外すほうが難しい。

さすがに、喉を撃たれたオークは格段に動きが鈍《にぶ》くなり、終《しま》いにバタっと倒れた。

「喉が弱点の一つのようです！　狙えるなら狙ってください！」

「「おぉー！」」

「任せるにゃ！　今宵《こよい》の虎徹《こてつ》はよく斬れるにゃ！」

「俺の分身も冴《さ》えてるぜ！」

「にゃ」

ペロさんや、まだ朝なんだけど……夜にはまだ早いよ？　まあ、迷宮の中は薄暗《うすぐら》いから、そういうことにしておきますか。乗っているペロに水を差すのもなんだからね。

「み〜」

ミーちゃん、猫《ねこ》じゃらしに戸惑《とまど》いを感じています。

みんなが一斉《いっせい》にオークの喉《のど》を狙《ねら》い始めると、簡単に勝負ありとなった。一体だけはジンさんが言ったとおり、宗方姉弟《むなかたきょうだい》とレインの訓練に無傷で残している。

宗方姉弟とレインｖｓオークの構図が整った。ジンさんたち、前衛が少しだけ後ろに下がる。

「いいか！　喉を狙うのはなしだぞ！　訓練にならねえからな」

「えぇー」

「「マジ……」」

「つべこべ言わず、さっさと倒《たお》しやがれ！」

「み～！」

鬼《おに》だな……。ああ、鬼だ……。親子じゃないし、銀河を走る列車の上でもないからいいか。

オークはゴブリン百三十匹《ぴき》分の強さと出ている。ゴブリンリーダーより若干《じゃっかん》強い。宗方姉弟とレインよりも基礎《きそ》身体能力は倍近く上。でも強さはそれだけでは決まらない。それにスキルが加わることで本当の強さになる。じゃないと、俺《おれ》では手も足も出ないことになる。まあ、スキルは鍛《きた》えてこそなんぼのものだけどね。

トシが懸命《けんめい》に槍《やり》でオークの攻撃《こうげき》をあしらい、カオリンが手足を狙って矢を放ち、そこでできた隙《すき》をついてレインが攻撃。こりゃあ長期戦だな。それにしても、オークの攻撃を力の劣《おと》るはずのトシがあしらえているのは、身体強化スキルのお陰《かげ》なのだろうな。俺も身体強化三割増しのＡＦ《アーティファクト》は手に入れたけど、スキルが欲《ほ》しい。接近戦はするつもりはないけどあれば便利そうだよね。このまま迷宮《めいきゅう》で戦っていれば魂《たましい》の器《うつわ》も大きくなるに違《ちが》いないから、是非《ぜひ》とも選択肢《せんたくし》に出てほしい。

だいぶ動きの弱ったオークにレインの必殺の一撃が決まり決着がついた。今は、ジンさんと反省会。トシは相手に夢中になりすぎ周りが見えていない、何度かレインにぶつかりそうになっていた。

カオリンはフレンドリーファイアーを恐《おそ》れてか、確実に当てられる時しか矢を放っていない。当たらずともオークの気を引くような攻撃を仕《し》掛《か》けろと、ジンさんから駄目《だめ》出しされている。

二人ともレアスキル持ちだけど、カオリンのレアスキルは戦闘《せんとう》向きじゃない。もっと、何かしらの攻撃に役立つスキルを身につけるべきかな。地上なら土スキル、万能《ばんのう》なら雷《かみなり》スキル辺りか？

レインは逆に攻《せ》めすぎ。ゴブリンハンターの時の癖《くせ》が抜《ぬ》けず、格下相手の戦い方になっている。もっと、格上相手との戦い方を学べと、ジンさんに言われて凹《へこ》んでいる。

俺からは、よくやっているように見えるけど、その道のプロから見ればまだまだなのだろうね。

さて、オーク肉をミーちゃんバッグに収納して先に進む。右回りの渦状《うずじょう》の一本道のようだ。あれから四度オークと遭遇《そうぐう》。やることは同じ。四体をみんなで倒して、残り一体は宗方姉弟とレインの訓練用にする。弱点もわかっているし、宗方姉弟とレインも訓練の成果が出ていて、数をこなす毎《ごと》に余裕《よゆう》が出てきている。ジンさんも面目躍如《めんもくやくじょ》だろう。

この階層はオーク肉となるオーク、二階層にはロックリザード、この迷宮はお金稼《かせ》ぎにもってこいの迷宮だ。確かに美味しい狩場《かりば》だな。まだ、オーク肉を食べてないけど。楽しみは取っておこう。

更《さら》に進むとまたオークの一団が屯《たむろ》っているのを、ルーさんが先行して見つけてきた。

広場に入って何か違和《いわ》感を覚える。その違和感にはすぐに気がついた。オークの装備品がいい品に変わっているのだ。中には金属製の鎧《よろい》を着ているオークまでいる。

戦闘が始まりライフルで喉を狙うけど、鎧に喉元《のどもと》をカバーするガードが付いていて、撃《う》ってみたけど弾《はじ》かれた。レティさんとカオリンの攻撃も鎧や盾《たて》を装備したオークに阻《はば》まれ、まったく効果なし。表面に傷をつける程度。違いは装備が良くなっているだけではなく、オークの動きが先ほどまでのオークより機敏《きびん》になっているように見える。間違いなく先ほどまでのオークとは別物。

鑑定《かんてい》するとよくわかった。先ほどまでのオークにはスキル持ちがいなかったのに対して、このオークたちはいくつかのスキル持ち。強さが格段に上がるから厄介《やっかい》だ。

「こいつら、スキル持ちのオークです！　気をつけて！」

「み～！」

「ちっ、面倒《めんどう》だな」

ジンさん以外は言葉を返す余裕がない。俺たちPT《パーティー》は素早《すばや》さ重視なので、必然的に一撃の重さより手数で勝負する戦い方になる。今回のように良質の防具で固められ、これだけ体格差があると、戦いが押《お》され気味になる。防具一つでこうも戦況《せんきょう》が変わるなんて、防具ってやっぱり大事だねぇ。

そんな中、後方にいるオークが何やらこそこそとやっている。松明《たいまつ》に火を点《つ》けているのか？　何をする気だろう？　そのオークを鑑定すると炎《ほのお》スキルを持っている!?　こ、こいつやる気か!?　間違いない、こいつは放火魔《ほうかま》だ！

「みっ⁉　みっ！」

ミーちゃん、冗談《じょうだん》ですから、そこまで怒《おこ》らないでください！

ミーちゃんバッグからスミレの飲み水が入っている樽《たる》を出して、過冷却《かれいきゃく》状態にしてからとある猫用品を用意する。こっちの準備は済んだぞ。放火魔！　いやだから冗談だって！

オークも準備ができたようで、キョロキョロとこちらを見て、攻撃する相手を選んでいる。銃《じゅう》でそのオークを撃つ。鎧に阻まれてダメージは与《あた》えていない。本当にいい防具のようだ。でも、ダメージを狙って撃ったわけじゃない。一瞬《いっしゅん》でも俺に視線が向けばいいのだ。それは、なぜか？　テッテテー！　猫じゃらし～！　オークはそのヒラヒラさせた猫じゃらしに釘付《くぎづ》け。

ミーちゃん、そんな嫌《いや》そうな顔しないでよ。って、まだトラウマ克服《こくふく》してなかったのね……。

「みぃ……」

オークの持っていた松明が気になったので鑑定したら、迷宮特別品の松明で一度火をつけるとなかなか消えないと出ている。それと、迷宮から持ち出し不可ってゲームか⁉　ますます、迷宮というものがわからなくなった。

火のついた赤々と燃える松明を持ったオークと、猫じゃらしを持った俺が対峙《たいじ》。奴《やつ》は火、俺は水、勝負は互角《ごかく》。先に火が消えるか水が尽《つ》きたほうが負けだな。

ミーちゃんが嫌々と猫パンチしている猫じゃらしを収納し、拳《こぶし》大の水を手のひらの上に球体の状態で維持《いじ》。オークもやっと理解したようで、薄汚《うすぎたな》い豚《ぶた》顔をニヤリとさせて俺と同じように手のひらの上に火の玉を作る。

「み〜！」

ミーちゃんのやっちゃぇ〜！　の掛《か》け声が合図となり、投擲《とうてき》。お互《たが》いの中間地点でぶつかり相殺《そうさい》されて水蒸気が辺り一帯を包む。豚顔がやるじゃないかといった顔になり、今度は両手に火の玉を作りだした。普通《ふつう》なら松明の火如《ごと》きなら、今の火の玉で消えていてもおかしくないのに、消えるどころか煌々《こうこう》と燃え盛《さか》っている。アホな⁉　チートアイテムやん！

俺も負けていられない。両手に水の玉を作って相手を見据《みす》える。この勝負、火の玉に確実にぶつけなければならない俺が不利。不利だけど、俺の投擲スキルはルーくんたちと遊んでいるため熟練度は高い。コントロールが完璧《かんぺき》で変化球まで投げられる。水スキルの熟練度も高いので俺から離《はな》れた水の玉に対しても、多少の状態変化をさせられるから、少しくらい外れても水の玉の形を変え軌《き》道《どう》修正し火の玉にぶつけられる。集中力が続けばね。

もう、何度投げ合っただろう？　樽の水が残り僅《わず》かになった。くっ……こいつできる！

「おい、ネロ！　いい加減にしろ！　前が見えねぇだろ！」

「サウナにゃ……」

「暑いね……」

「お肌《はだ》にはいいよ〜？」

た、確かにサウナ状態。暑い……。知っていたけど水蒸気で視界不良。そして、うちのメンバーだけでなく、オークのほうがよりぐったりとしている。まあ、金属鎧着てればそうなるよね。

「み、みんな、今がチャンスだ！」

「み〜！」

俺も目の前のオークに走り寄り、至近距離《きょり》で雷スキルを発動。何もしなくても雷の鞭《むち》は金属鎧に吸い込《こ》まれていく。オークさん、痙攣《けいれん》して倒れたね。

「俺の作戦勝ちだー！」

なんですか？　みなさんその懐疑《かいぎ》的な目は。オークを楽に倒せたでしょう？　その疑惑《ぎわく》に満ちた目はやめてください。自分が一番わかっていますから。

俺の相手をしていたオークに止《とど》めを刺《さ》し、ペロと宗方弟が二体に止めを刺した。ミーちゃんがオークを収納し、武器も回収。残りは後二体。ジンさんとルーさんが一体を引き付け、もう一体をレインとポロが相手。ポロの分身で注意をそがれたオークにレインの銀牙突槍《マーナドラグ》が喉元を貫《つらぬ》く。

そして始まる、地獄《じごく》の特訓ステージ。

「えぇー無理ぃ〜」

「さすがに無理があると思いますよ？　師匠《ししょう》」

「なに言ってんだよ！　やれる！　俺たちは強くなったし、もっと強くなれる！」

消極的な宗方姉弟に対して熱いレイン。

「今までのオークと違うからな、気ぃ抜くなよ。怪我《けが》すんぞ」

「怪我で済まないよ〜」

「しょうがないなぁ。僕《ぼく》が囮《おとり》でレインが攻めね」

「それじゃあ、いつもと同じだ。たまには逆になろうぜ！」

「おめぇら、さっさと行け！」

いやいやしながら向かう宗方姉とあーでもない、こーでもないと話しながら向かう宗方弟とレイン。こいつら大丈夫《だいじょうぶ》か？

「み〜？」

「あいつら気を抜きすぎだぜ」

「じゃあ、パパにゃんが助《すけ》っ人《と》に入ればいいにゃ」

「面倒くせぇからパス。それより息子《むすこ》よ。このドライフルーツ旨《うま》いな！」

「露店街《ろてんがい》の隠《かく》れた名店で見つけたにゃ！　セラにゃんの鼻のおかげにゃ！」

「にゃ！」

そんなに美味しいの？　どれ味見を。おっ本当に旨い！

なんてことをしている間に、戦いは始まっていた。レインが大げさにオークを煽《あお》り、その隙を突《つ》いて宗方弟が攻撃を狙うが、そうは問屋が卸《おろ》さなかった。レインの煽りに乗らず、逆に油断していた宗方弟に攻撃をする。間違いなく戦い慣れした格上。

宗方姉は弓で攻撃するも、すべて兜《かぶと》や鎧で弾かれけん制にすらなっていない。

「うきぃー！　この豚野郎《やろう》！」

「みぃ……」

豚に豚野郎と言っても仕方がないと思うぞ？　ミーちゃんも呆《あき》れているし。

「こうなれば……ライトサイドの騎士《きし》の剣《けん》を受けてみろ〜！　ブォーン！」

俺があげたオートソードを抜いて、自分で効果音を出しやがった。まあ、あの剣なら威力《いりょく》としては申し分ないと思うけど、宗方姉って剣を使えるのか?

「み～?」

「ペロは教えてにゃいにゃよ?」

ってこれ、駄目なやつじゃね? そんな本人は青白く光る剣を振《ふ》りつつ、豚野郎に向かっていく。

「勇者なんだから大丈夫じゃね?」

「パパにゃんは甘《あま》いにゃ～。カオリンはへっぽこにゃ」

はい、ペロのお墨《すみ》付きを頂きました～。

宗方弟とレインが必死になってオークの気を引き、攻撃をしている中、無造作に近寄る宗方姉。

「豚野郎! 往生《おうじょう》せいやぁ!」

レインのほうを向いていたオークが、宗方姉の声で振り向く。裂帛《れっぱく》の気合いのもと振り下ろされたオートソードが、大ハンマーを持つ両手のうち左手を斬《き》り落とした。

「「おぉー」」

「み～!」

まさかの大金星。ふんすっとない胸を張る宗方姉。宗方弟とレインは何が起きたか理解できずフリーズ状態。いやぁ、まぐれって怖《こわ》いわぁ。

片手を斬り落とされ、大ハンマーを持てなくなったオークがその場でうずくまった。

「我、勝てり!」

「馬鹿野郎《ばかやろう》！　油断するんじゃ○×△￥$……！

ジンさんの声が途中《とちゅう》でオークの叫《さけ》び声でかき消される。その声で心臓を鷲掴《わしづか》みされたような感覚に陥《おちい》り、俺もみんなも体が動かなくなる。な、なんだ、この感覚……。

叫び声を上げるオークを鑑定すると、混乱、凶気《きょうき》状態。そして、威圧《いあつ》スキルが発現している。この感覚は威圧スキルか……。

今まで片手で持ち上げられなかった、大ハンマーを片手で持ち、邪魔《じゃま》だとばかりに横に振るう。

「「がっ……」」

宗方弟とレインが吹《ふ》き飛ばされ、壁《かべ》に激突《げきとつ》して意識を刈《か》り取られる。

オークはそんな宗方弟とレインを気にせず、血走った目で一点を睨《にら》む。

そう、腰《こし》を抜かして動けない、オークの腕《うで》を斬り落とした宗方姉をだ。

「我、死んだ……」

「「カオリン！」」

「み～～～～!?」


ああ、楽しい迷宮探索《たんさく》のはずが、なんで？　どうしてこうなった……。

波瀾万丈《はらんばんじょう》、ああ無常。注意一秒　怪我一生。スローライフはどこ行った。

迷宮に吹く風は風雲、急を告げる。スローライフの風はいつ吹くのだろうか？

「み～？」

ミーちゃんの異世界放浪記　お祭りその後編

ミーちゃんです。

ゔぃるへるむと　べるーなのお祭り、凄く楽しかったの〜！

人がいっぱい集まって、みんな楽しそうだったよ。

みーちゃんもお手伝い、いっぱい頑張ったの〜。

ネロくんもドラゴンちゃんたちも楽しそうにお仕事してた。みんないい笑顔だったね。

ミーちゃんのお仕事はお客さんとのご挨拶。ミーちゃん、神猫商会の会頭だから、みんなにご挨拶は大事だよね？

それからね、それからね、ミーちゃん、えだまめポーン！　のお仕事も頑張ったの〜！

最初はあっちに飛んだり、そっちに飛んだりしてなかなかお客さんのお口に入らなかったけど、だんだん入るようになると楽しくなっちゃった！

これは、ミーちゃんの天職。うんん、神職なの〜！

でもね、このお仕事は夏場だけなんだって。

せっかく、えだまめポーン！　職人を目指そうと思ったのに残念なの〜。

やっぱり、ミーちゃんは神猫商会の会頭が神職なのかな？

それとね、ベルーナのお祭りでね、猫さんを飼いたいって人が多くいてね、ペロちゃんがお見合いいいべんと？　を開いて野良猫さんたちを飼い猫さんにしたんだよ。

そこでね、猫さんを射止めたおじいさんとおばあさんが夫婦だったの。今は引退したけど町かふぇ？　を開いていたらしくてね、それを知ったネロくんが猫かふぇ？　を開きませんか？　っておじいさんたちに話に行ったの～。

猫かふぇ？　ってなにかミーちゃん知らないから、ネロくんに聞いたら、猫さんと遊びながらお茶を飲むお店なんだって。楽しそう～なの～！

おじいさんたちはもう歳だからって断ったみたいなんだけど、それを聞いていたお孫さんの姉妹がやりたいって言ったの～。

ネロくんが猫さんの世話も毎日しなくちゃいけないから大変だよって言ったら、最初は断ったおじいさんたちが孫と一緒ならやってみるかって言ってくれたんだよ。

お店の場所は商業ギルドの担当さんに言ったらすぐに見つけてくれたんだ。神猫商会の担当さんはなかなかにできる人なの～。

あとはね、ペロちゃんにお願いして、猫かふぇに来てくれる猫さんを探してもらったら、猫さんたちの条件があってね、将来は飼い猫になりたいんだって。

ネロくんがおじいさんたちと話し合って、お客さんと相性がよければ里親になれるってことにしたの～。

ペロちゃんに乳離れしている一人になっちゃった子猫ちゃんを、優先的に集めるようにお願いしたら、可愛い子猫ちゃんがいっぱい集まったんだよ。

おじいさんたちの猫さんとお孫さんたちと一緒にミーちゃんもお世話して、ちゃんと『人に可愛がられる十二か条』もペロちゃんと一緒に教えてあげたんだよ。

お店をおーぷんさせたら、もう大繁盛！　ネロくんが自分がやればよかったなんて、ぼやいてたくらい。

二号店はネロくんやれば～？

子猫ちゃんたちもすぐに里親が見つかってよかったの～。ペロちゃんだけが忙しくて大変だったけど。ポロちゃんにもお願いしたら、任せろ！　すぐに作ってきてやる！　って言ったんだけど、ペロちゃんとレインちゃんに縄で縛られて木に吊るされていたのはなんでだろう～？

子猫ちゃん、可愛いのにね～？

ミーちゃん、猫かふぇの常連さんになって顔ぱすになったけど、お店に来たお客さんにお店の猫さんに間違えられるのが玉にきずぅ～。

うちの飼い猫になって～って言われるのはうれしいけど、ごめんなさ～い。モフモフするだけで我慢してね～。

ミーちゃん、お店の猫さんじゃないですから～！

あとがき

お久しぶりですにゃ。にゃんたろうですにゃ。

お待たせしました、神猫《かみねこ》五巻見参ですにゃ！

神猫五巻の目玉は、にゃんといってもミーちゃんとネロのこの世界での生活基盤《きばん》の大きな躍進《やくしん》ですにゃ。そこら辺は読んでからのお楽しみですにゃ。

にゃので、神猫も五巻が出たということもあり、ここら辺でｗｅｂ版と書籍《しょせき》版の違《ちが》いについておさらいしようと思いますにゃ。

最初に書いておきますがにゃ、行きつく先は同じですにゃ。ｗｅｂ版と書籍版のラストを別々にする気はにゃいので安心してくださいにゃ。紆余曲折《うよきょくせつ》はあれど、ハッピーエンド目指して猫まっしぐらですにゃ！

では、ｗｅｂ版と書籍版の大きな違いといえば、やっぱり新キャラですかにゃ。

新キャラ筆頭はレインですにゃ。ｗｅｂ版にはいなかった、ネロと同年代の親友ポジションキャラですにゃ。ｗｅｂ版にちょっとだけ顔を出していますにゃ。残念にゃがらｗｅｂ版では、ミーちゃんとネロとの人生の進む道とは重なりませんでしたにゃ。

でも、書籍版ではぼっちのネロの親友として登場。クールなネロと対照的な熱血なレイン。静のネロに動のレイン。いいコンビですにゃ。これからも一緒《いっしょ》に切磋琢磨《せっさたくま》して成長していきますにゃ。

今はちょっとネロがリードしているかにゃ。

そして、なんといっても新キャラでのお気に入りはポロ。言わずもがなペロのパパにゃん。見た目はペロのパパにゃんだけに、可愛《かわい》いらしいキジトラのケットシー。剣《けん》の腕《うで》は超《ちょう》一流。分身スキルを使った戦いは芸術の一言。剣の腕だけでなく頭も切れる智勇兼備《ちゆうけんび》。にゃのに、迷子がデフォルト……。ペロの迷子は遺伝ですにゃ。

ちなみにペロのママにゃんの名前はペラですにゃ。だから、ポロとペラの息子《むすこ》でペロなのですにゃ。ペロに弟か妹ができればポラちゃんですかにゃ？　いつか、ペロのママにゃんも登場させたいですにゃ。

それと、ポロもレインと同じように、web版で二度ほど登場していますにゃ。それと、web版ではサバトラのケットシーとして登場していますにゃ。

一度目は会話の中にだけ登場しましたが、とても味のある逸話《いつわ》でしたにゃ。二度目はルミエール王国の王都ベルーナで、ミーちゃんとネロと邂逅《かいこう》していますにゃ。性格は書籍版とまったく同じですにゃ。残念にゃがらペロとの再会とはいきませんでしたけどにゃ。

新キャラのトリを飾《かざ》るのは、パミルさんの姪《めい》でドジっ子ネコミミ少女プルミ。

知っている人もいると思いますがにゃ、にゃんたろうがwebで書いている小説の『魔王《まおう》（笑）のあるじ』通称《つうしょう》まおあるに出てくるキャラをリスペクトして登場させましたにゃ。とても気に入っているキャラなので性格は違えど名前を借りましたにゃ。

プルミは優秀《ゆうしゅう》なキャリアウーマンであるパミルさんの姪なのに、マイペースのドジっ子属性持ち。

運動神経も頭も悪くにゃいんだけどにゃ、ドジっ子にゃのにゃ……。

可愛いもの好きで、ミーちゃん（レインとネロはアウトオブ眼中）にピンチを助けてもらったことからミーちゃんＬＯＶＥになりましたにゃ。猫さま～とよく言っていますがにゃ、ミーちゃんが神猫ってことは知りませんにゃ。もちろん気づいてもいませんにゃ。

できの悪い子ほど可愛いものですにゃ。愛すべきキャラですにゃ。

あとは、偽勇者に一人追加がありますが。こっちはおいおいですにゃ。

新キャラはこんなもんですにゃ。ほかに違いとしてあげられるのは、ネロの言動を少しマイルドにしていますにゃ。

ｗｅｂ版のネロはぼっちのせいで、良く言えばちょっと大人びていますにゃ。悪く言えばちょっと尖《とが》って上から目線のところがありますにゃ。その辺を書籍版では少しマイルドにしていますにゃ。ミーちゃんだけでにゃく、ネロももっとみんなから愛されるキャラにしたかったからですにゃ。

ほかではやっぱりｗｅｂ版にはないオリジナルストーリーですかにゃ。

ｗｅｂ版では語られなかった話や、新キャラが活躍《かつやく》するお話は書いていても楽しいですにゃ。楽しすぎて書きすぎて、予定のページ数を超過《ちょうか》してまとめるのが大変ですにゃ。でも、書籍版を買ってくださった方々への特典でもありますからにゃ、今後もどんどん書きますにゃ。

さて、最期《さいご》にｗｅｂ版と書籍版の一番の大きな違いを書きますにゃ。

それはにゃ……もちろん挿絵《さしえ》と誤字脱字《だつじ》がほぼないことですにゃ！

神猫のイメージ、いやそれ以上の可愛らしい絵は書籍版を買ってくれた方だけのご褒美《ほうび》ですにゃ。

ポスターとかにしてくれたら、にゃんたろうの部屋の壁《かべ》に貼《は》るのににゃ。チラッ。

誤字脱字については、担当者さんと校正してくれている方に頭が上がりませんにゃ。戻《もど》ってくる原稿《げんこう》は真っ赤っか……。にゃんたろうは猫頭にゃので、毎回同じ間違《まちが》いをしてご迷惑《めいわく》をかけっぱなし。自分のことにゃがら酷《ひど》い有様ですにゃ。まあ、そのおかげで誤字脱字が減り、とても読みやすくなりますにゃ。

それから、昨今のご時世もあり、差別用語の使用も厳しくなり、そんなのも差別用語にゃのかにゃ!? と驚《おどろ》くのもしばしばですにゃ。代わりの言葉に書き換《か》えるの大変ですにゃ。差別用語って誰《だれ》が決めているんでしょうかにゃ?

ともあれ、こんなところがｗｅｂ版と書籍版の違いですにゃ。せっかく書籍版を買ってくださってくれている方々へ、感謝の気持ちを込《こ》めてｗｅｂ版とはまた違った楽しさをお届けしたい気持ちでいっぱいなのですにゃ。マジですにゃよ?

最期に、この神猫五巻を手に取ってくださったみにゃさま、いつもいつも悶絶《もんぜつ》するほどの可愛い絵を描《か》いてくださる岩崎美奈子《いわさきみなこ》さま、ご迷惑をおかけし放題でも怒《おこ》らない編集部のみなさまに感謝ですにゃ。

本書は、カクヨムに掲載された「神猫ミーちゃんと猫用品召喚師の異世界奮闘記」を加筆修正したものです。

DRAGON NOVELS
ドラゴンノベルス

神猫ミーちゃんと猫用品召喚師の異世界奮闘記5

2021年9月5日　初版発行

著　　者　にゃんたろう

発 行 者　青柳昌行

発　　行　株式会社 KADOKAWA
〒102-8177　東京都千代田区富士見 2-13-3
電話 0570-002-301（ナビダイヤル）

編　　集　ゲーム・企画書籍編集部

装　　丁　AFTERGLOW

D T P　株式会社スタジオ205

印 刷 所　大日本印刷株式会社

製 本 所　大日本印刷株式会社

DRAGON NOVELS ロゴデザイン　久留一郎デザイン室+YAZIRI

●お問い合わせ
https://www.kadokawa.co.jp/（「お問い合わせ」へお進みください）
※内容によっては、お答えできない場合があります。
※サポートは日本国内のみとさせていただきます。
※ Japanese text only

定価（または価格）はカバーに表示してあります。

ISBN978-4-04-074194-9　C0093

DRAGON NOVELS
好評発売中!
家族一緒に異世界転生!
のんびり楽しく暮らしていく。

DRAGON NOVELS
好評発売中!
野菜に妖精、英雄も採れる!?
植物魔法で街づくり、
始めました!